国家社科基金
后期资助项目

中国近现代
人文幻想小说研究

Research on Chinese Modern Humanity Fictions

马 云 著

中国社会科学出版社

图书在版编目(CIP)数据

中国近现代人文幻想小说研究/马云著. —北京：中国社会科学出版社，2018.8
ISBN 978-7-5203-1146-5

Ⅰ.①中… Ⅱ.①马… Ⅲ.①小说研究—中国—近现代 Ⅳ.①I207.42

中国版本图书馆 CIP 数据核字(2017)第 244691 号

出 版 人	赵剑英
责任编辑	郭晓鸿
特约编辑	席建海
责任校对	周 昊
责任印制	王 超

出　　版	中国社会科学出版社
社　　址	北京鼓楼西大街甲 158 号
邮　　编	100720
网　　址	http://www.csspw.cn
发 行 部	010-84083685
门 市 部	010-84029450
经　　销	新华书店及其他书店
印　　刷	北京君升印刷有限公司
装　　订	廊坊市广阳区广增装订厂
版　　次	2018 年 8 月第 1 版
印　　次	2018 年 8 月第 1 次印刷
开　　本	710×1000　1/16
印　　张	13.75
插　　页	2
字　　数	245 千字
定　　价	58.00 元

凡购买中国社会科学出版社图书，如有质量问题请与本社营销中心联系调换
电话：010-84083683
版权所有　侵权必究

国家社科基金后期资助项目
出版说明

后期资助项目是国家社科基金设立的一类重要项目，旨在鼓励广大社科研究者潜心治学，支持基础研究多出优秀成果。它是经过严格评审，从接近完成的科研成果中遴选立项的。为扩大后期资助项目的影响，更好地推动学术发展，促进成果转化，全国哲学社会科学规划办公室按照"统一设计、统一标识、统一版式、形成系列"的总体要求，组织出版国家社科基金后期资助项目成果。

全国哲学社会科学规划办公室

目　　录

导言 …………………………………………………………（1）
 一　人文幻想小说的界定 ………………………………（2）
 二　人文幻想小说独立的意义 …………………………（9）
 三　中国近现代人文幻想小说的研究现状 ……………（13）

第一章　中西方人文幻想小说的发展演变 ……………（17）
 一　西方人文幻想小说的发展 …………………………（18）
 二　中国人文幻想小说的发展 …………………………（22）
 三　中西方人文幻想小说的演变 ………………………（26）

第二章　晚清幻想小说的兴起 …………………………（29）
 一　社会的转型和思想观念的巨变 ……………………（29）
 二　西方幻想小说的影响 ………………………………（33）
 三　晚清幻想小说科学与人文的关系 …………………（38）

第三章　晚清人文幻想小说 ……………………………（42）
 一　晚清人文幻想小说的意义 …………………………（42）
 二　梁启超《新中国未来记》：现代中国梦的原型 ……（48）
 三　陆士谔《新中国》：一部未卜先知的小说 …………（57）
 四　春帆《未来世界》的"后立宪"改革想象 …………（63）

第四章　现代人文幻想小说沉寂的背后 ………………（70）
 一　新文学中的乌托邦思想 ……………………………（70）
 二　京派作家以写实方法描摹空想世界 ………………（83）

第五章　五四以后的人文幻想小说 (95)
  一　沈从文《阿丽丝中国游记》：西洋镜下的中国景观 (95)
  二　老舍《猫城记》：中国现代第一部反乌托邦小说 (102)
  三　张天翼《鬼土日记》：地狱旅行见闻录 (111)
  四　张恨水《八十一梦》——国破家亡的噩梦 (116)
  五　林语堂《奇岛》：漂泊的理想国 (119)

第六章　新时期的人文幻想小说 (126)
  一　人文幻想小说的复苏 (126)
  二　柯云路《孤岛》的社会改革想象 (132)
  三　梁晓声《浮城》对社会危机的预言 (138)
  四　王小波小说对未来世界的警示 (145)
  五　刘震云《故乡面和花朵》：一部超级幻想小说 (150)

第七章　21世纪的人文幻想小说 (163)
  一　人文幻想小说创作的自觉 (163)
  二　阎连科《受活》的乌托邦叙事 (167)
  三　格非《江南三部曲》：一个关于桃花源的传说 (175)
  四　莫言《生死疲劳》的超验想象与叙事狂欢 (183)

结语 (193)

附录　文学的政治阅读
  ——中国现代文学研究新思潮 (196)

参考文献 (207)

后记 (212)

导　言

在西方，科幻小说一直存在两个派别，人们把以 H. G. 威尔斯为首的科幻小说称为"社会派"或者"软科幻派"；把以儒勒·凡尔纳为首的科幻小说称为"科学派"或者"硬科幻派"。在中国文学界，也一直存在关于科幻小说姓"科"还是姓"文"的争论。主张姓"科"的一派认为，科幻小说主要表达"科学"的幻想，科学才是小说的灵魂。主张姓"文"的一派认为，科幻小说既然是小说，就应该表现社会，具有人文精神。这就是说，在科幻小说中，科学与人文的关系一直处于半分半合的状态，尤其是科学幻想小说与乌托邦小说如何归属的问题一直存在争议。英国学者亚当·罗伯茨在他的《科幻小说史》一书的序言中说："乌托邦小说应该属于科幻小说大类，虽然它以哲学和社会科学理论作为它的起点。"他说有些评论家希望把乌托邦小说排除在科幻小说之外，但是罗伯茨仍然坚持认为"虽然乌托邦小说作为一个独立的文学类型而发展，乌托邦书写仍然成为一种'类科幻'，在整个 19 世纪和 20 世纪都与科幻紧紧交织在一起"[①]。罗伯茨说出了学术界对于科幻小说与乌托邦小说关系的分歧，也说出了一个科幻小说和乌托邦小说相混合的历史事实。当然，这种分歧和争论都是在科幻小说的内部框架中。一直以来，科幻小说涵盖了所有的幻想小说，在科学时代，人们对此习以为常。随着社会的发展变化，科学技术的进步，科幻小说的性质逐渐发生变化。在中国，正如有些学者所言："进入民国之后，科幻小说多数退居到文学期刊之外，进入科普期刊。而新中国成立之后的 17 年，科幻小说更是退居到儿童文学领地。"[②] 科学幻想小说与人文幻想小说的分野越来越明显，人们的质疑也越来越多，科学幻想小说已经难以容纳人文幻想小说，现在应该到了分道扬镳的时候了。

[①] [英] 亚当·罗伯茨：《科幻小说史·序言》，马小悟译，北京大学出版社 2010 年版，第 3 页。

[②] 吴岩：《中国科幻小说中的时间表征》，王泉根主编《中国幻想儿童文学与文化产业研究》，大连出版社 2014 年版，第 16 页。

我们不想用乌托邦小说这个传统概念，因为有些幻想小说也不是乌托邦小说所能涵盖的，不如与科学幻想小说相对应，把以哲学和人文社会科学理论为基点的小说创作称为"人文幻想小说"。

一 人文幻想小说的界定

一个命名要想达成共识，逐渐成为约定俗成的概念，需要时间的检验。就目前而言，我们对人文幻想小说这个概念还处于认识的初级阶段，理论和实践的基础还有待填充。为了明确它的主要特征，有必要对与之相邻的小说类型进行比较，有比较才能更好地鉴别。人文幻想小说并不是包括除科学幻想小说以外的所有幻想小说，它应该有自己的边界。人文幻想小说与许多幻想类小说都有关联和交叉，需要认真加以区分。下面我们比较一下与人文幻想小说关系较近的几种类型的小说。

（1）科学幻想小说。科幻小说是以科学幻想为基础对未来社会科学技术发展的想象，以科学技术发展为主题，以科学技术发展为基本的情节线索，其主要特征就是科学性和幻想性。对照一下就不难看出，人文幻想小说是以人文社会科学为基础，对于人类和社会发展前景的幻想，以人类终极关怀为主题，以人性及人类情感思想完善或以未来为镜子反射现实弊端为情节线索，其主要特征是人文精神和幻想性。人文幻想小说与科学幻想小说在一般情况下是容易区分的，只是有些把两者交织在一起的小说难以认定，如吴趼人的《新石头记》，既有科学的主题和情节，也有浓郁的人文精神。可以把它看作科学幻想小说，视为人文幻想小说也无不可。目前学术界比较关注的西方科幻小说"反乌托邦三部曲"：扎米亚京的《我们》、赫胥黎的《美妙新世界》、奥威尔的《1984》，这几部小说虽然都有科学技术的内容，但是作品要表现的主题却是人文的，应该视为人文幻想小说。罗伯茨认为，科幻小说有四大要素："关于星际旅行的小说""关于技术的故事""空间的旅行故事""新的社会组织"。其中"关于技术的故事"是区别科学幻想小说和人文幻想小说的主要标志。原本一家的科幻小说，与人文幻想小说分开以后，难免会有一些遗留和争议的问题，不可能一刀切。

（2）乌托邦小说。"乌托邦"这个词最早由英国小说家莫尔所写的小说《乌托邦》而来，意为不存在的美好地方。乌托邦着眼于人的未来，表现了永久解决人类问题的美好愿望。自从莫尔的《乌托邦》出现以后，西方出现了大量这类小说。但随着技术时代的来临、科幻小说的产生，乌托邦小说逐渐被纳入科幻小说的范围。罗伯茨认为，仅凭"新的社会组织"这一点"就足以使乌托邦小说跻身于科幻之列"①。他好像认为把乌托邦小说纳入科学幻想小说是对它们的看重。的确，在工业革命时代，人们对于科学技术的崇拜高于一切，科学的宇宙观和生物观动摇了传统的人文主义的信念，人文主义遭遇巨大挑战和威胁。哥白尼的"日心说"推翻了地球为中心的学说，动摇了人为万物之本的信念；达尔文的生物观推翻了人为万物之灵的观念，消灭了人与动物的界限；弗洛伊德的心理学推翻了人为意识所控制的学说，人类沦为生物和本能的人。因此，后起的科幻小说顺理成章地收容了先起的乌托邦小说，乌托邦小说的独立性被剥夺了。然而随着科学技术的飞速发展，科幻小说有点跟不上步伐，逐渐被边缘化。同时，科学技术带来的负效应日益突出，一些反乌托邦小说应运而生。乌托邦问题也变得复杂化，乌托邦的概念广为延伸，诸如"社会乌托邦""国家乌托邦""宗教乌托邦""阶级乌托邦""个人审美乌托邦""爱情乌托邦""乡土乌托邦""反乌托邦"，等等。乌托邦成了理想和空想的代名词。稍加留意就会发现，21世纪以来，乌托邦研究成为学术界的一个热点，仔细检视一下就会看到，这个概念的滥用现象十分严重，人们把与理想和虚无有关的东西都称为乌托邦。陈岸瑛《关于"乌托邦"内涵及概念演变的考证》一文指出"乌托邦"在中国一般有两层含义：一是不科学；二是不切实际或不能兑现。文章认为，乌托邦科学的划分标准对非马克思主义和前马克思主义的社会主义思想、实践缺乏公正。"乌托邦"与"实干"的简单对立，使人忘记了幻想与行动之间的亲密关系。马克思主义对空想社会主义或者乌托邦社会主义的批判使乌托邦思想声名狼藉。如今，"乌托邦"已经成为不切实际的胡思乱想的代名词。② 这与它的原意产生了较大背离。随着乌托邦小说的发展，乌托邦概念的内涵发生了复杂的变化，乌托邦小说也变得十分复杂，乌托邦小说也成了一个杂货铺，许多看似与乌托邦不相干的小说也被当作乌托邦小说，乌托邦成为一个浪漫主义和理想主义的代名词。耿传明认为近代乌托邦小说在很大程度上成了理想主义者改造社会的蓝图，所以"近代乌托邦也就出现了泛化之势，并且它也不再只是'空想'的代名词，也可指称一种可实现但尚未实现的现实"③。所以，他在研究清末民初乌托邦小说时，把清末民初的"鸳蝴小说"和言情小说也视为乌托邦小说。李小江的《后乌托邦批评——〈狼图腾〉深度诠释》

---

① [英]亚当·罗伯茨：《科幻小说史·序言》，马小悟译，北京大学出版社2010年版，第3页。
② 参见陈岸瑛《关于"乌托邦"内涵及概念演变的考证》，《北京大学学报》2000年第1期。
③ 耿传明：《清末"乌托邦"文学综论》，《中国社会科学》2008年第6期。

一书，把《狼图腾》当作"后乌托邦"文本。这些小说具有较强的理想或者浪漫色彩，幻想性不足，可以说具有乌托邦精神，但并非典型的乌托邦小说。作者本人也强调小说主人公身上隐含了自己的部分生活经历，即知青生活，"书中大部分故事都是真实的"。小说是用现实主义手法书写的。即使是浪漫主义的表现手法，也不是乌托邦小说或者人文幻想小说的标志。我们所说的人文幻想小说包含了典型的乌托邦小说，但它并不是对乌托邦小说的简单更名。笔者认为，使用"人文幻想小说"这一概念有三大优点：一是相对于乌托邦小说而言，比较中性，容易被人接受；二是比乌托邦小说有更大的包容性，可以涵盖其他类型的幻想小说；三是相对于今天人们所说的乌托邦小说，突出了幻想性。

（3）政治小说。乌托邦小说从它产生的那天起就与政治结下了不解之缘。西方早期的一些乌托邦小说，诸如《乌托邦》《太阳城》《基督城》《大洋国》等，都被视为空想社会主义的文献。卡尔·曼德姆的《意识形态与乌托邦》一书集中论述了乌托邦与政治的关系。乌托邦小说的出现通常是社会矛盾普遍化和尖锐化的时代背景下，在社会转型和更新换代的历史时期，现实环境的恶化导致人们幻想一个代替现实的更美好的社会出现。因此，乌托邦小说构想的理想社会往往与现实社会形成潜在对比。有些乌托邦小说的结构常常由两部分构成，一部分是现实社会的不合理状况，另一部分是理想的社会形式，政治意图十分明显。有些小说的作者往往同时也是政治家，如西方的莫尔、哈林顿等。哈林顿的《大洋国》就是用小说的形式为英国提出一部宪法草案。我国的梁启超也是如此，他也在小说中探索中国未来的政治道路问题。这类小说通常也被视为乌托邦小说。"政治小说"这个概念有很大局限性，只适合特指某个时期的小说。晚清时期的政治小说虽然"著者欲借以吐露其所怀抱之政治思想也。其立论皆以中国为主，事实全由于幻想"，但也仅限于这一特定时期。关爱和主编的《中国近代文学史》在谈到"政治小说"时对其共同特征进行了归纳："一、情节框架的虚幻性、寓言性和情节背景与某些内容的现实性、时事性结合；二、人物设置的影射性和形象的概念化，正面人物大多理想化，倒是有些反面人物较生动；三、叙事语言中掺入大量宣讲语言；四、采用章回体形式，又吸收了一些外国小说技法。"[①] 从这些特征看，政治小说与人文幻想小说有某些交叉性，有些政治小说与人文幻想小说有重合，有些又有差异。如梁启超《新中国未来记》，可以看作政治小

[①] 关爱和：《中国近代文学史》，中华书局2013年版，第224页。

说，也可看作人文幻想小说。而另一部晚清时期的政治小说颐琐的《黄绣球》，却算不上是人文幻想小说。小说虽然也虚构了一个自由村，女主人公发誓要绣出一个新地球，并且梦中得法国罗兰夫人指点，致力于男女平权，解放妇女，开办学堂，实行了自由村的自治，但是小说只在谈现实改革问题，并没有把人物和社会置于虚幻情境。人文幻想小说往往具有某些政治色彩，具有幻想性的政治小说可以纳入人文幻想小说，并非所有政治小说都可以视为人文幻想小说。

（4）魔幻现实主义小说。中国当代文学批评和当代文学史往往把新时期以来受到拉美魔幻现实主义影响的小说都看作魔幻现实主义。实际上这类小说的差别还是很大的，不能一概而论。有些幻想性强一些，有些并不强，不能看作幻想小说。如有些魔幻现实主义小说选本把莫言的《红高粱》收入其中，但从人文幻想小说的角度看，这部小说算不上是幻想小说。想象与幻想还是有程度上的不同。王富仁在《现实空间·想象空间·梦幻空间》一文中谈到了想象空间与梦幻空间的区别。他认为，想象空间类似于现实空间，这个世界"即使视为想象的世界，也不认为它是虚幻不实的"，"并不让人感到奇异或怪诞"。而梦幻空间"在读者的感受中，就根本不同于现实世界，带有明显的梦幻感觉"[①]。对比一下莫言的《生死疲劳》和姜戎的《狼图腾》就可以感觉到这一点。莫言的《生死疲劳》写的是驴、牛、猪、狗的世界；姜戎的《狼图腾》写的是狼的世界。同样写的是动物，但前者是幻想的，后者是现实的，一目了然。尽管有些学者认为《狼图腾》是一部寓言小说，具有理想主义精神，但它仍然是一部现实主义作品，并非幻想小说。从目前来看，中国的魔幻现实主义小说更容易朝现实倾斜，而魔幻性相对较弱。而且魔幻现实主义是舶来品，许多作家并不承认自己的创作是魔幻现实主义，反而声称有更多的民族文学的传统因素。阎连科说他的小说是"神实主义"的实验；莫言虽然承认他受到过魔幻现实主义小说的影响，但他同时强调他小说的中国元素更多，受蒲松龄的影响更大。从他的《生死疲劳》来看，显然中国传统文化和文学的幻想因素起着主导作用。因此，中国当代人文幻想小说需要有一个更恰当的命名。

（5）寓言小说。寓言是较早出现的一种文学体裁，中西方都有。西方的《伊索寓言》大多讲的是动物的故事，中国的寓言故事则多是人间

[①] 王富仁：《现实空间·想象空间·梦幻空间》，沈庆利《现代中国异域小说研究·序》，北京大学出版社 2009 年版，第 1—2 页。

事。它们共同的手法是类比和讽刺，故事只是一个外壳，故事所指的是一个普遍的道理，具有哲理性。寓言与神话不同，神话是幻想的，寓言则是现实的。近年来，寓言小说与乌托邦小说一样也呈泛化之势，人们往往把寓意与寓言混为一谈，虽说"寓意是寓言的灵魂"，但寓意与寓言体是两码事。寓言体是一种文类，是小说和故事的一种表现方式。同时，小说都有寓意，如果把含有寓意的小说都称为寓言，则失于宽泛。21世纪以来，当代文学出现了所谓的"寓言化写作"现象，文学研究关注到这一现象，但对于寓言小说的认识没有统一的意见，且有把寓言与寓意相等同的倾向。龙慧萍的博士学位论文《当代文学中的反乌托邦寓言研究》，把王小波、格非、阎连科的小说以及李佩甫的《羊的门》都视为乌托邦寓言小说。[1] 从人文幻想小说的角度看，李佩甫《羊的门》与王小波、格非、阎连科的小说有很大不同。《羊的门》现实主义的成分更大些，幻想性不足，如果说它有深刻的寓意，带有寓言性是可以的。李小江认为，《狼图腾》"的确不是一部单纯的小说，而是寓言"[2]。她界定寓言小说的理由是它的思想性。她认为："寓言不同于其他文学体裁的一个基本性质，就在于它首先是思想的然后才是文学的"[3]。如果用这个标准来衡量，鲁迅的小说应该都是寓言。可见，寓言小说有思想，但思想性不是衡量寓言小说的标准。在笔者看来，寓言小说最重要的特征是它的抽象性，抽象得如梦幻一般，完全与现实拉开了距离。卡夫卡的《变形记》《城堡》就属于这类小说。米兰·昆德拉在《小说的艺术》一书中认为，卡夫卡的小说既不是一个社会学和政治学的概念，也不符合对极权主义体制的定义。因为卡夫卡的小说没有构成资本主义的东西，既没有金钱及其力量，也没有商业，也没有财产与财产拥有者，也没有阶级斗争；既没有党，也没有意识形态与意识形态的语言；既没有政治，也没有警察和军队。所以，他认为，"卡夫卡更像是代表了一种人与其所处世界的基本可能性，一种历史上并没有确定下来的可能性，它几乎永恒地伴随着人类"[4]。这就是说卡夫卡的小说是高度的抽象。阿根廷作家博尔赫斯的小说也属于这类小说，他的小说是一种哲学想象。中国当代小说家陈村的寓言小说也是这样，如他的《美女岛》等。人文幻想小说包含这些抽象和幻想叠加的寓言小说、

---

[1] 参见龙慧萍《当代文学中的反乌托邦寓言研究》，博士学位论文，首都师范大学，2012年。
[2] 李小江：《后乌托邦批评——〈狼图腾〉深度诠释》（修正版），上海人民出版社2013年版，第6页。
[3] 同上书，第7页。
[4] ［法］米兰·昆德拉：《小说的艺术》，董强译，上海译文出版社2004年版，第133页。

武侠小说。这类小说具有幻想性，但它在时间性上则是历史的，往往以某个历史事件为线索。小说的主旨以弘扬传统文化为主，表现民间的侠义精神。故事情节与科幻小说有些相似，崇尚武功和技术。这类小说有其独立的品格，是一个独立类型，属于通俗小说。人文幻想小说如果无边地覆盖，同样有遮蔽这些小说价值的问题。

在网络文学中出现了许多奇幻小说，这类小说往往以游戏为目的，为幻而幻，具有童话特征。一些研究者发现，这类小说表现出一种"人"的退隐现象，脆弱的人类往往需要借助法宝、异能、魔力，人物不登场，登场后主动退却，沉沉睡去，或者看破红尘遁入空门。这类幻想小说与人文幻想小说大异其趣，应该不是同类。

从以上的比较中可以看到人文幻想小说的大致轮廓和边界了，它的主要特征有以下几个方面：

第一，突出表现人文精神和主题，故事情节以人文社会问题为题材线索，以人与社会的完善为基本宗旨，有强烈的创造精神和创新意识，建构新的哲学和价值观念、新的社会道德风尚和审美体系、新的社会关系和人际关系，塑造新的人物形象。批判和嘲讽现实社会的弊端，警示社会危机和风险，预见未来社会发展走向，规划未来社会发展远景。具有高度的人文情怀和社会责任意识，以人类终极关怀为目的，以人性的复杂性和合理性为基础，或者展开美好想象和幻想，给人以美的向往和梦想；或者警示社会重大隐患和问题，给出改变不合理现状的目标和前景，具有超前意识和前瞻性。

第二，小说中故事发生的时间指向，不是现在某时，也不是过去某时，而是未来某时。有人认为"时间表征是一个寻找时间、展示新文化的过程"。这一点十分重要。有研究者发现：从民国到"文革"结束，中国科幻小说发生了一个当前化的过程，时间表征的基本方式都是"当下逼近型"，即使是技术上要超越很远时间才能达到的未来故事，作家也要在作品中营造现实的感觉。他认为这与现实空间的逼仄有关，只有现实空间的宽松，才能放飞想象和幻想空间。[①] 未来时间的操作避开了个人体验，采取现实社会以外的参考物，扩大了文化和思想视野。如梁启超写于20世纪初的小说《新中国未来记》，故事时间是60年后。林语堂写于20世纪50年代的小说《奇岛》，故事发生的年代是2004年。王小波的小说

[①] 参见吴岩《中国科幻小说中的时间表征》，王泉根主编《中国幻想儿童文学与文化产业研究》，大连出版社2014年版，第16页。

写于20世纪八九十年代，但小说中故事的时间是2015年、2020年。扎米亚京的《我们》在20世纪20年代写26世纪的故事。乔治·奥威尔的《1984》写于20世纪50年代，故事发生的时间是20世纪80年代。这些小说都给人一种新奇的感觉。

小说中故事发生的地点是一个遗世独立的地方，一个与世隔绝的世外桃源。这样便于与现实生活拉开距离，营造新的社会环境和人的生存环境。如老舍的《猫城记》的故事地点在火星上；林语堂《奇岛》的故事地点在中太平洋一个人迹罕至的孤岛上；柯云路的小说《孤岛》的故事发生在一个被洪水围困的火车上；梁晓声《浮城》的故事发生在与大陆架断裂、漂浮在海上的一块孤岛上。

小说的叙述方法主要是预叙，作者所讲述的社会制度、人物的思想行为是现实社会中不存在的，是一个幻想的乌托邦社会，或者与现实存在很大距离，是超验的表现。这类小说一般被认为是象征写法，或者超现实主义写法，如马尔克斯的《百年孤独》，博尔赫斯的小说，老舍的《猫城记》，卡夫卡的《变形记》《城堡》等小说，都是这一类。对于卡夫卡的小说，米兰·昆德拉说："小说不研究现实，而是研究存在。存在并不是已经发生的，存在是人的可能的场所，是一切人可以成为的，一切人所能够的。小说家发现人们这种或那种可能，画出'存在的图'。再讲一遍：存在，就是在世界中。因此，人物与他的世界都应作为可能来理解。在卡夫卡那里，所有这些都是明确的；卡夫卡的世界与任何人所经历的世界都不像，它是人的世界的一个极端的未实现的可能。当然这个可能是在我们的真实世界背后隐隐出现的，它好像预示着我们的未来。因此，人们在谈卡夫卡的预言维度。"[①] 他认为，卡夫卡的小说是对未来可能性的预叙。

第三，人物形象和社会形式是非现实的，具有梦幻色彩和很强的幻想性。如刘震云的《故乡面和花朵》、莫言的《生死疲劳》等。

另外，以乌托邦故事为情节线索探索乌托邦精神和问题。这是中国当代文学中出现的一种新的创作现象和小说形式，这类小说虽然不像中西方传统人文小说那样虚幻，但它是以近现代乌托邦精神在中国的演变为线索和题材的，情节也建立在对乌托邦的追寻、实验和反思中。如阎连科的《受活》、格非的"乌托邦三部曲"等，我们把这类小说也归入研究的范围。

人文幻想小说不是一成不变的，随着时代的发展，它也在不断演化。

---

① [法]米兰·昆德拉：《小说的艺术》，孟湄译，生活·读书·新知三联书店1992年版，第42页。

大致来说，传统的人文幻想小说是对未来的美好想象，是理想主义的，把未来想象成世外桃源。如西方人文幻想小说《乌托邦》《太阳城》《基督城》《大洋国》等。20世纪以来，两次世界大战对人类构成了毁灭性打击，人类对未来社会的幻想破灭了，出现了很多对未来人类的预言，世纪末的情绪笼罩着人类。人文幻想小说包括科幻小说都对未来人类社会充满了恐惧，甚至绝望。乔治·奥威尔的《1984》和马尔克斯的《百年孤独》，以及卡夫卡的创作都是这类情绪的代表。现代人文幻想小说正朝这个方向发展。

二　人文幻想小说独立的意义

由于科学幻想小说内部认识的分歧，导致科幻小说的归类很不统一。加拿大科幻小说研究学者达科·苏恩文的《科幻小说变形记——科幻小说的诗学和文学类型史》一书，把从莫尔《乌托邦》以后的乌托邦小说都归于其中；吴岩的《科幻文学论纲》把梁启超的《新中国未来记》、老舍的《猫城记》和梁晓声的《浮城》等小说也都归入科幻小说中。不过，他在谈"科幻小说"的时候，常常不自觉地"谈了太多社会文化问题"[①]，他似乎感觉有些矛盾和尴尬，但并没深究。一些科幻小说研究往往把一些与科幻不搭界的幻想小说归入科幻小说研究范围，这已经引起了人们的质疑。对此，王小波在他的小说《未来世界》的自序中对两者的区别进行过探讨。他说：

> 有些读者会把《未来世界》当作一部科幻小说，我对此有些不同意见。写未来的小说，当然有很多属于科幻一类，比如说威尔斯（Wells. H. G.）的很多长篇小说，但是若把乔治·奥威尔的《1984》也列入科幻，我就不能同意。是因为科学技术的发展在《1984》中并不是主题。

王小波认为，有些幻想小说不能把它们混同于科幻小说。的确，科幻小说应该有自己严格的界定。相对而言，饶忠华主编的《中国科幻小说大全》一书比较客观，它把大量的晚清幻想小说都视为非科幻小说加以规避，从1905年到1923年，正是晚清幻想小说蜂起的时候，但此书只选

[①] 吴岩：《中国科幻小说中的时间表征》，王泉根主编《中国幻想儿童文学与文化产业研究》，大连出版社2014年版，第19页。

了一篇徐念慈的《新法螺先生谭》。这显然并非遗漏，而是因为其他幻想小说虽然有些科幻的元素，但是其实并无科幻的情节和主题表现，反而是人文思想浓厚一些。过去，人们把一些人文幻想类小说或者没有科技含量的幻想小说称为科幻小说显得名不副实。

主张人文幻想小说从科幻小说中独立出来，还有一个实质性问题。人们也许没有注意到，实际上，科学与人文的关系并不都是相融的，甚至有时还是互相对立和冲突的。仔细回顾一下历史就会发现，"科学与人文的对峙问题，是几个世纪以来一直困扰着人类的一个世界性的宏大命题"[①]。俞兆平、王文勇在他们《中国现代作家论科学与人文》一书中系统梳理了中西方科学与人文关系的历史脉络。千百年来，不论是西方还是东方，科学理性与人文精神都处于复杂的关系中，它们时而相合，时而冲突矛盾，此起彼伏。中国近现代知识分子对于科学的态度也是众说纷纭。王国维认为"可爱者不可信，可信者不可爱"。他把科学理性与人文精神对立起来。梁启超认为"理智用科学，情感超科学"。他也认为科学理性与人文精神不可能统一。五四时期打出了"科学""民主"两面旗帜，现代作家出现了崇尚科学的倾向。胡适号召国民都要崇尚科学。他认为近代以来，"科学"这个名词到了无上尊严的地位，无论懂与不懂，新派与旧派的人都在讲科学。可是自梁启超的《欧游心影录》发表以后，科学在中国的地位就不如从前了。因为梁启超的《欧游心影录》似乎表明，欧洲的科学破产了。在五四时期大力提倡科学精神的还有郭沫若和茅盾。与此同时，也出现了反科学主义的倾向，特别是两次世界大战的影响，人们认为科学理性激发强权，引发世界大战。大规模的杀人武器都是科学发展的结果。面对现代性带来的严重后果，沈从文等作家主张回归原始，寻踪桃源精神。现代科幻小说往往通过科学技术的发达去解决人类问题，而人文幻想小说往往追求返璞归真和世外桃源，对科学技术持排斥态度，两者很难相融。人文幻想小说必须从科幻小说中独立出来。

进入21世纪以后，幻想性文学逐渐增多。与此相适应，与幻想文学相关的研究也多了起来。但是因为科幻小说研究的惯性，人们还没有把两者区分开来，影响着人文幻想小说研究的深入。与现实主义小说相比，幻想类小说不大引人关注。在新时期文学思潮中，只有拉美魔幻现实主义进入当代文学批评视野，科幻小说很少引起文学史和批评家的关注。学者梁鸿就曾指出这一点。他在谈到阎连科《受活》时分析了奇幻文学不受重

[①] 俞兆平、王文勇：《中国现代作家论科学与人文》，广西师范大学出版社2013年版，第1页。

视的原因。他说:"就中国二十世纪文学传统而言,在启蒙主义影响下,作家把目光投向了一直被遮蔽的'现实'——关注社会,关注'普通人的悲欢离合',发掘人的内心生活,发掘人的复杂性及存在的怀疑性,而在美学结构上,也要求与之相符合的'现实主义叙述方法',要符合人类认知和社会存在的基本'常识'。"因此,当"阎连科以象征的,而非现实的结构,以怪诞的,夸张的,甚至华丽的,而非朴素的,真实的叙述开始塑造世界,吹出了如梅瑞狄斯、康拉德、亨利·詹姆斯以及哈代那样的'巨大内容丰富的缤纷的气泡'。""当代文学批评者也更接受启蒙主义的批评,而对莫言、阎连科式的狂欢和怪诞倾向则始终不适应。"[①] 对此,梁晓声在《浮城》的序言中似乎有所抱怨。他说:"倘谁关注中国现当代荒诞小说的薄弱脉象,那么我的《浮城》《红晕》《尾巴》,大约不会被谁的眼所看不到。"事实上,他的这类小说没有引起国内读者和学者应有的关注。这部写于 20 世纪 90 年代初的作品,几乎没有产生任何影响。他对此也感到很受打击,他说还有另一部此类型的小说《2020——中国悲剧》已写了一半,只好"置于抽屉,不再理它"。"2020 年的中国故事,还是等到 2020 年以后再写为好。或者,2019 年动笔也好。"[②] 再加上中国现当代科幻小说几乎成为儿童文学的代名词,对此类小说的研究也十分滞后。人文幻想小说批评和研究的缺失,严重地影响了这类小说的发展。

同时,人文幻想小说研究的缺位,对于中国文化历史的承传也存在很大影响。从文学的历史来看,人文幻想小说要早于科学幻想小说。在这方面,中国文学中都有许多经典作品。中国传统的人文幻想小说具有极大的想象空间。上天入地,天马行空,在宇宙中畅游。如《西游记》,在天上人间往返穿行,极尽想象之能事。主人公都有天上、人间转换的传奇经历,故事情节也极尽变幻,想象空间极度扩张。大闹天宫、探到海底、出入山洞深处、勇闯火焰山……神州大地,无处不到。《聊斋志异》中的想象空间也极为广阔。虽然在空间上不像《西游记》那样无处不在,但在人物的想象空间上也是极自由的,人与鬼相处,人与妖往来。古代人文幻想小说表现了古人追求自由、摆脱人生社会局限、拓展想象空间,以及对于实现自我的强烈愿望。中国古代人文幻想小说较之西方人文幻想小说往往表现出更大的开放空间。但是中国文学研究往往将其视为神魔小说,较少

---

① 梁鸿:《招魂、轮回与历史的开启——论〈受活〉的时间》,《当代作家评论》2013 年第 2 期。
② 梁晓声:《浮城·自序》,文化艺术出版社 2000 年版,第 2 页。

从人文幻想的角度进行研究。现代以来，神魔小说受到一定程度的抑制，想象空间大为收缩。中国科幻小说是近代西方文化影响的结果，多为模仿借鉴之作。因此，近年来，呼吁本土幻想小说的声音很高。如2004年11月14日《北京日报》发表杨展的文章《让本土的幻想文学腾飞》；2007年7月17日《中国文化报》发表黄仲山的文章《幻想文学：走出民族性缺失的尴尬》；2005年4月11日《长春日报》发表孔凡飞的文章《探索中国本土幻想文学》；2007年7月10日《中国图书商报》发表谢迪南和李东华访谈《中国幻想小说还是"无根"文学》等。这表现了人们对于幻想小说中国化的强烈要求，而中国人文幻想小说更容易获得突破。梁启超认为中国传统文化重视讨论人生和社会问题，在全人类文化史上有着重要的地位。所以，他的《新中国未来记》以上海的博览会展出中国文化为自豪。

近现代以来，人文幻想小说不断发展演变，但是因为与科幻小说的界限不清，也很少有人关注这类小说。晚清期间，西方科幻小说的引入，对晚清小说产生了很大影响，出现一个幻想小说创作的小高峰。但是总体来看，晚清科幻小说对西方科幻小说模仿的痕迹比较明显，科学的内容薄弱，仍然是人文精神多一点。梁启超的《新中国未来记》开创了中国20世纪人文幻想小说的新纪元，对20世纪人文幻想小说有奠基意义。虽然其小说艺术价值不高，但其乌托邦思想在现代人文小说中具有原型意义，近年来逐渐引起学术界的关注，但是对其与科幻小说的区别仍然没有太多讨论。

五四以后，现实主义创作方法成为主流，束缚了文学的想象，人文幻想小说成为冷门。特别是现代文学，由于时代现实的严酷，中国作家的笔锋异常凝重。现代文学三十年，只产生了老舍的《猫城记》、张恨水的《八十一梦》、沈从文的《阿丽丝中国游记》、张天翼的《鬼土日记》几部人文幻想小说。作家的想象力受到现实制约，思想飞翔不起来，幻想空间大打折扣。文学史也很少从幻想文学的角度关注此类作品，对它们的评价也总是放在现实主义的框架中，对其人文幻想小说的特征缺少应有的关照。

当代文学从一开始就具有浓厚的人文关怀色彩，在历史反思人文思潮的烛照下，乌托邦的历史实践也成为文学探索的一个焦点，对乌托邦的建构与解构在同时进行。阎连科的《受活》是对乌托邦实践的追问；格非的"乌托邦三部曲"是对乌托邦思想的深刻探讨。同时，当代文学还有一些针对历史和现实危机的人文幻想小说产生。梁晓声的《浮城》是对现代城市危机的预言；王晓波的《未来世界》也对未来世界充满焦虑；莫言的《生死疲劳》是对现代社会变革和人类终极关怀之间矛盾冲突的叹问。这些作品更是科幻小说无法容纳的。新时期以后，由于拉美魔幻现实主义的引入，对于一些幻想小说都冠以魔幻现实主义，带有模仿借鉴之嫌，一些明显具有本土特色的幻想小说也被拉美魔幻现实主义的概念所覆盖。21世纪以后，各种幻想小说明显增多，指称也是五花八门，所谓"玄幻小说""奇幻小说""魔幻小说"等。面对此种杂乱的局面，也需要一个相对明确的说法。因此，人文幻想小说作为幻想类小说的独立品种，应该具有独立性。对此类作品的专门研究有利于推动人文幻想小说的繁荣和发展，为小说创作的多元化和丰富性做出努力。

三 中国近现代人文幻想小说的研究现状

现代以来，关于科幻小说的研究不少。由于科学技术的发展和进步，科幻小说失去了文化启蒙价值，科幻小说几乎成为儿童文学的代名词。不少人把科幻小说当作儿童小说的一部分去研究。科幻小说不断被边缘化。吴岩《科幻文学论纲》一书的第一章标题为"作为下等文学的科幻小说"，对于人们关于科幻小说的偏见明显表示不满和无奈。近年来，关于科幻小说与幻想类文学的研究有了新的改观。王德威在他的《想象中国的方法》一书中对晚清科幻小说进行了深入探讨。他注意到晚清科幻小说的独特价值，认为"晚清科幻作品所呈现的各种乌托邦视野，以及对时间及空间观念的实验，更是我们一窥世纪之交，历史及政治思潮嬗变的好材料"[1]。虽然他还没有把科幻小说与人文幻想小说区别开来，但他没有把研究的重心放在科幻上面，而是放在人文思想方面，从历史、想象、方法等方面去研究，开拓了幻想小说研究的新思路，对中国当代文学研究产生了直接的影响。有人发现，近年来，中国的新科幻小说越来越超出科幻迷的小圈子，开始进入严肃的文学阅读与研究者的视野，原因就在于中国新科幻大幅度地涉及一些人文议题。[2]

我们可以看到，21世纪以后的学术研究，"想象"与"乌托邦"成为两个出现频率很高的关键词，尤其成为一些博士论文的热门选题。王卫英的博士学位论文《重塑民族想象的翅膀——20世纪中国科幻小说研究》对20世纪以来的科幻小说进行了比较系统的论述，他关注的核心是小说的想象性问题。全南珫的博士学位论文《中国现当代幻想文学研究》对各类幻想文学进行了梳理和研究，他关注的是除了科幻小说以外的其他幻

---

[1] 王德威：《想象中国的方法》，生活·读书·新知三联书店1998年版，第45页。
[2] 参见文志荣《当代中国新科幻中的人文议题》，《南方文坛》2012年1月26日。

想类型的小说,他的研究以儿童文学和魔幻现实主义文学为主要对象。周黎燕的由博士论文而成的《"乌有"之义——民国时期的乌托邦想象》一书,从政治乌托邦、乡土乌托邦和革命乌托邦等层面,集中研究了民国时期的乌托邦思想和乌托邦文学的价值与意义。龙慧萍的博士论文《当代文学中的反乌托邦寓言研究》对当代文学中具有乌托邦色彩的寓言小说进行分析评判,主要对王小波、格非、阎连科、李佩甫等的小说进行文本细读。郑丽丽由博士论文而成的《风雨"中国梦"——清末新小说中的"救国"想象》一书,对清末小说的"救国"理想进行了梳理和探讨。同时,还有许多关于乌托邦文学和理论的研究。耿传明在"现代中国乌托邦小说研究"的课题框架下发表了一系列论文,如《清末民初"乌托邦"文学综论》《清末民初乌托邦文学类型、源流与文化心理考察》等,对清末民初的乌托邦文学进行了较为系统的有深度的研究和探索。耿传明由这一课题结项出版的著作《来自"别一世界"的启示——现代中国文学中的乌托邦与乌托邦心态》,可以看到,他对现代文学中的乌托邦问题进行了系统深入的探讨。周均平《审美乌托邦刍议》一文,从乌托邦的词源学、表现形式和本体论等方面评价了审美乌托邦的性质、内容、地位和价值。孟二冬《中国文学中的"乌托邦"理想》一文,总结了中国文学中的乌托邦表现的特点:一是站在社会对立面,从与社会现状相反的方向去构想,表现出对社会现实不满的情绪;二是这些理想社会不是从国家的政治法律、行政组织等方面去设想,而是没有王治的无政府状态;三是以复古思想为指导,提倡远古的道德,追求返璞归真的原始状态。[①]

晚清幻想小说的研究是一个学术热点,但对晚清幻想小说的类型说法不一。有些学者把晚清的一部分幻想小说看作政治小说或者理想小说,如杨联芬在《晚清至五四:中国现代文学现代性的发生》一书中,把这类小说分为政治小说和理想小说。冯鸽的《晚清·想象·小说》一书将晚清的幻想小说称为"非写实小说",从晚清小说的意象选取与叙事特征方面对晚清幻想小说进行分析,认为"非写实叙事在整个 20 世纪文学发展中时隐时现,其具有的多种文化内涵和时代特征以及文学叙事特点非常鲜明地呈现出中国文学与现代社会接轨的转型痕迹"。陈方《论中国近代乌托邦小说的意义》、张全之《文学中的"未来"——论晚清小说中的乌托邦叙事》、潘艳慧《"向后看"的乌托邦——论晚清作家的时间想象》等文章都从不同角度论述了晚清幻想小说的某些特征。

[①] 参见孟二冬《中国文学中的"乌托邦"理想》,《北京大学学报》2005 年第 1 期。

关于民国时期幻想小说的研究较为薄弱，因为这类作品相对较少，但近年来有逐步加热的趋势。一些现代文学史家很早就注意到中国现代文学史上的几部作品与众不同，把它们视为另类。夏志清《现代中国文学感时忧国的精神》一文把沈从文的《阿丽丝中国游记》、老舍的《猫城记》、张天翼的《鬼土日记》并置而论，认为这三部作品在感时忧国的题材中，表现出特殊的现代气息。他注意到这三部作品的某种相似性，以及与其他作品的不同。杨义的《中国现代小说史》把张恨水的《八十一梦》与《鬼土日记》《猫城记》相联系，把它们视为"奇书"。现代研究者把以上四部作品视为中国现代小说的另类。马兵在《想象的本邦——〈阿丽丝中国游记〉〈猫城记〉〈鬼土日记〉〈八十一梦〉合论》一文中，对现代文学出现的四部幻想小说进行文本分析，对这类作品的表现特征进行研究，还没有对其文体性质做出结论。杨胜刚《想象"革命乌托邦"——30年代左翼小说对无产阶级革命前景的展望》一文，认为20世纪30年代左翼革命小说有些作品描绘了作家想象革命后将来临的理想社会图景，在乌托邦精神已成为人类稀缺资源的当代，仍有动人的光辉。吴晓东《中国文学中的乡土乌托邦及其幻灭》一文，探讨了中国乡土文学中乌托邦思想在现代化进程中的破灭过程。

对于魔幻现实主义小说的研究比较多。由于这类小说与科幻小说和魔幻小说等类型的小说形成某些交叉，许多人把它们都视为科幻小说，显然有些笼统。与此相关的是对于中国桃源精神和文化的研究。如阎笑雨《论中国现代乡土作家的"桃花源"情结》认为，中国现代乡土作家走过了一个离开桃花源、回归桃花源、重构桃花源的心路历程。胡书庆的《"桃源"梦：现代作家的乡土之恋》，从中国现代作家的文化类型出发，分析了中国现代作家存在浓厚的乡土情结这一现象。董颖的《论沈从文的"湘西"小说与"桃源"情结》认为沈从文的湘西小说构筑了美丽的桃源世界。其他还有刘锋杰的《惊不破的桃源梦——略论中国现代文学中的城乡对立描写》、张立的硕士学位论文《论新时期小说中的桃源叙事》等，都从不同的角度论述了中国现代文学中的桃源精神。

进入21世纪以后，当代小说的幻想性作品更趋增多和复杂，有人把它们统视为"奇幻文学"，这方面的研究论文不少，如郭星《超越"现实"——当代文学的认识论意义》、巩亚男《中国当代奇幻小说研究》、王宁川《预言与诗意的回归：奇幻文学疮痍双重解构》等。这方面的创作情况也比较复杂，如郭敬明《幻城》好像是网络游戏，或者说是现代童话。与我们所论的人文幻想小说不同，有必要把它们区分出来。

值得注意的是，21世纪以来，尤其是近年来，关于乌托邦小说和乌托邦的讨论多了起来。敬文东《格非小词典或桃源变形记——"江南三部曲"阅读札记》用大量篇幅对格非的"江南三部曲"做了阅读札记式的细致阐释。他认为"江南三部曲"的"一切情节，一切最基本的小说要素，大都紧密团结在桃源梦的周围，并围绕桃源梦，组建它们的生活与行动轨迹。……看起来，在一个根本不可能有桃源梦、在一个刻意追杀桃源梦的'现代性'时代，格非很愿意不合时宜地追忆古老的桃源梦、缅怀臆想中的桃源梦"[①]。李遇春《乌托邦叙事中的背反与轮回——评格非的〈人面桃花〉〈山河入梦〉〈春尽江南〉》一文认为，格非的小说延续了中西方传统的乌托邦冲动及其叙事，表现了我们民族百年乌托邦冲动中背反与轮回的挣扎与洗礼。梁鸿《招魂、轮回与历史的开启——论〈受活〉的时间》一文，对《受活》的价值和意义给予了极高的评价。李遇春认为："《受活》撇开二十世纪以来中国现代文学的启蒙传统——真实的世界，社会的教谕和严谨的秩序，而接续了中国传统小说的'志怪'传统——异象、异人、异景。它也绕过十九世纪启蒙主义理性，重续十八世纪怪诞离奇的小说传统——夸张的人物和情节"[②]。陈晓明《"在他性"与越界——莫言小说创作的特质与意义》一文认为，莫言《生死疲劳》的"越界"是其意义所在。其他还有南帆《魔幻与现实的寓言》、刘勇与张驰《20世纪中国文学现实与魔幻的交融——从莫言到鲁迅的文学史回望》等，都对这些不同于以往的现实主义作品的新变给予了关注和评价。但是总的看来，人们给这些小说的命名还没有达成共识。有人称这类小说为"政治寓言"，也有人称为"后现代主义"。这方面的研究已经成为热点，但对其创作的变异还没有找到更好的评价尺度。

综上所述，人文幻想小说的独立已经呼之欲出，人文幻想小说承载着厚重的现代人文精神，对于社会文明建设和人文精神的构建都有现实意义，所以笔者不揣浅陋，对人文幻想小说做尝试性探讨。

[①] 敬文东：《格非小词典或桃源变形记——"江南三部曲"阅读札记》，《当代作家评论》2012年第5期。

[②] 李遇春：《乌托邦叙事中的背反与轮回——评格非的〈人面桃花〉〈山河入梦〉〈春尽江南〉》，《中国现代文学研究丛刊》2012年第10期。

第一章　中西方人文幻想小说的发展演变

在中西方文学中，人文幻想小说有着悠久的历史。从广义上讲，文学都是幻想的。但是文学的幻想是以描写现实为主，是在现实基础上的想象。而幻想文学以描写超验世界为主，思维建构在想象上。自人类产生以来，就伴随着想象。早期的神话是人类最早的幻想文学。但是中西方文学史上，幻想文学都出现过断层。罗伯茨在《科幻小说史》序言中曾经提出一个疑问："为什么在古希腊和文艺复兴之间有那么长的一个断层？这两个时代相距千余年，这期间居然没有产生过一部科幻著作，这究竟是为什么？"而中国现当代文学也在一个很长的时期内出现了人文幻想小说的断层。梳理人文幻想小说的脉络可以发现，它是起伏不定、时断时续的。

近代以来，科学幻想成为小说的重要题材，科幻小说甚至成为人类科学发展的先锋和前导。中国的神话故事"嫦娥奔月"以及法国作家凡尔纳的《月界旅行》等成为现代太空科技发展的目标。可以说是科幻小说推进了现代科学的发展，或者说科幻小说代表了人类对未来的幻想。另外一类与科幻小说不同的幻想小说是各种历险记。罗伯茨说："科幻小说的文学类型，起源于古希腊小说中的幻想旅行作品。""科幻小说的原型为'关于星际旅行的小说'。"一些乌托邦小说也经常伴随着到异邦或者跨时间的旅行。[①] 笛福的《鲁宾逊漂流记》开了先河。此类小说甚多。这类小说主要建立在资本主义的殖民观念，以及冒险精神和扩张要求的文化价值基础上。现代科幻小说和历险小说往往结合起来，表现科学的历险。随着全球化脚步的来临、现代化进程的加快，伴随而生的社会危机和弊端也随之而来，传统观念受到挑战和颠覆，反乌托邦小说开始出现。人文幻想小说不断演化。

---

① 参见［英］亚当·罗伯茨《科幻小说史·序言》，马小悟译，北京大学出版社2010年版，第3页。

一　西方人文幻想小说的发展

人类文明产生以后，国家建立，社会组织逐渐趋于理性，人类对于理想社会的想象也同时产生了。西方的乌托邦小说尤其发达。从古希腊开始，哲学家们就在探讨理想国的各种形态，柏拉图的《理想国》从社会结构的各个角度探讨了理想国的种种可能以及种种疑虑。在社会发展的不同阶段，都会有预言家和先锋派的思想家们设想未来。西方人文幻想小说可以追溯到西方神话。西方神话主要以表现神与英雄故事为主，那些超自然的神与英雄表现了古代人民战胜自然的理想愿望。西方文学史认为，喜剧作家阿里斯托芬的《鸟》是"欧洲文学史上最早描写理想社会的作品"①。作品以神话幻想为题材，写两个雅典人和一群鸟一起在天地间建立了一个"云中鹁鸪国"。这个国家是一个理想的社会，其中没有贫富之分，没有剥削，劳动是生存的唯一条件。这几乎与后来的空想社会主义相接近了。意大利作家薄伽丘的《十日谈》"开欧洲近代短篇小说的先河"，具有浓郁的幻想色彩。其中的探险题材也为西方近代的探险小说所延续。法国16世纪产生了拉伯雷的《巨人传》。这是一部充满幻想的长篇小说。三个巨人形象荒诞不经，但在他们身上寄托了作者的理想。《巨人传》里描写的德廉美修道院体现了作者的理想。在这里，人们互相信任，没有尔虞我诈。人们可以自由自在地生活，可以光明正大地结婚，可以发财致富。修道院只有一条规定："做你所愿做的事。"这完全是一个理想的社会。《巨人传》还提出了教育的方案，主张发展人的天性，进行新的人文主义教育，使人全面发展，把人培养成全知全能的人。

空想社会主义产生了大量的人文幻想文学。比较早的是英国思想家托马斯·莫尔所作的《乌托邦》。莫尔是欧洲文艺复兴时期杰出的人文主义者。他生于1478年，1535年因违抗英王亨利八世，被判死刑，走上了断头台。《乌托邦》是用一种游记文学的形式，通过一位航海家的讲述，虚构出一个乌托邦来。《乌托邦》第一部分是对现实的描写和批判，第二部分是对理想国的描写。其中一个重要的思想就是财产公有，他认为私有财产是万恶之源。这一思想成为社会主义思想的基础。《乌托邦》这部文学作品，同时也成为社会主义思想史上的一部伟大文献，几百年来一直享有盛名，对后世影响巨大，出现了一系列的类似作品。

1606年，意大利作家康帕内拉在监狱中完成了《太阳城》，1623年

---

① 杨周翰等：《欧洲文学史》，人民文学出版社1983年版，第46页。

出版。康帕内拉承认此书脱胎于《乌托邦》。德国学者托维·阿达米读过《太阳城》的手抄本,他旅行到意大利,到狱中探望康帕内拉,两人多次交谈,成为知音好友。阿达米将手稿带出,开办学校,宣讲康帕内拉的思想,其中约翰·凡·安德里亚直接受到启发,于1618年写出了《基督城》。《乌托邦》《太阳城》《基督城》被称为空想社会主义的三颗明珠。《太阳城》是用一个招待所管理员和一位从海外归来的航海家对话的形式,描写所见所闻。《基督城》是用第一人称的游记方式,记叙作者自己的经历。作者记叙自己为探究科学而到大海上航行,结果船被风浪掀翻,幸存者无几,他只身漂流到一个位于南极的孤岛。他惊奇地发现这里是一个世外桃源。这个基督城据说是最忠实的基督教徒,当初遭到迫害时漂洋过海,选择佳境,在这里逐步建立起来的。他作为一个外来人,查清其品行和为人等情况后,才允许其进城参观。具体的社会结构和人们的生活情况,作者对《乌托邦》和《太阳城》中的想象进行了改进。比如,在《乌托邦》和《太阳城》中,人们都在公共食堂用餐,《基督城》里的人们则在家里用餐。他认为人们在一起用餐,会引起争执和混乱。

1627年,英国实验科学的始祖弗·培根的《新大西岛》出版。这是培根的一部遗作,没有完成,由他的文字遗产执行人出版。这部著作被视为西方早期乌托邦作品之一。在这部著作中,培根描绘了他理想的社会图景。虽然有些学者认为《新大西岛》"没有一点和当时英国现实情况背道而驰的社会政治制度的描写","很少有乌托邦性质"。但是从文本形式来看,它仍然是一部乌托邦作品。

1656年,英国政治思想家詹姆士·哈林顿出版了政治小说《大洋国》。这部书也有人视为空想社会主义的著作。1659年,哈林顿又出版了这部书的节本,改名为《立法的方法》。哈林顿的一个重要思想就是认为,财产是政权的基础,生产资料所有权形式决定政权形式。如果一个国家的大部分土地被一个人所占有,必然形成君主制;为少数人所占有,必然形成贵族制;为全体人民所享有,就可以建立共和国。此书以英国的现实为基础,也有空想的成分,在当时曾遭查禁。

伴随近代英国的殖民扩张运动,产生了一个探险小说发展的高潮。1492年,哥伦布的航船抵达美洲。1519—1522年,麦哲伦率领船队完成了第一次环球旅行。15世纪末到16世纪初,葡萄牙航海者的一些地理大发现,开辟了广阔的世界市场,促进了资本主义原始积累和商品货币关系的大发展。随着西方航海业的发展,人类加快了探索地球的步伐,寻找新大陆成为西方探险家的理想目标,北美新大陆的发现,使殖民主义者更加狂喜，对外扩张和征服世界的欲望日益强烈。16世纪中期，英国资本主义走上了快速发展的道路，海外贸易空前发达，殖民战争也不断发生，殖民地不断扩张。在这样的背景下，许多探险文学相继出现。

西方探险文学以老牌殖民宗主国英国最为盛行。如笛福的《鲁滨逊漂流记》《海盗船长》、斯蒂文生的《金银岛》、乔纳森·斯威夫特的《格列佛游记》等。就连被称为空想社会主义明珠的作品，也带有殖民探险性质。如托马斯·莫尔的《乌托邦》、詹姆士·哈林顿的《大洋国》，而德国人约翰·凡·安德里亚的《基督城》也是直接受到《大洋国》的影响而写成的。这些作品虽然是表现理想国的思想，但是故事的基本线索都是讲述航海人的冒险经历，以发现新大陆为基本故事情节。

这些作品往往把故事的地点放在一个人迹未至的荒辟孤独的小岛上，如《鲁滨逊漂流记》《金银岛》《格列佛游记》等。这些作品的模式以航海人讲述的视角来叙事，讲述他们的冒险经历，航船遇险，同伴丧身，幸存者漂流到一个孤岛上。叙事者讲述的情绪是兴奋的、喜悦的，犹如发现了新大陆一般。他们的思想和情感是殖民主义者的思想和情感，他们往往以占有者的身份炫耀。

丹尼尔·笛福的《鲁滨逊漂流记》开创了这类小说的先河。这是一个传奇故事，但是作者一改传奇小说的写法，以写实的笔调描写人物的生活环境和细节，让人如临其境。

1726年，英国作家斯威夫特完成了他的《格列佛游记》，他在小说中虚构了"小人国"和"大人国"。在小人国里，皇帝每天要大臣在他面前游戏取乐，并以游戏的功夫决定大臣的升迁，小人国有两个党，由鞋跟的高、低分成两个派别，讽刺了西方的政党制度。

1888年，美国作家爱德华·贝拉米出版了乌托邦小说《回顾》。他在作品中预言在公元2000年，人类社会将由资本主义和平进化到社会主义。1891年，英国作家威廉·莫里斯不同意贝拉米的空想，他创作了《乌有乡消息》表达自己的理想。他把乌托邦理想同共产主义社会的目标结合起来。小说采用新旧对比的方法，一方面揭露批判19世纪末的资本主义社会；另一方面描写未来的共产主义社会。未来社会的描写是用梦的方式。在这个社会里，没有私有财产，也不用货币，人们需要什么就到商店去领。贫富差别已经消失，人人都有工作，丰衣足食，无忧无虑。它所呈现的完美社会优雅而令人向往，小说特别表现了对于美的追求。这些乌托邦小说所表现的思想意义，使它们在人类思想史上占据了一个重要的地位。今天，许多作品都已成为思想史的文献。

1905 年到 1907 年，法朗士出版了《企鹅岛：圣诞故事》，小说完全以想象为基础，描绘了企鹅国中的企鹅人的历史和未来，同时也是人类的历史。这是一部政治讽刺小说，也是人文幻想小说。与之前的幻想小说不同，他对人类未来已表现出悲观倾向。

　　19 世纪末和 20 世纪以来，在西方现代主义作品中，出现了一些表现社会危机和问题的小说，如卡夫卡的小说。他不是写社会已经发生的事，而是幻想社会可能发生的事。同时，西方文坛出现了"反乌托邦三部曲"：扎米亚京的《我们》、奥威尔的《1984》、赫胥黎的《美丽新世界》。苏联作家扎米亚京的《我们》写于 1921 年，讲述的是一个 26 世纪的幻想故事。在这个世界里，存在一个"一体国"，由一个"造福者"统治，虽然每年都要重选一次，但是投票总是一致通过。乌托邦的居民完全丧失了个性，人物都以号码相称，就像监狱里服刑者的号码。做爱也实行配给制。他们生活在玻璃房子里，以便容易被政治警察监控。国家的指导理念是，幸福与自由不相容。"一体国"消灭了自由，实现了幸福。英国作家乔治·奥威尔受《我们》的影响，在 1948 年创作了长篇小说《1984》，小说塑造了一个"老大哥"形象，这是一个独裁者，严格控制着人们的思想。反对老大哥的人即使在心里想着打倒老大哥也会被思想警察发现，被定为"思想罪"。真理部有一块电幕，不断重复出现老大哥的脸和三句口号，即战争即和平、自由即奴役、无知即力量。人们感到无论在哪里，都会被老大哥和电幕上的声音所控制，没有任何东西是属于你自己的。小说想象极权制度下社会的情形，对未来充满了恐惧。《美丽新世界》是一部科幻小说，作者对科学技术的发展感觉忧虑，预言六百年后，高科技将会毁灭人性。奥威尔对照《我们》和《美丽新世界》以后认为，《美丽新世界》受到了《我们》的影响。他说："两本书写的都是人的纯朴自然世界对一个理性化的、机械化的、无痛楚的世界的反叛，两个故事都假定发生在六百年以后。两本书的气氛都相似，大致说来，描写的社会是同一种社会，尽管赫胥黎的书所表现的政治意识少一些，而受最近生物学和心理学理论的影响多一些。"[1] 因此，扎米亚京的《我们》被认为是"反乌托邦的源头之作"。此类小说在中国也有类似表现，写机器人代替人类的可怕后果等。西方人文幻想小说正沿着这个方向发展。

---

[1] ［英］乔治·奥威尔：《焚书年代的文学珍品——评扎米亚京的〈我们〉》，引自扎米亚京《我们》，赵丕慧译，北京燕山出版社 2013 年版，第 2 页。

二 中国人文幻想小说的发展

中国幻想文学的源头是远古神话,讲述的都是与大自然斗争的英雄故事,如"精卫填海""女娲补天""后羿射日""大禹治水""黄帝擒蚩尤"等,表现远古人民战胜自然的理想和愿望。诸子时代,先秦社会秩序的崩塌、旧有价值的沦丧,引发了诸子对现实世界和人类的生存方式及其价值意义的探讨,以及对理想社会的追寻。其中最有代表性的,对后世影响深远的是老子的"小国寡民"和儒家的"大同世界"。春秋末期是一个大震荡、大变革的时期,战争不断、兵祸连连,再加上统治者的残暴统治,人民生活痛苦不堪,这些现象必然引发人们对自然、社会的深层思考。在这种背景下,老子的哲学思想应运而生。他反对日益扩大的诸侯兼并战争,因而便有了"小国寡民"之说。这是他为那个礼崩乐坏的社会开出的一剂镇静剂,是因厌恶现实而设计出的一幅理想的社会蓝图。老子对这个理想社会如此描述:"小国寡民,使有什伯之器而不用;使民重死而不远徙;虽有舟舆,无所乘之;虽有甲兵,无所陈之;使民复结绳而用之。至治之极,民各甘其食,美其服,安其居,乐其业,邻国相望,鸡犬之声相闻,民至老死,不相往来。"这是老子的理想国。在这个自然天地里,国土狭小,人民稀少,没有战争,没有剥削压迫,先进的器具都得不到使用,人民生活简单淳朴,自给自足,彼此之间互不干扰,直到老死也不相往来。这里的一切都顺其自然,无欲无为。老子"小国寡民"的政治理想是基于对现实的否定而建立起来的,但它所宣示的无疑就是一种桃花源式的世界。老子对理想社会的构想具有一定的积极意义,是他为解决当时社会的诸种矛盾而开出的一剂良方,但其反对技术进步、想要回到原始社会的主张不能不说是一种倒退,因而他的社会理想还停留在原始闭塞的农村公社时代。相对于老子的"小国寡民"之说,儒家则在此基础上加以吸收和发展,建构了更加完美、更加令人向往的"大同之世"。《礼记·礼运篇》云:"大道之行也,天下为公。选贤与能,讲信修睦。故人不独亲其亲,不独子其子,使老有所终,壮有所用,幼有所长,矜寡孤独废疾者,皆有所养;男有分,女有归;货恶其弃于地也,不必藏于己;力恶其不出于身也,不必为己。是故谋闭而不兴,盗窃乱贼而不作,故外户而不闭,是谓大同。"儒家要建立的大同之世,以公有制为基础,以"选贤与能,讲信修睦"为行政方针,以平等博爱的精神来处理人际关系,按照各自的能力进行社会分工,一切财富归公共所有,呈现出一片没有战争、没有剥削、人与人之间和睦相处、夜不闭户的美好景象。

秦汉以后中国幻想文学开始朝着巫、鬼、神、仙的方向发展。鲁迅在《中国小说史略》中说："中国本信巫，秦汉以来，神仙之说盛行，汉末又大畅巫风，而鬼道愈炽；会小乘佛教亦入中土，渐见流传。凡此，皆张皇鬼神，称道灵异，故自晋迄隋，特多鬼神志怪之书。"[①] 如东方朔《神异经》《十洲记》，仿《山海经》而作。《隋志》有《列异传》三卷，叙述鬼物神怪之事。

魏晋时期，陶渊明的《桃花源记》，使"桃源"成为中国文学创作中的一个文化原型。与老子的"小国寡民"和儒家的"大同之世"相比较，陶渊明笔下的"桃花源"已不再是抽象的描述，而是一幅生活实景图。这是一个封闭自足的地方，没有战乱，人们自食其力，怡然自乐，一片和平宁静。"桃花源"不仅凝聚了陶渊明对社会、人生和理想的思考与追求，蕴含着深厚的文化底蕴，而且对后世文人影响巨大。"桃源"意象作为个人与社会的理想境界，具有了某种原型意义，积淀成为中华民族的集体无意识。与此同时，志怪小说逐渐兴盛起来，出现了《博物志》《拾遗记》《搜神记》等作品。这些作品表现的多是神怪世界。

早期唐传奇仍有六朝志怪遗风，如《古镜记》，讲述一面古镜降妖显灵的故事。《游仙窟》已经开始摆脱六朝志怪影响，更接近于人的世界和现实生活。中唐以后的作品如《枕中记》《南柯太守梦》，融合寓言和志怪，表现"人生如梦"的主题，虚无主义思想浓厚，与"桃花源"的理想构想南辕北辙。《柳毅传》也具有神怪色彩，但是充满人间社会的清新空气，是对六朝志怪的革新之作。

吴承恩的《西游记》是中国幻想文学的集大成者，融神话志怪于一体，以丰富的想象力，创造了人民群众喜爱的典型形象孙悟空和猪八戒。想象空间极为广阔，天上、人间不断往返。虽然表现的是神话和志怪形象，但其思想内涵是对人间社会自由和理想的探索。

明清时期的《封神演义》《镜花缘》，营造的是神仙世界。《封神演义》以传说的殷周斗争和武王伐纣的传说故事为基础，增补了关于神魔斗法的描写。其中塑造的有些人物形象如哪吒和姜子牙，影响很大，流传后世很广。李汝珍的《镜花缘》写唐女皇武则天的专制，她下令百花在冬天开放，花神不敢违旨，开花后遭到天谴，被谪为一百个女子。花神领袖百花仙托生为唐敖之女小山。唐敖科举落第，泛海出游散心，到小蓬莱求仙不归。小山思亲心切，出海寻父。在小蓬莱红亭内录得一卷"天

[①] 鲁迅：《中国小说史略》，《鲁迅全集》第9卷，人民文学出版社1995年版，第43页。

书"。回来后，正好逢女试录取百女，花神在人间重逢，众女及第尽欢而散。小山重回仙山。《镜花缘》的乌托邦思想并没有跳出现存制度。其中表现的提高妇女地位的主题，有重要的思想意义。

蒲松龄《聊斋志异》是古代人文幻想小说的杰作。小说以作家对人生、社会的亲身感受和所见所闻为基础，承袭了《枕中记》《南柯太守梦》等作品的题材，收集了民间故事和传说，以丰富的想象力，创造了众多人们喜爱的鬼魂故事，曲折离奇，引人入胜。

有人认为，中国作家的想象力不是指向过去的历史，就是指向传统佛道的神灵世界，而神灵世界也总是处于一个清晰的过去时代，如《西游记》依托唐代历史，《封神演义》则以殷周历史为据，现代武侠小说同样多以唐宋以后历史为基本的叙事依据。中国朝向未来的叙事，几乎没有。梁启超《新中国未来记》开启的中国文学的未来维度，后来并没有得到很好发展。中国人对于未来的想象力，先是被残酷而连绵不断的内外战争所摧毁，后又被僵化变形的高度意识形态的未来理论学说所压抑，再也没有人像梁启超那样，展开鲲鹏之翼，去设想一个民族的辉煌了。此话有一定道理。不过，文学幻想的传统并没有完全泯灭。林语堂在《奇岛》中通过人物之口表达了他对未来想象文学的态度。他说："人生少不了幻象，幻象使人生变得可以忍受。把世界剥夺了幻象，我们就失去了生存的目标。""我们不能生活在冷冰冰，赤裸裸的现实里。"神话是一种语言，象征的语言，既富诗意又富有幻想，可以解释宇宙的力量，用令人愉快的故事记录人类瞥见某种真理的瞬间印象。现代人已失去想象和虚构的能力，喜欢活在冷冰冰、赤裸裸的现实里，宁可剥去一切色彩和感情。但是，事情都是变化的，王德威说："中国传统小说的叙述形式，非常信赖历史性的语境来达到其存在的合法性和逼真的效果。"① 到了晚清时，知识分子接受了进化论，相信世界万物是前进的，严复翻译的《天演论》有重要作用。"晚清社会的'大叙述'在时序上的锐变，可由小说叙述方法中得到有力的证明。尤其是科学幻想说部，提供给我们一个重新理解时间方向和时间性的文类。看一看各部科幻小说的题目，例如《新中国未来记》（1908）、《未来教育记》（1905）、《世界末日记》《新纪元》（1910）、《新中国》（1910）和《光绪万年》（1908），我们就可以了解彼时作者在想象中国时，不只描写已经发生的事，更有兴趣想象将会发生的事。"② 这是

---

① 王德威：《想象中国的方法》，生活·读书·新知三联书店1998年版，第109页。
② 同上。

一个事实。

中国文化并不缺少社会幻想文学传统，诸子百家的学说都有他们想象的社会理想在。儒家有儒家的社会理想，道家有道家的社会理想，农家有农家的社会理想，农家的君民同耕思想不是很理想吗？屈原《离骚》用的是神话的形式，表现的也是社会幻想的内容。但是中国幻想文学传统有一个特点，中国文化中崇拜的是一种"仙境"，民间传说故事如《天仙配》《白蛇传》营造的就是半人半仙的生活模式。经典小说《西游记》《镜花缘》中的想象和理想也都寄托在仙界，以仙界为依托。陶渊明建构的桃花源境界是中国乌托邦想象的源泉和基础，也多少有些仙界意味。蒲松龄《聊斋志异》是中国古代人文小说的杰出代表，他所营造的人、鬼相通的世界，以丰富的想象力，表现了中国文化对于人类生死的认识。

中国封建文化建立以来，专制成分日益加重，特别是儒家文化，比较务实，重视现实问题，压抑创新意识。孔子讲不语"怪力乱神"，对于超现实的思想持排斥态度，极大压抑了中国人的想象力和创造力。辛亥革命前后，社会的转型和新文化的引进，引发了人们对于未来的想象，出现了一股社会幻想小说思潮，如《新中国未来记》《新纪元》《新中国》《光绪万年》《新石头记》等。吴趼人的《新石头记》虽然以《红楼梦》为蓝本，以贾宝玉为主人公，但并不是《红楼梦》的续作。只是假借《红楼梦》中"补天"的意旨，让贾宝玉这块顽石成为复强国家的新型人物，作者在书中构建了一个新的文明境界。吴趼人提倡君主立宪制，这个文明世界就是君主立宪式的。他想象的社会已经超出了陶渊明桃花源那样的小农式洞天福地，而是具有现代气息的现代化大国，贾宝玉甚至乘坐一艘状似巨鲸的潜水艇，航行海底两万里，由南极到北极，看尽奇观异景、珍禽怪兽。显然，吴趼人受到西方科幻小说的影响。

五四以后，现实主义文学成为主潮，社会革命和社会改革成为人们关心的焦点，乌托邦成为贬义，成为虚无主义的同义词，只有少数作品出现。王德威在谈到晚清科幻小说时说："这一类别的小说，在五四之后突告沉寂。除老舍《猫城记》、沈从文《阿丽丝中国游记》等聊为点缀外，文坛大抵为写实主义的天下。"[①] 在这之后的很长一个历史时期，中国人文幻想小说完全被一种伪理想主义的文学所代替，文学假、大、空的表现及社会实践的乌托邦表现，使乌托邦这个词蒙受巨大的误解。直到新时期文学才又重现这一文学传统。

---

① 王德威：《想象中国的方法》，生活·读书·新知三联书店1998年版，第61页。

三 中西方人文幻想小说的演变

人文幻想小说一般都有一个乌托邦在里面，但是不同的历史时期，乌托邦的含义却不相同。从乌托邦词义的演变中可以看到人们对乌托邦的不同认识，也可看到乌托邦发展演变的过程。人们对"乌托邦"这个词的运用和理解因为历史的演变不断变化。乌托邦的原意是指现实不存在的虚拟的理想国。现在人们多用于形容不切实际的空想。格非认为："'乌托邦'这个概念，在最近的一二十年间，其含义经过多重商业演化，已经变成了对它自身的讽刺。"① 因此，他的桃源系列小说不愿冠以"乌托邦"的名目。这其实是对乌托邦的一种误解。早期人文幻想小说设想的乌托邦都是美好的社会，乌托邦与理想国是同义词，如西方的《乌托邦》《太阳城》《大洋国》《基督城》，中国的《桃花源记》《新中国》。这个时期，人们对人类发展怀有美好希望，认为人类社会不断向好的方向前进。两次世界大战以后，人们对未来社会发展的希望遭受巨大打击，对人类社会的未来产生了危机意识，出现了许多预警的小说，如西方现代派小说，卡夫卡的《变形记》、奥威尔的《1984》等。这类人文幻想小说以反乌托邦的形式出现，对社会的幻想不是以理想的姿态，而是以幻灭的形态来表现。描写西方文明的终结、衰落、危机、死亡，现代主义的作品都是这样的主题。1948年，英国作家乔治·奥威尔写出长篇小说《1984》，影响巨大。该小说是一部反极权主义的作品。有人说它是一部影射苏联的反共小说；也有人说它是一部反极权主义的预言。他的反极权主义的斗争是他社会主义信念的必然结果。他相信，只有击败极权主义，社会主义才可能胜利。现代化的发展，伴随着巨大的危机，环境的污染，能源的枯竭，人类共同面对着生存的压力，出现了很多危机文学，对人类未来面临的危机进行预示和警示。这类幻想文学可能是今后很长一个时期人文幻想小说发展的一个主题。进入21世纪以来，中国当代文学对于乌托邦演变的历史进行深入思考和反思，出现了一批以乌托邦为创作题材的小说，由于历史的原因，"乌托邦"这个词的含义已经变得复杂，它常常与虚妄、不切实际相对应。对乌托邦的反思和追问甚至质疑，成为现代人文小说创作的主题之一。当代作家阎连科的《受活》和格非的"乌托邦三部曲"就是这样的代表作。乌托邦实验的失败和理想的幻灭使他们开始重新审视乌托邦。

中国近现代人文幻想小说与古代人文幻想小说有很大差异。从时空上

---

① 格非：《人面桃花·弁言》，上海文艺出版社2012年版，第1页。

看，想象空间缩小了。《西游记》式的上天入地的想象已经消失。人类社会高度发展，全球化的浪潮席卷而来，今天的地球村，像西方人文幻想小说那样的孤岛模式也不存在了。柯云路的《孤岛》只能想象一辆被洪水围困的火车，暂时与世隔绝；梁晓声的《浮城》想象城市的沦陷破裂，漂移到海上，成为孤岛。这意味着人类的世外桃源已无处追寻。

西方人文幻想小说往往表现对未知空间的探寻和孤岛世界的向往。从莫尔的《乌托邦》至笛福的《鲁滨逊漂流记》，这类小说都是探险加孤岛的叙事模式，是开放加封闭的模型，其中具有浓郁的探险精神和殖民文化倾向。而中国作家的创作与此大相径庭。老舍的《猫城记》显然受到《格列佛游记》《鲁滨逊漂流记》《金银岛》之类"历险小说"的影响，但在价值立场和主题意义上却完全相反。《鲁滨逊漂流记》《金银岛》是西方殖民文化的表现，是殖民主义者的自我张扬，表现的是殖民主义的价值观。《猫城记》则是对殖民文化的沉重控诉。西方早期的乌托邦小说都是对未来的美好描述，而《猫城记》则以反乌托邦的姿态描写异邦。可以说《猫城记》是一部较早的反乌托邦小说。

科学技术的发展，人类社会的进步，物质条件极大丰富，而人类在精神生活方面却受到诸多局限，想象的空间大大压缩。《西游记》似的天马行空的想象再也见不到了，乌托邦的空间想象受到限制。现实生活纠缠着作家的思维方式，使他们难以摆脱。想象的乌托邦都是短暂的、瞬间的。柯云路的《孤岛》想象一列被洪水围困的火车成为与世隔绝的瞬间的情形。真正的孤岛已经寻觅不到了。丁西林的四幕话剧《妙峰山》，前三幕都是写乱世的情状，最后一幕写剧作家理想的社会，寄寓了剧作家对社会未来的理想。剧情写抗战期间，女主人公华华出外旅行，遇到保安队抓到的土匪头目王老虎，经过一番了解，知道这个土匪原来是北京一所名牌大学的教授，华华也曾是那所大学的学生。华华解救了王老虎，也随王老虎上山，在妙峰山上体验到一种新的生活。王老虎自称他们是"王家寨集团"。凡是志愿加入的，都得在入伍之前进行考试，入伍以后，在分配工作的时候，进行口试。工作规定，各人再试工一月。凡是不及格的，立即辞退，追偿伙食杂费。在这里，工作机会有的是，而且是学以致用，学过工程的，可以加入工程队，做建筑营造的土木工作；学过机械的，有机械厂、兵工厂；学农的，有农场、果园；女学生受过高等教育的，可以当医院的护士、托儿所的保姆和中小学的教员。但是这个地方也有专制，不是处处自由，可以结婚，但是不准恋爱。入会还要宣誓，有点像宗教组织，与现实生活很近。京派作家建构的世外桃源更是有意避开想象和虚幻的叙事方式，以现实描写的姿态来表现。

相对而言，科幻小说与意识形态相距较远，受到的思想束缚不大，所以比较发达。而人文幻想小说与社会意识形态相关，受到极大抑制，一直难有发展。不仅在中国，在日本，在西方国家也是一样。德国学者卡尔·曼海姆的著作《意识形态与乌托邦》系统论述了意识形态与乌托邦的关系。路易斯·沃思为此书写了序言，他在序言中说："所有社会都有'危险思想'的领域。""日本对物理学和生物学成果的热情接受与其在经济、政治和社会研究方面的谨慎和防范形成了鲜明的对比。"曼海姆在书中论述了乌托邦和意识形态的关系，他说："现存秩序产生出乌托邦，乌托邦反过来又打破现存秩序的纽带，使它得以沿着下一个现存秩序的方向自由发展。"他认为："每个历史事件都是由于乌托邦而从托邦（现存秩序）中产生的一种不断更新的解放。只是在乌托邦和革命中才有真正的生命，制度的秩序总是乌托邦和革命走入低潮后留下的邪恶残余。因此，历史的道路总是从一个托邦经过一个乌托邦而导向下一个托邦。"[①] 曼海姆肯定了乌托邦推动社会发展的进步意义。乌托邦就是改造社会的先锋，是打破现存秩序的革命思想。所以，乌托邦一直受到意识形态的压制。中国的人文幻想小说极少，世界范围内的人文幻想小说也不发达。现实主义根深蒂固的观念和意识形态的某些原因，也在很大程度上束缚了人文幻想小说的发展。我们看到，现代作家在幻想小说创作中往往习惯于"借幻讽真"的方式，就是以幻想的世界影射现实世界，形式上的幻想仍然摆脱不了现实的影子，幻想世界只是现实世界的翻版。

新时期以来，以王小波、刘震云、阎连科、莫言为代表的中国作家开始察觉到人文幻想小说的重要性，尝试进行人文幻想小说的突破，创作了一批具有丰富想象力的人文幻想小说作品，中国现代人文幻想小说缺失的状态开始有所改观。

---

① ［德］卡尔·曼海姆：《意识形态与乌托邦》，黎鸣等译，商务印书馆2007年版，第202页。

第二章　晚清幻想小说的兴起

鸦片战争打开了古老中国的大门，西方列强对中国进行大肆侵略的同时，也把西方的政治、经济、文化带入中国，这使晚清时期的中国面临的是"三千余年之一大变局"的现实。中国面对西方列强的侵逼，失地丧权，赔款受辱，无数的有识之士痛定思痛，百思千虑，探求救国之路。最初以"师夷长技而制夷"为目标，去学习西方的先进技术，以期自保，而后再图自强。但学习西方技术并没有改变中国腐败落后的现状。一些有识之士开始思考探索新的强国之路，他们又转而学习西方的先进制度、文化。可见晚清知识分子有着迫切的向西方学习的愿望。他们强烈希望中国强盛，因此，晚清小说出现一个叙事模式，在未来某一天，中国屹立于强国之林。那时的中国不再受欺侮，而是与世界各国相互交流，平等对话。一时间，许多对未来寄托理想和希望的幻想小说应运而生。

一　社会的转型和思想观念的巨变

晚清时期，社会正处于一个新旧交替的时代，加之中西文化的碰撞，古老的中国改变了几千年来的超稳定文化思想结构。积贫积弱的现实，改变了中国人盲目自大的心理。求新求变，成了知识分子总的精神旨归和诉求。他们共同的指向就是国家的更新、民族的改造、文化的重建。其中，严复、康有为、梁启超等人就是这个时期的思想先驱者，他们的思变诉求影响极大。

1876年，严复被派往英国海军学校留学三年。他兴趣广泛，不仅专心学习军事，还对西方学术思想有广泛的了解。后来他的兴趣逐渐脱离本行，转移于西方的资本主义政制的哲学。回国后，他在政治上不受重用，就以译著的方式寄托自己的思想，以文化启蒙的方式促进国家的变革。他在辛亥革命前先后翻译了八部重要的西方著作，包括亚当·斯密《原富》、斯宾塞《群学肄言》、孟德斯鸠《法意》、约翰·穆勒《名学》等，影响最大的是《天演论》。严复第一次比较系统地把西方资产阶级的政治、经济等方面的学术思想介绍到中国来。此后西学的传播开始具有明确的理论形式和思想内容。《天演论》不仅成为中国当时先进的知识界维新变法的思想武器,而且促使近代资产阶级哲学思想发生变革,成为资产阶级政治变革的前导。

《天演论》一个重要的思想就是天地之变。变是自然法则,是常态。《天演论》的导言,开始就是"察变",自然万物无时无刻不在变动之中。在变动中不变的法则,就是"天演",以"天演"为主体的物竞天择。万物都在进行着生存竞争和自然淘汰,人类社会也是一样。这种思想对于长期守旧的中国,以及遵从"天不变道亦不变"古训的中国知识分子是一种极大的冲击。

严复翻译的《天演论》中有一节专论"乌托邦"思想,认为乌托邦思想并非是毫无意义的幻想:

> 夫如是之群,古今之世所未有也,故称之曰乌托邦。乌托邦者,犹言无是国也,仅为涉想所存而已。然使后世果其有之,其致之也,将非由天行之自然,而由尽力于人治,则断然可识者也。①

乌托邦虽然是想象,但是经过世代的努力,后世有可能得到实现,成为现实的国家。而这种理想的国家不会从天而降,依靠自然所得,它需要经过人的努力才能获得。这种思想对现代知识分子产生了潜在的影响。近现代文学对国家未来的想象已经不像古代的陶渊明那样描绘无迹可寻的桃花源,而是基于现实的设想。晚清幻想小说都是在现实基础上对于未来的想象,小说大都是前半部写现实存在的问题;后半部描画未来的理想。

晚清时代的最强音就是改良维新,从郑观应到康有为,逐渐形成了一套改良主义的思想体系。尤其是康梁维新派,他们从著书立说到社会实践,都以社会变革为核心。当时社会上出现了大量的变法维新的奏议、报纸和书籍。清末资产阶级改良运动兴起,百日维新运动不仅是一场政治运动,也是一场思想运动。维新运动的骨干成员都有自己的思想体系。康有为是维新变法的领导者,也是近代社会重要的思想家。他在叙述自己思想变化过程时,在他苦读诗书的时候,感觉到苍生的困苦,自己却找不到拯救他们的出路。后来,他舍弃考据帖括之学,"以经营天下为志"。在寻找治国道路的时候,由于大量浏览西方的著述,才了解到西方人治国有

---

① [英]赫胥黎:《天演论》,严复译,华夏出版社2002年版,第49页。

法度，不能以老大中国的态度加以轻视，开始渐近西学。在中西文化共同作用之下，康有为构建了他的乌托邦思想——《大同书》。这部著作大部分内容完成于 1901—1903 年。李泽厚认为此书的思想产生的时间要早，而其中有些内容还是后来添加进去的。即是说，《大同书》是康有为长期思考的结晶，集中国大同思想和世界平等自由思想之大成，不是一时之作。《大同书》"依据公羊家的三世说，结合《礼运篇》的小康大同说，佛教慈悲平等和耶教博爱平等自由的教义，卢骚的天赋人权说，加上耳食到的一些欧洲空想社会主义学说，构想出一个大同世界"①。《大同书》全书分为十部。首先陈述现世之苦：天灾、人治、人道、人情、妇女、私有、国家等苦处。然后主张破除九界：一去国界，消灭国家；二去级界，消灭等级；三去种界，同化人类；四去形界，解放妇女；五去家界，消灭家庭；六去产界，消灭私有制；七去乱界，取消各种行政区划，全球设大同公政府；八去类界，众生平等；九去苦界，到达极乐。这显然是一种比空想社会主义思想还要空想的乌托邦。李泽厚认为，康有为空想社会主义的产生，是因为"他们当时面临着一个空前变动、万花缭乱的时代，一切都在迅速地崩毁着、形成着、变异着……从未曾有的新局面令人炫惑，原来坚固的旧事物开始令人怀疑，不是个别的枝节问题而是复杂严重的根本问题摊在人们面前，要求解决"②。于是，就有了维新思想和维新运动。可以说，康有为的大同思想是西方乌托邦文化思想与中国桃花源文化精神融合的结果。

同样是维新运动的领导者，梁启超是社会思想变革的急先锋。他不断给当时发行量达万份之多的《时务报》撰写政论文章，宣传变法思想，以"变亦变，不变亦变"的非变法不可的强硬姿态要求变革，为变法启蒙做了极大贡献。历史将鸦片战争看作近代史的开端，同时也是国家转型的开始。国家的转型不是首先以政治形式来表现，而是从思想和文化上潜移默化地进行。中国文明数千年，朝代不断更迭，但是由于封建王朝的家天下组织结构，国家与国民处于离合状态，人们普遍缺乏国家意识。对此，梁启超慨叹道："耗矣哀哉，吾中国人之无国家思想也！其下焉者，惟一身一家之荣瘁是问，其上焉者则高谈哲理以乖实用也。"③ 近代以来，西方国家的转体和强盛，惊醒了中国知识分子，现代国家意识在他们思想

---

① 方渊：《大同书·前记》，《大同书》，中华书局 2002 年版，第 1 页。
② 李泽厚：《中国近代思想史论》，天津社会科学院出版社 2004 年版，第 115 页。
③ 梁启超：《新民说》，中州古籍出版社 1998 年版，第 70 页。

上开始萌发。辛亥革命时期，人们的国家意识尽管受到狭隘民族主义的限制，但是毕竟懂得了国家不是某个人的国家，也不是某个家族的国家。梁启超《新民说》专用一节"论国家思想"，他认为国民都应该有国家思想。所谓国家思想："一曰对于一身而知有国家，二曰对于朝廷而知有国家，三曰对于外族而知有国家，四曰对于世界而知有国家。"他批判了封建主义的"朕即国家"的腐朽观念，将朝廷与国家区别开来，将忠君与爱国区别开来。他认为，"有国家思想者，亦常爱朝廷，而爱朝廷者，未必皆有国家思想。朝廷由正式而成立者，则朝廷为国家之代表，爱朝廷即所以爱国家也，朝廷不以正式而成立者，则朝廷为国家之蟊贼，正朝廷乃所以爱国家也"①。这种认识标志着知识分子现代国家意识的建立与觉醒。而晚清末年清朝政府与国家利益的背离也使知识分子很容易认清这个事实。国家意识的启蒙和觉悟是晚清幻想小说的重要主题之一，政治改良成为民心所向，晚清幻想小说几乎都具有一种国家启蒙意识。

康、梁等人发起的百日维新运动虽然失败了，但它所带来的政治意识与思想启蒙的冲击是巨大的，他们的思想主张和文化观念广泛传播开去，逐渐深入人心。面对奄奄一息即将崩溃的清朝统治，一些有为之士和小说家，对于未来中国产生了美好期待，他们往往以西方发达社会为蓝图展开想象，开始在心中规划中国未来的种种变化。政治体制的、法制的、教育的、文化的、城市和国家建设的、妇女解放的，等等。晚清的政治是最黑暗的，对于知识分子的压迫也是最残酷的，虽然社会处于崩溃和解体的前夜，但是对于人的思想的压制并没解除，因此利用小说宣传维新思想就成为重要的渠道。梁启超认为改良社会和国民，必须首先更新小说。他把小说的政治功能提高到前所未有的高度。中国小说从不入流的地位一下子被提高到与治国等高的位置，极大地激发了小说家的热情，产生了一场"小说界革命"。一些知识分子纷纷写起小说来，宣传自己的政治主张和新的思想观念。陆士谔本是上海的十大名医之一，竟也拿起笔写起小说来，由此可见，写小说的风气之盛。春帆在《未来世界》中反复说明自己写小说的目的就是宣传立宪思想。他说："在下做书的一介书生，既无尺寸之权，又无立言之责，看着那立宪以前的社会，想着那立宪以后的国民，不要去学那立宪以前的腐败，这就是在下这部《未来世界》的缘起了。"② 晚清幻想小说的主旨就是改变中国，他们希望政治革新改变中国

---

① 梁启超：《新民说》，中州古籍出版社1998年版，第89页。
② 春帆：《未来世界》，《晚清小说大系》，广雅出版有限公司1984年版，第5页。

现实，使老大中国重新焕发青春活力。小说的关键词都是"新中国""新纪元"。他们企图重塑新中国形象。阿英《晚清小说史》没有专门提及幻想小说，他对晚清小说以思想内容分类，他把幻想类小说大多放到"立宪运动两面观"一类小说中。这类小说有主张立宪的，也有反对立宪的。晚清小说在政治改革的预期中大都倾向立宪制，也有少数主张君主制的。陆士谔的《新中国》还有一个名字叫"立宪四十年后之中国"。碧荷馆主人的《新纪元》想象1999年的中国，政治上"久已改用立宪政体"。春帆《未来世界》写立宪的完备过程，他认为人人都有自治的精神，家家都有国民的思想，就可以成为立宪的中国了。所以，小说的主旨就是立宪启蒙教育，改造国民思想，如写家庭纷争，以确立新的伦理关系；写两性关系的诸种形式，以发展到自由结婚；写学校的提倡与创办，以建设现代文明。吴趼人主张君主立宪，他的《光绪万年》想象万年之后仍然有君主。然而，不管怎样，晚清幻想小说的最大梦想就是强国。碧荷馆主人《新纪元》想象中国已经强盛，最后以中国的黄帝纪年统一世界各国的不同纪年法。

不过，千百年文学正统观念的影响也不可能一下子完全消除，虽然写小说成为一时的文化风尚，但还是有些作者不愿公开自己的真实身份，有些小说家用的是笔名，如碧荷馆主人、荒江钓叟等，有的作者不详。这给后世的研究带来了一定的困难。

二 西方幻想小说的影响

晚清文学由于社会的转型和变革以及受西方幻想小说影响，出现了幻想小说创作的高峰。阿英《晚清小说史》在谈及晚清小说繁荣的原因时说："第一，当然是由于印刷事业的发达，没有前此那样刻书的困难……第二，是当时知识分子受了西洋文化影响，从社会意义上，认识了小说的重要性。第三，就是清室屡挫于外敌，政治上又极腐败，大家知道不足与有为，遂写作小说，以事抨击，并提倡维新与革命。"[1] 阿英道出了晚清小说繁荣的部分原因，晚清幻想小说的蜂起，也多缘于此。另外，还受到西洋翻译小说影响，19世纪末到20世纪初，随着西方文化的引入，各种科幻小说和人文幻想作品的翻译出版，遂产生了各式各样的"未来记"作品。阿英《晚清小说史》指出，晚清出版的小说千余部，其中三分之二是翻译作品，而一些幻想小说作家的作品，如柯南·道尔、赫格德、凡尔

---

[1] 阿英：《晚清小说史》，江苏文艺出版社2009年版，第1页。

纳的作品稳居畅销小说前三名。据一些科幻小说史著作的统计，科幻小说达百余部之多。碧荷馆主人在他的幻想小说《新纪元》中也提到外国小说《未来之世界》和《世界末日记》，打破了中国小说家以历史故事为蓝本的历史叙事方式。他说："我国从前的小说家，只晓得把三代、秦汉以下史鉴上的故事，拣了一段作为编小说的蓝本……从来没有把日后的事仔细推求出来，作为小说材料的。"他在当时就看到了中国古代小说的一个症结。于是，他想要改变小说创作的这种现状。"开始专就未来的世界着想，撰一部理想小说。"① 耿传明则认为，美国作家爱德华·贝米拉的乌托邦小说《回头看》（又译《回顾》《百年一觉》）是中国近代乌托邦的母本，梁启超的《新中国未来记》就是从《回头看》学来的倒叙式的未来叙事。"这种叙事表明作家的叙事立场从过去和现在转向了未来和理想，时间已不再是单纯的客观时间，而已成为包含着作家的希望和期待的历史时间。"② 在这样的审美风气中，中国小说开始发生翻天覆地的变化。

晚清幻想小说名目和种类繁多。据粗略统计，从1902年到1911年10年间创作的幻想小说数量大约70部，翻译的外国幻想小说约60部，幻想小说创作的数量大于翻译的数量，但晚清幻想小说受外国幻想小说的影响较大。

荒江钓叟的《月球殖民地小说》明显受到凡尔纳《月界旅行》的影响，想象为了拯救生活在水深火热中的中国四万万生灵，造一个能够离地、飞往月球的大气球，摆脱现实困境，飞往理想世界。小说中关于科学的想象是幼稚的，气球只是一个叙事的线索，重点是想象一个世外桃源，一个远离现实的理想世界。小说中制造和乘坐气球的是日本人玉太郎，他乘坐气球来到新加坡。中国人龙孟华在湖南杀人报仇，逃到南洋住了七年，看到玉太郎的气球，就想借来一用去寻找失散的妻子儿女。玉太郎随后陪着龙孟华乘气球先后到纽约、伦敦、孟买等地。然而所到之地，都备受歧视。同时，龙孟华的儿子龙必大博士也在四处漂泊。有一天，他在一个码头游览的时候，看到一座山，山上有一个湖，犹如仙境。龙必大走得累了，不知不觉就睡着了。梦中被一个女孩叫醒，叫他坐上气球，在气球上逗留了几十天，才知道女孩的家在月球凤飞崖。后来，龙孟华与儿子龙必大相见了。玉太郎发现月球人的气球比他的气球先进不知多少倍，引起

---

① 碧荷馆主人：《新纪元》，广西师范大学出版社2008年版，第2页。
② 耿传明：《来自"别一世界"的启示——现代中国文学中的乌托邦与乌托邦心态》，南开大学出版社2014年版，第23页。

了他的反思。强国只是相对而言,是靠不住的,天外有天。假如有一天,月球人也要到地球上开拓殖民地,地球人也要遭劫了。玉太郎以前夜郎自大的念头化为乌有。小说表现出一种超前的宇宙意识。

徐念慈的《新法螺先生谭》是模仿外国科幻小说《法螺先生谭》而创作的。小说主人公法螺先生因为研究科学问题,灵魂修炼成了一种可以发光的原动力,其光力比太阳强万倍。而且光照过后,光热可以留存,照射一小时,能光明三小时。光束可以照彻天地。但是每当光束照到中国的时候,中国人正在午休,一个个浑浑噩噩,对刺眼光束麻木不仁。法螺先生大怒,身体被火山爆发般的巨大力量冲开,变成无数火球,与泥沙一起飞上半空,落到一户人家的炕上。炕上一个老翁,象征老大中国形象,已经老态龙钟,行动迟缓,他的时钟比世界时间慢了几百年。小说表现出作者对中国现实的忧虑。

吴趼人的《新石头记》明显受凡尔纳小说《海底两万里》影响,小说共四十回。前二十回叙述宝玉出家后,凡心再动,回到清末野蛮世界的经过。后二十回写宝玉为了逃避官方追捕,来到文明境界。在这个世界里,科学技术高度发达,千里镜、机器人、水下潜艇、飞车隧道,交通便利,令宝玉大开眼界。小说最后写宝玉参加万国和平会议,出席会议的中国皇帝出场演讲。宝玉听皇帝演讲东方文明正在兴头上,不料一脚踏空跌落深渊,醒来才知道是一场梦。

碧荷馆主人的《黄金世界》似乎更像西方的探险小说,通过世界漫游寻找所谓的黄金世界。小说主人公陈氏与阿金从广东应招到古巴做工,陈氏在船上受到虐待,昏晕倒地,被狠心的船主抛入海中。但她并没有淹死,漂浮到螺岛,被人救起。这个只有四五十万亩的小岛,四周被大山环抱,只有一条小河通向外界,形成与世隔绝的局面,二百六十多年来,独立于世,成为一片无人知晓的净土。岛上有岛长,一年一轮,通过选举产生。前后交接时,总要叮嘱古训。岛上不论男女,到六岁都要上学。岛上只有五千人,就有四十所学堂,无人不读书。陈氏在岛上生活了一段时间,由于思夫心切,就想出岛寻夫。岛上的热心人应怀祖等人便与之结伴,向英伦进发。到了伦敦,陈氏进了学堂。在教员的帮助下,陈氏得到了去古巴的公文,开始到古巴寻夫,最后夫妻团聚。富商夏建威和何图南经过社会的纷争和家庭的纠纷,也看破了社会和人世,应怀祖劝何图南把产业分与家庭众人,失利得名。何图南听从了应怀祖的建议,分完财产后与陈氏夫妻等人一起来到螺岛定居,过着隐逸的生活。夏建威到螺岛后感觉螺岛虽好,但地方太小,不足以回旋。有人说又发现了一块杳无人迹的大地，不妨去开辟一块花团世界、锦绣江山，建立一个比现在政治道德更完善、文明的世界。小说对未来还有更大的期待。总的看来，小说表现的是中国的桃花源精神。

类似的小说还有旅生的《痴人说梦记》，这是一部梦幻和记游的小说。小说主人公贾守拙送儿子贾希仙到学堂学习洋文。他毕业后在社会上遇到一些纠纷，为了摆脱困境到海外逃生，在海上遇到种种艰难困苦，后来寻找到一个仙岛，其中的社会和人事都是新鲜的。小说幻想中国已成文学国度，在海上漂泊的中国人感到，既然中国成了文明社会，我们不妨回去，何必漂洋过海，这般辛苦，回去也有事业可做。在岛上，开办教育，种田做工，人人安居乐业。岛上生产的东西用不完，还出口到香港。小说结束时，贾守拙的亲家老古做了一个梦，梦见自己回到了老家汉口，不见了往日的洋人，火车都修通了，回到村子里，到处都是学堂，连卖菜的都认识字。皇帝出来也不带随从了，很随意地走走。贾守拙说："这就是我们中国将来的结局。"小说以梦幻的形式想象中国的未来社会。

萧然郁生的《乌托邦游记》，是一部把探险和乌托邦结合在一起的小说，作品没有完成，只有四回。小说的主人公因为厌倦现实社会，便四处游历，寻找理想社会。他坐上现代交通工具"飞空艇"，在船上他看到了一个崭新的文明景象：船上不分等级，人人平等。船上还有图书馆、博物馆、俱乐部、实验室、制造工厂、讲习班等。总之，作者构想的"飞空艇"就是一个现代文明社会的缩影，他对未来的想象都寄托在上面。

碧荷馆主人的《新纪元》是一部科学幻想小说，受西方科幻小说的影响是明显的。作者在小说一开始就明确表示写这部小说主要受到两部西方科幻小说启发：一部是《未来之世界》；另一部是《世界末日记》。这部幻想小说较之其他晚清幻想小说，科学技术的成分更多一些。故事的时间是1999年，这时的中国是一个"少年新中国，并不是从前老大帝国可比"。中国已经独立，所有的租界都已收回，国防力量也很强大。在这样的前提下，当时政府开议院大会，通过广泛讨论，宣布中国及其附属国改用黄帝纪年。这个决定一出即招致白人世界的反对，他们利用先进的武器和技术，联合起来对中国进行挑战，一场黄、白之战瞬间打响。此时，正值欧洲黄种人与白种人发生纠纷，酿成内乱，黄种人求助中国大皇帝，中国随即出兵远征欧洲，利用先进的军事武器与白人列强开战。中国的豪杰黄之盛本是个武官，后来赋闲在家。战事起来后受到政府电召，他应召出山。他的长兄黄之强是电学专家，他的夫人金景嫄研究光学。黄之盛把他们和有关人士都组织起来，开始研究和发明新的武器技术与白人抗衡。最后通过水陆空武器的比拼，迫使白人列强签订城下之盟，制定了世界和平条约，世界统一使用黄帝纪年。

　　陈天华是辛亥革命时期著名的革命家，他的政治理想就是推翻清朝专制政府，建立民主共和国家。他的《革命军》一书被誉为中国近代"人权宣言"。书中在表现民族独立的排满思想的同时，也以西方民主国家为蓝图建构了中国民主共和国家的政治和法律体系，突出强调了人权问题。《狮子吼》就是陈天华政治理想的形象表现，因此这部小说一直被视为政治小说。这部小说仅存八回，约五万字，没有写完。小说以"物竞天择，适者生存"的学说为主旨，突出民族强盛诉求。小说虚构了一个先祖开辟的舟山小岛，岛上的人名和地名都有寓意，如小岛上有一个"民权村"，民权村有个中学堂，总教习"文明种"，他向学生传授革命思想，发动革命。他的学生们共同起来推翻清朝政府，使中国成为强国。小说写的主要是革命的理想和过程，还没有具体写到理想实现后的情形，从中可以看到作者受到西方乌托邦小说的影响。在叙述方法上则借鉴了日本的幻想小说《雪中梅》的写法，《雪中梅》开始描写公元2040年高度现代和繁华的东京，然后回顾走向现代和繁华的历程，其中有许多演讲和辩论，这些都为陈天华所借鉴。小说的前两回是论文的形式，论述中国积贫积弱的历史和原因。作者站在世界文化和现代文明的立场检视中国陈旧的观念和故步自封的文化基因，以达尔文《进化论》、赫胥黎《天演论》等西方现代文化精神为参照，弘扬人类进化和强者兴国的思想理念。小说的情节结构则仿照了西方乌托邦小说的叙事模式。

　　幻想小说除了长篇，还有一些中短篇，如吴趼人《立宪万岁》，想象皇帝降旨，预备立宪。玉皇大帝不知立宪为何物，便召集群仙商议此事。群仙七嘴八舌，有的认为立宪出自西方，不能以夷变夏。有的认为既然下界都实行了，天上也不能落后。玉皇大帝认为，不如派人去西方打探一下再说。但是派谁去西方打探呢？群仙又是一番舌战。最后由孙行者和八戒到西天访问，见到耶稣，他说他是宗教家，不是政治家；又见到苏格拉底，他说他是哲学家，不是政治家。孙行者和八戒只得到欧洲下界探访，见到了中国商家中的一个投机分子，他道出了他的生存之道，也道出了立宪的实质。他说无所谓立宪不立宪，只要有机会赚钱，今日革命党有机会赚钱，我就高谈革命；明日立宪党有机会可以做官，我就高谈立宪。最后，群仙终于明白，所谓立宪，就是改两个官名，其余一切照旧。于是群仙一片欢呼，立宪万岁！小说讽刺了换汤不换药的立宪闹剧。其余还有饮椒《地方自治》等，批判预备立宪时代地方自治的虚伪。

蔡元培的《新年梦》是一部对未来中国理想进行规划设计的幻想小说，现实的针对性比较强。小说的主人公"中国一民"是具有新思想、新观念的"新人"。作者认为要想更新社会建立新中国，必须要培养"新人"。一民曾游学欧美，具有世界的眼光，精通英、德、法三国文字。为了实现理想的新中国，一民做了一个梦，在梦中他看到了一个世界大同的社会，使用统一的语言文字，国家都消灭了，万国公法裁判所、世界军也废除了，人类可以驾驭自然，到星球去殖民。小说把理想社会实现的时间放在1964年。这部小说类似于康有为的《大同书》。耿传明认为，《大同书》也是一种文学的想象，"这些具体的有关人类未来社会的描述，充其量不过是富于想象力的文学表述"①。

另外还有一批想象"上海未来"的小说，如庄乘黄的《新上海未来记》（1914）、毕倚虹的《未来之上海》（1917）、包天笑的《新上海》（1925）、徐卓呆的《未来之上海》（1925—1927）、新中华杂志社编的《新上海的将来》（1934）等。从写作时间上看，晚清幻想小说的余绪延续到20世纪二三十年代。

晚清幻想小说篇目很多，但是有的比较简单，有的还没有完成。然而从人文幻想小说的角度去看，有些作品虽然没有写完，却具有一个划时代的意义，如梁启超《新中国未来记》；有些作品从小说艺术上看不算上乘，但是具有独特的思想价值，如陆士谔《新中国》、春帆《未来世界》等，值得仔细回味。

三 晚清幻想小说科学与人文的关系

鸦片战争以后，西方先进的科学技术成为中国人追慕的目标。中国政府派出留学生主要是去学习西方的先进技术，以提高中国的国防技术和能力。许多仁人志士也提出和主张科学救国理念。对于科学技术的尊崇是科幻小说盛行的时代背景，因此一些小说家即使不懂科学，也往往会穿插一些科学的元素作为故事的辅助材料。可以说，在小说中表现科学是一种审美时尚。碧荷馆主人在他的小说《新纪元》中所说的一席话很能代表当时的社会风尚：

现在世界上所有格致理化一切形下之学，新学界都唤作科学。世

---

① 耿传明：《来自"别一世界"的启示——现代中国文学中的乌托邦与乌托邦心态》，南开大学出版社2014年版，第57页。

界越发进化,科学越发发达。泰西科学家说得好:十九世纪的下半世纪,是汽学世界;二十世纪的上半世纪,是电学世界;二十世纪的下半世纪,是光学世界。照此看来,将来到了二十世纪的最后日期,那科学的发达,一定到了极点。

……

因为未来世界中一定要发达到极点的乃是科学,所以就借这科学,做了这部小说的材料。①

晚清幻想小说大都有一个科学外壳,以科学为线索勾勒小说,但是由于几千年来中国文化中科学观念的缺失,以及中国现实社会中科学技术的落后,一些小说家在创作科幻小说的时候,只是把科学技术当作一个穿插,并非主旨。所以,有的小说作者就在书中事先声明,他所写的并不是真正的科学小说。科幻小说的科学性不强,而人文精神却得以张扬,借科学的外壳,表现自己的社会理想。碧荷馆主人在他的幻想小说《新纪元》中一面强调科学的重要,一面声明自己所写小说的主旨并非科学。他说:"看官,要晓得编小说的,并不是科学的专家,这部小说也不是科学讲义。虽然就表面看去是个科学小说,于立言的宗旨,看官看了这部书,自然明白。"② 吴趼人的《新石头记》在当时的幻想小说中,科学的比重是比较高的,但小说出版时标明的是"社会小说",并未以"科学小说"标榜。杨联芬认为"吴趼人写这部小说的用意,主要不在科学想象的离奇与故事的传奇性上,他只是借用了'科学'和'幻想'的形式来探讨中国社会的理想模式"。小说的前半部分展示的现实社会,是一个畸形发展的现代社会。后半部分展示的是真正的文明境界。政府是一个民主的政府,取之于民,用之于民。科学发达,人民安居乐业。③ 其他科幻小说也是如此。萧然郁生的《乌托邦游记》、荒江钓叟的《月球殖民地小说》等,都有先进的科学工具,"飞空艇""飞车""快艇""气球"。但他们创作的主要意图还是在人文思想方面。荒江钓叟的《月球殖民地小说》从题目上看是一部科幻小说,气球都飞到月球了,在今天看来也是一个高科技的东西。但是细读小说就会发现,小说没有丝毫科技含量。关于那个飞翔的气球,小说关于它的制动方面的机器原理只写了一个有伸缩功能的

---

① 碧荷馆主人:《新纪元》,广西师范大学出版社2008年版,第1—2页。
② 同上书,第2页。
③ 参见杨联芬《晚清至五四:中国文学现代性的发生》,北京大学出版社2003年版,第67页。

座椅，其余没有任何技术性的描写，只说气球里有客厅，有体操场，还有卧室和餐厅。对于那个月球人乘坐的气球，也只说它比日本人的气球先进百倍，真正哪儿先进却只字不提。所谓的科学只限于一个概念，并无实质性内容。王德威也认为晚清科幻小说的科学幻想，最终仍然落到批判国民性上。杨联芬认为，"清末的科学小说，'科学'的成分有限，而又没有展开幻想的翅膀；它们的想象，都胶着在现实的焦虑中，带着浓厚乌托邦色彩"①。徐念慈《新法螺先生谭》是晚清科幻小说中科学性较强的一部，但小说的科学理想主要在于改造国民。叙事者称其灵魂在空中遨游时看到水星上有造人术，可以把一个垂老之人从头顶上凿一个大穴，将其脑汁取出，再灌入新鲜的脑汁，这个人就活泼如少年了。叙事者很是羡慕：

> 以余之理想，此事为彼处造人术无疑，人之生存运动思想，无一不藉脑藏，今得取其故者，代入新者，则齿秃者必再出，背屈者必再直，头鬓斑白者必再黑，是能将龙钟之老翁，而改造一雄壮之少年，惜余未尝习其术，否则，余归家后，必集合资本，创一改良脑汁之公司于上海，不独彼出卖艾罗补脑汁之公司将立刻闭门，即我国深染恶习之老顽固，亦将代为洗髓伐毛，一新其面目也。②

这是作者为我衰老民族和出窝老的国民哀叹！希望能寻一个良方改变这种现状，使古老的中华民族重现活力和生机。作者首先想到的还是造人，改造国民，科学最终还是为人服务。

不仅如此，晚清科幻小说甚至表现出某种反科学倾向，对科学发展的未来表示质疑。荒江钓叟的《月球殖民地小说》通过玉太郎的反思，认识到科学的强盛是无止境的，强国只是相对而言，假如有一天，整个地球甚至整个宇宙的科学技术都发达起来了，月球人也要到地球上开拓殖民地，地球人也要遭劫了。这一思想实际具有重要的警示意义，两次世界大战的悲剧证明了这一点，我们今天的世界也在证明这一点，各国都在进行军备竞赛，水涨船高，结果就连军事实力最强大的美国也经常没有安全感。徐念慈《新法螺先生谭》中的叙述者说他发明了脑电，在全国甚至世界各地招了很多学生学习脑电。没料想，脑电风行之日，

---

① 杨联芬：《晚清至五四：中国文学现代性的发生》，北京大学出版社2003年版，第67页。
② 徐念慈：《新法螺先生谭》，《中国近代文学大系·小说集》（6），上海书店出版社1991年版，第335页。

却是发明者的末日:

> 遍地球失业之人,殆不止三分之一,笑者、骂者、叫者、恨者、讪者,此风一起,仅一星期群起而攻者,初仅背后之讥弹,继为当面之指斥,终且老拳之奉赠。余知此处非安乐土,不得不暂避其锋,潜归故里。①

这样一位孜孜不倦追求科学理想的人却落得个如此下场!小说一方面反映了中国当时的现实;另一方面也表现了对科学救国的质疑。

与此相反,晚清幻想小说承载着浓厚的人文精神。碧荷馆主人的《新纪元》在晚清幻想小说中相对而言科学元素比较多一些,但是小说的出发点却在人文层面,科学只是一个工具,最终是要在世界上确立民族的地位,以中国黄帝纪年时间为标志,争取一个主导的地位。

可以说,晚清幻想小说基本上都是人文幻想小说。

---

① 徐念慈:《新法螺先生谭》,《中国近代文学大系·小说集》(6),上海书店出版社1991年版,第343页。

第三章　晚清人文幻想小说

在 20 世纪现实主义主潮的语境下，对于晚清小说，中国文学史比较看重李伯元和吴趼人等人的谴责小说，肯定他们对现实社会的批判意义。对于晚清小说的资产阶级改良思想的评价多从负面谈其局限性，没有充分认识到它们的思想意义和价值。近年来，晚清幻想小说，尤其是梁启超《新中国未来记》，逐渐引起学术界的关注，甚至成为学术热点，但是基本上还局限于小说本身，对其独特的思想价值仍然认识不够。在一个社会转型、新旧交替、中西文化激烈碰撞和社会大变革的重要时代，晚清幻想小说承载着太多的思想信息和意义，随着时间的推移，其重要性日益显现，需要我们深入发掘和重新认识。

一　晚清人文幻想小说的意义

晚清幻想小说是中国小说的一次真正的革命，呈现出一种全新的面貌，不仅在中国小说史上具有重要的意义，在思想史上也值得被重视，其潜存的启蒙意义和艺术价值不应被忽略。

1. 强烈的改革诉求和政治启蒙思想

中国传统的幻想文学的思想根源是桃花源精神，这是一种避世的隐逸文化的表现。我们看到，每当社会动乱和个人官场失意的时候，古代士人往往采取逃避的方式，寻找桃花源。这看起来是对社会稳定和人民安宁的期盼，但在思想行为上则是个人化的精神诉求，不涉政治。西方的乌托邦思想则不同，他们的想象往往建立在对于社会体制的建构上，从《理想国》开始的乌托邦传统使西方的乌托邦小说以探索理想的政治结构和社会形态为主旨，表现出对现实社会政治的干预倾向。晚清小说受西方乌托邦小说影响，开始思考政治体制问题，小说大多表现立宪主张，对现实政治进行干预叙事。作者站在国家政治的层面构思小说，充满了对国家的忧与思。梁启超《新中国未来记》充满了爱国的激情，对于中国的沦亡痛心疾首。李去病对黄克强说：

> 哥哥，你看现在的中国，还算得个中国人的中国吗？十八省的地方，那一处不是别国的势力范围呢？不是俄，便是英；不是英，便是德。不然便是法兰西、日本、美利坚了。但系那一国的势力范围所在，他便把那地方看成他囊中之物一样。①

小说对于殖民统治造就的国民的奴性也是深感痛心，认为应该努力改造国民性，国家才能强盛。这样的思想已经很接近现代的思想了。而且当时还处于君主制下的梁启超，竟然说出了犯上的话，其反抗精神可见一斑。李去病对黄克强说：

> 哥哥，我生平痛恨秦始皇、汉高祖、明太祖一流人，哥哥你是知道的。我一定不想跟着他们学那无廉耻的事。②

把历代封建统治者视为无廉耻的人，这是对封建统治的极大颠覆。

晚清人文幻想小说一方面受西方乌托邦小说影响，另一方面也是现实政治的需要，小说家们大都具有强烈的改革愿望，喜欢探讨政治体制问题。蔡元培的《新年梦》就是一个社会改革的方案。他主张先"立国"，集全国之财力恢复东三省，消灭各国势力，撤去租界；然后"立人"，把文明的事业做到极顶，老有所养，病有所医，人人安乐，最后连法律也废除了，裁判所也撤除了。甚至关于善恶、恩怨的形容词和骂人的话都没有了，代之一种新文字，语言和文字一体，新的风俗、新的学理传遍世界，整个地球都净化了，联合军、万国裁判所都被废除了，人类准备驾驭空气，到月球去寻找殖民地。梁启超《新中国未来记》充满了革新精神和改革诉求，小说第二回是建立新中国的总纲，借孔博士演讲说出，实际上是梁启超的政治理想和改革方案。梁启超认为，现在到了改变这种状况的时候了，中国的出路就是立宪。春帆在《未来世界》中把中国的封建专制统治批判得体无完肤。

> 我们中国自从组织了完全的政体以来，直到现在的四千余年，也不知道经了几劫的沧桑，换了许多的朝代，一班皇党贵族里头的人，不晓得一些警戒，始终还是这样的冥然不动，顽固不灵，也没有一点

---

① 梁启超：《新中国未来记》，广西师范大学出版社2008年版，第35页。
② 同上书，第39页。

改变政体的思想，只晓得利用着那专制的群权，施着那强硬的压力，把那一班同胞的百姓，黄种的国民，弄得个塞了耳目，窒了心思，那里晓得什么叫做自由，什么叫做立宪。①

对于为什么君权能够在中国长久不衰，追究原因，作者认为主要是国民的愚昧所致。

要晓得君主所以有那可怕的威权，过人的势力，原是因为一班百姓，大家都承认他是个总统臣民的大皇帝，方才有这样的势力威权，若是没有这些百姓附着他，凭你这个大皇帝，再要利害些儿，却到什么地方去施展他的威权势力？②

作者看到中国问题的恶性循环，皇帝的愚民政策与愚民的盲目使封建专制延续至今。现在已到了非改革不可的时候了。所以他大声疾呼："我们中国，除了变法自强，是没有别的法儿的了。""除了改良政体，组织国民，可还有什么出头，还有什么指望？"并且他希望国民团结起来，满汉合力共同对外。而且，春帆《未来世界》比其他人的思考更进了一步：立宪后会怎样，立宪后就高枕无忧了吗？几千年的封建专制思想和陋习能一扫而光吗？在他看来，立宪只是一个开始，立宪以后的问题仍然很多，立宪需要不断完备。小说并非反乌托邦，对立宪持怀疑态度，而是对立宪后国民的素质怀有隐忧。小说立足现实展开幻想，想象立宪以后出现的种种问题，提出了自己的改革主张。小说的启蒙意图十分明显。

2. 思想的前瞻性和预见性

对未来中国的预言是晚清幻想小说最大的特点。小说家大多把故事时间放在几十年以后。蔡元培《新年梦》把理想社会到来的时间定在1964年。陆士谔《新中国》把未来理想社会实现的时间定在1950年。梁启超《新中国未来记》想象维新变法后中国的状况，是在维新变法后60年庆典的时候，"万国太平会议"在中国举行，签署"太平条约"，协商"万国联盟"。

对于半封建半殖民地的近现代中国而言，民族的自主与强盛是中国人的最大诉求，构建理想的社会蓝图必然涉及国家的独立、经济和文化的昌

---

① 春帆：《未来世界》，《晚清小说大系》，广雅出版有限公司1984年版，第1页。
② 同上。

盛、国防力量的强大。陆士谔《新中国》突出表现了中国人要求民族独立、自尊自强的强烈愿望。首先是主权的恢复。自鸦片战争以来，中国深受殖民之苦，国家处于四分五裂的状态。在《新中国》里，作者想象中国已经独立自主，治外法权已经收回，租界交还，在中国的外国人与中国人一样遵守中国法律，人民不再充当外国殖民地的奴隶了。外国人见了中国人都会礼貌地避让，表现得很谦和。法治法权已经收回，外国人侨居在中国的，一律遵守中国的法律，接受中国官吏的约束。凡有华洋交涉案件，都由中国官吏审问，按照大清新法律办理。小说深刻表述了国强才能独立自主的道理，此时，中国的经济已经自主，国货代替了洋货，质量甚至超过了洋货，中国货畅销全世界。在政治上，已经实现立宪，"全国的人上自君主，下至小民，无男无女，无老无小，无贵无贱，没一个不在宪法范围之内"。关于国防和海军的军备，作者在当时就把自主制造上升到国家和民族存亡的高度来认识。

春帆《未来世界》就汉字简化提出了自己的方案。作者对于汉字简化的目的，以及简化的思路几乎与新中国成立后汉字简化相同，表现了令人吃惊的预见性。

春帆在小说中表现的教育思想与后来中国教育的发展和趋向十分吻合；梁启超在小说中预见的新中国的盛世已在很大程度上得以实现；陆士谔对上海城市建设的想象好像是未卜先知，表现出超强的前瞻性和预见性。

3. 小说观念的更新

中国古典小说的叙事方式是"演述"，小说叙事大都有一个底本，或者是古籍记载，或者是民间传说，以此为线索进行演义。中国古典小说多半是历史演义。晚清幻想小说由古典小说的向后看转向朝前看，在叙事时间上发生了重大逆转。这显然不仅是一个时间观念问题。梁启超的《新中国未来记》从时间叙事上突破了古典小说，从沉溺于过去到对未来的展望。这是一个艰难的事情。我们看到，梁启超的小说虽然是对60年后的想象，但是小说的主体仍然建立在对这段想象的历史回顾上。是回溯式的叙事，不是前进式的叙事。与过去的历史小说不同的是，小说回溯的历史也是未来超验的事，不是已有的历史，这点与法朗士的《企鹅岛》不同，《企鹅岛》是对历史经验的形象回顾，《新中国未来记》的历史在梁启超时代还在想象中，或者说还在进行中。作为史学家，梁启超对于时间是很留意的，他在《新史学》一书中说："纪年者何义也，时也者，过而不留者也……至无定而无可指也，无定而无可指，则其所欲记之事，皆无所附丽，故不得不为之立一代数之记号，化无定为有定，然后得以从而指名之，于是乎有纪年。"① 纪年就是为了使无定的时间变得有定，这是纪年的本意。在小说中，梁启超采用孔子纪年和西历纪年两种时间："话说孔子降生后二千五百一十三年，即西历二千零六十二年。"孔子纪年表述的是民族的历史时间，而人类世界已进入"世界通行之符号"即世界历史之中。这表现了梁启超期望古老的中国融入世界的想象，中华民族不仅具有了民族历史，同时还拥有了世界历史，跨入了世界历史。王德威认为，虽然《新中国未来记》设想未来中国不过是欧洲列强的翻版，但是他承认，"梁启超的小说藉未来的创造，使彼时中国作家得以站在一个新的时间脉络里，想象中国。……未来完成式一经梁启超的开创，以后数十年间流行不辍……五四时期以后，出现了各种不同的意识形态，也都为中国的未来铭刻了一片美好前景。其中马克思主义更是一幅最具说服力的图像。在如何建设新中国的想法上，梁启超和毛泽东也许有天渊之别，可是在叙述话语的层次上，梁启超以未来完成式所作的（社会/政治上）未完成的叙述，实为中国共产党革命的时间表，塑造了一个原型"②。这个认识是深刻的。虽然在中国革命的道路上，梁启超与中国共产党人存在分歧，但是对于振兴中华的终极目的则是一致的。畅想中华民族强国梦，从这个意义上说，《新中国未来记》在中国近现代小说史上具有不可替代的地位和意义。

对未来世界的构想是晚清幻想小说的最大特点。吴趼人的《光绪万年》把时间推向万年之后；梁启超的《新中国未来记》想象1962年的中国状况；碧荷馆主人的《新纪元》想象1999年，也就是百年以后的上海景象。陆士谔《新中国》写于1910年，而小说故事的时间是1951年。晚清幻想小说想象的未来世界是开放的。碧荷馆主人在《黄金世界》中的"未来世界"是一湾流水，两岸垂柳，红日当中，清风徐送的美丽地方。这个美好之境是螺岛，"岛中有种草，专治各种外伤，不怕伤在何部位，只要有一丝气在，便能追魂返魄"。"二百六七十年，世人不知有这一块净土，岛中人亦不知外边还有许多恶浊大地"。在螺岛上，不仅物质生活非常丰富，精神生活也很丰富。来到这个岛上开拓领地的先祖们不仅运来了许多种植物种子，让子子孙孙衣食无忧，而且还带来了书籍，让子孙后代把文化永远传承下去。并且，螺岛上产金量异常丰富。岛中人人都过着轻松快乐的日子。小说最后，华侨商人建威、富人图南父子、工人阿金及

---

① 梁启超：《新史学》，《饮冰室合集》（一），文集之九，中华书局1989年版，第30页。
② 王德威：《想象中国的方法》，生活・读书・新知三联书店1998年版，第113—114页。

其他的妻子陈氏等一行人都来到了螺岛上开始了新的幸福的生活。并且作者还借小说中人物之口说："又开出一座锦绣河山花团世界，做我同胞父子兄弟夫妇朋友子子孙孙的殖民地，政治道德还比现在的文明国强十倍，岂非我同胞的绝大幸福么？"在荒江钓叟的《月球殖民地小说》里，地球与星球之间有一个相互往来、相互交换信息的交通工具——气球，气球可以乘载着地球上的人去月球，月球人也可以坐上气球来地球上观光，并且地球人可以向月球人学习先进的科学技术，二者互相交流。荒江钓叟的未来世界是在月球上，可以供人类移居。在这个星球上"黄金为壁，白玉为阶，说不尽的堂皇富丽，就中所有的陈设并那各样的花草，各种奇禽异兽，都是在地球上见都没有见过的"。月球上拥有比地球上先进得多的文明，在月球上不仅法律严明，不得擅自用私情，社会制度异常先进，而且科技水平非常之高，月球上拥有比地球上先进得多的气球，月球上的人随时可以乘坐气球来往于地球和月球之间。如此一个美好的地方，使地球人无比羡慕，很想上去探索一番。小说中的主人公龙孟华带着妻子到月球游学去了，这也包含了作者想到月球上生活的愿望。我们站在21世纪的今天看晚清小说的未来世界，不得不说晚清幻想小说是具有预见性的，作者所描绘的未来世界已部分得到实现。

晚清小说的开放意识大大增强。中国古代社会是一个相对封闭的空间，尤其到了明清时代，与世界日益隔绝。鸦片战争以后，中国的大门被打开，处于转型期动乱的社会现实中的知识分子希望中国与世界对话。在晚清幻想小说中出现了很多游记式小说，如《老残游记》《乌托邦游记》等。即使没有标示游记的小说也多以游记结构缔结小说，主人公都是通过旅行或者寻亲找到了一片理想的净土，遐想一个文明进步的理想社会。在荒江钓叟的《月球殖民地小说》中月球和地球两个相距甚远的星球并不是两个独立的世界了，而是一个紧密相连的地方，地球人和月球人和睦相处并结为连理；而在碧荷馆主人的"未来世界"里，一个称得上世外桃源的螺岛却不再是世外桃源了，螺岛上的人和外面世界的人互为朋友，快乐地生活在一起。可以说，晚清幻想小说中的"未来世界"是一个和谐优美、和平共处、文明发达的社会。《痴人说梦记》中的人物也是乘船漂游，领略各地人情物理之事。小说结尾的题目是"归海岛小庆团圆梦中华大开世界"，表现了开放中国的理想愿望。在碧荷馆主人的《黄金世界》中，世外桃源式的螺岛亦是一个与外界紧密相连、互换信息的地方。岛上的一批年轻人已经去发达国家学习先进的技术和文化归来，岛长返回岛上的时候还带回来了一批有知识有才干的人。他们拥有一只小船，并且每年都对这只小船进行油漆,使之永远不会损坏,这就使岛中有了一个永远能与外界相互交流的工具。在作者遐想的未来世界中,内外部信息是密切联系的。这种对未来世界的遐想和当时中国刚刚开放的社会现实有关,更和作者自身渴望中国富强并与世界对话的情感有关,他们把心中的期待和渴望放在作品中,幻想了一个与外界紧密相连的多姿多彩的未来世界。

晚清幻想小说里的未来世界带有那个时代的局限性,他们遐想的未来世界,有的与现实的距离太近,有的观念陈旧。在《月球殖民地小说》中,后面的殖民地才是重点,显然作者还受到某些殖民观念的影响。不过,小说主人公龙孟华和妻子一起去月球上游学,玉太郎停留在地球上研制自己的气球,试图能使气球达到月球人气球的水平,凭借它进行星际游历。作品仅停留在地球上的游历,而对月球上的生活描绘很少,对月球的殖民生活更是没有提及。碧荷馆主人《新纪元》写黄种人与白种人之间的战争,还带有某些种族主义观念。在《黄金世界》里作者对他遐想的未来世界能否变为现实也是充满了焦虑。在小说的结尾,螺岛上进来了一批带有中国国民弱点的人,生意人建威说了这样的话:"弟所居外屋,四面桃花,冬春之交,如在众香国度里,真堪误我晚年,但之日以来周览全岛,山多地少,人甚足以回旋,倒又添了一层心事。"这表现了作者对未来世界的忧虑。晚清幻想小说有不少半成品,有的开个头就写不下去了,有的写到半截就不了了之。萧然郁生的《乌托邦游记》,只写了四回,主人公还没有到达乌托邦;梁启超《新中国未来记》也没有写完。现实的种种矛盾制约着小说家对未来的想象。正如陆士谔《新中国》中的主人公李友琴女士所言:"说来说去,总脱不了前四十年的理想。"正如春帆在他的《未来世界》第十九回开篇时所说:"在下这部小说,虽然名为未来世界,但记述的事,却都是从现今世界上经历过的。"我们阅读晚清时期的幻想小说,感觉小说的形式和内容基本上没有脱离中国古典小说的韵味。生活场景一如既往,小说家为现实所限,想象的翅膀没有完全打开。

二 梁启超《新中国未来记》:现代中国梦的原型

梁启超(1872—1929),字卓如,广东新会人,晚清时期重要的思想家之一。在晚清维新思想家中,梁启超是最具革新精神的人。他的思想中有一个关键词就是"新中国"。梁启超的思想中有一个根本的诉求,就是"新"。他认为:"以新新不已,此动力之根源。"维新变法失败后,梁启超创办《新民丛报》,撰写《新民说》,力倡新民。他认为有了新民,就不怕没有新制度、新政府、新国家。这实际有些本末倒置，新民是在新体制、新文化中培养的，不是先天就有的。新民与新国家的关系至少应该是相辅相成的。梁启超作为一个政治思想家，搞文学和写小说并不是他的强项。他的小说观念与政治密切相关。在《论小说与群治之关系》一文中，他把小说的功能提高到前所未有的高度。"欲新一国之民，不可不先新一国之小说。故欲新道德，必新小说；欲新宗教，必新小说；欲新政治，必新小说；欲新风俗，必新小说；欲新学艺，必新小说；乃至欲新人心，欲新人格，必新小说。"[①] 概言之，他认为欲新中国必先新民，而小说正是新民的工具。可以说小说创作是他政治思想的一部分。《新中国未来记》，就是梁启超小说观念的一次实践。有人称其为"政治小说"是有道理的。《新中国未来记》是梁启超的一部中篇小说，仅存五回，最初发表在1902年的《新小说》上。从小说的艺术上看，没有多少可取之处，小说的主体就是两个人的争论，非常沉闷冗长。但是从政治思想角度看，是一部非常重要的作品，是一部对话体的政论，是一个立法者的思想过程，承载着梁启超的国家建构思想，也承载着百年中国梦。这是现代中国梦的开始，一个文化思想的原型诞生了。随着梁启超勾画的这个蓝图，出现了大量想象未来中国的小说，基本框架大同小异，没有超出梁启超的想象。《新中国未来记》是近代人文幻想小说的开山之作，对当时的小说界影响很大，类似的小说纷纷出现，如《未来世界》《世界末日记》《新纪元》《新中国》《月球殖民地小说》等。但是人们认为，这些小说都没有超过《新中国未来记》。

1. 想象新中国形象

梁启超心中一直有一个梦幻般的少年中国情结，他将他的理想国家幻化为一个翩翩少年，创作了著名的散文《少年中国说》，在这里，一个美丽朦胧的国家形象产生了。从形象的塑造看，这篇散文比《新中国未来记》更生动形象。这篇散文寄托了梁启超对中国革新的强烈愿望，充满了美丽的想象和激情。他把未来中国想象为一个活力四射的少年，正在成长进步。少年中国是老大中国的新生。老大中国如老年人怯懦、保守、苟且、厌世，如夕照，如鸦片烟，如陨石，如秋后之柳。青春年少的中国豪壮，敢于冒险，如朝阳，如乳虎，如侠，如戏文，如白兰地酒，如春前之草。但是少年中国尚未出现于世界，而今乃始萌芽。梁启超已朦胧看到了

[①] 梁启超：《论小说与群治之关系》，《梁启超作品精选》，长江文艺出版社2005年版，第239页。

他的影像："天地大矣，前途辽矣，美哉我少年中国。"创造少年中国的责任亦在少年。"少年智则国智，少年富则国富，少年独立则国独立，少年自由则国自由，少年进步则国进步，少年胜于欧洲则国胜于欧洲，少年雄于地球则国雄于地球。"梁启超展开想象的翅膀，沉醉在对未来理想国家的想象中，一气呵成地描画出英俊少年式的中国形象。

梁启超《新中国未来记》是"少年中国梦"的延伸，想象维新变法后中国的状况，非常令人向往。那是在维新变法后60年庆典的时候，"万国太平会议"在中国举行，签署"太平条约"，协商"万国联盟"。同时，中国还在上海开设"大博览会"，各国政要名流云集，外国留学生都会讲中国话。梁启超为我们描绘了一张乌托邦蓝图。虽然这个理想的实现比梁启超的设想晚了几十年，但是梁启超如果健在的话，他多少会感到欣慰。小说只是在第一回"楔子"中勾勒了未来中国的远景，寥寥数语，与下面几回的文字不成比例，但它寄托了中国人百年以来的强国梦想。

话表孔子降生后二千五百一十二年，今年二千四百五十三年。即西历二千零六十二年，今年二千零二年。岁次壬寅，正月初一日，正系我中国全国人民，举行维新五十年大祝典之日。

其时正值万国太平会议新成，各国全权大臣在南京。已经将太平条约画押。因尚有万国联盟专件，由我国政府及各代表人提出者凡数十桩，皆未议妥，因此各全权尚驻节中国。

恰好遇着我国庆典，诸友邦皆特派兵舰来庆贺。英国皇帝、皇后，日本皇帝、皇后，俄国大统领及夫人，菲律宾大统领及夫人，匈牙利大统领及夫人，皆亲临致祝。其余列强皆有头等钦差代一国表贺意，都齐集南京，好不匆忙，好不热闹。那时我国民决议在上海地方开设大博览会，这博览会却不同寻常，不特陈设商务，工艺诸物品而已，乃至各种学问、宗教皆以此时开联合大会。各国专门名家大博士来集者不下数千人，各国大学学生来集者不下数万人。处处有演说坛，日日开讲论会，竟把偌大一个上海，连江北连吴淞口连崇明县，都变作博览会场了。

二月初一正是第一次讲义，那日听众男男女女买定入场券来听者足有二万人，内中却有一千多系外国人，英、美、德、法、俄、日、菲律宾、印度，各国都有。

看官，这位孔老先生在中国讲中国史，一定系用中国话了，外国人如何听呢？原来自我国维新以后，各种学术进步甚速，欧美各国皆纷纷派学生来游学,据旧年统计,全国学校共有外国学生三万余名,卒业归去者已经一千二百余名。这些人自然都懂得中国话了。①

在这里,梁启超不仅有粗线条的勾勒,而且有细节的描写,就像当今我们经历过的一样,这不能不让我们惊叹!先知先觉者真灵验也!蓝图表现了梁启超的世界眼光和开放视野,呈现的是一幅世界交流融合的现代图景,这对当时还处于闭关自守的中国而言,是不可想象的。由此可见,先知者的想象多么超前!

2. 幻想未来的中国道路

《新中国未来记》第二回是建立新中国的总纲,借孔博士演讲说出,实际上是梁启超的政治理想,这一点可以从他的政论《新中国建设问题》中得到印证。小说用回溯式方式叙述,是一种未来完成时态。孔博士首先讲了完成新中国伟业的历史背景和原因:"第一件,是外国侵凌,压迫已甚,唤起人民的爱国心;第二件,是民间志士,为国忘身,百折不回,卒成大业;第三件,是前皇英明,能审时度势,让权于民。"② 今天看来,梁启超总结的这三件事,前两件是事实,后一件是幻想。孔博士的演讲把维新的历史分为六个时代,分别是预备时代、分治时代、统一时代、殖产时代、外竞时代、雄飞时代。在这部分内容中,梁启超思考了未来中国的政治道路。他小说创作的目的就是写立宪的必要性。首先是建立政党。这是具有现代色彩的国家思想,政党是建构现代国家的要素之一,它改变了封建社会一人一国家、一家族一国家的状况。他回顾了中国封建社会两千余年的历史,得出了一个沉痛的历史教训,即中国的改朝换代没有给中国政治带来丝毫进步。一代一代的王朝都以武力征服天下,中国政治始终没有摆脱野蛮时代的特征。

你看自秦始皇一统天下,直到今日二千多年,称皇称帝的不知几十姓,那里有经过五百年不革一趟命的呢?任他甚么饮博奸淫件件精通的无赖,甚么杀人不眨眼的强盗,甚么欺人孤儿寡母狐猸取天下的奸贼,甚么不知五伦不识文字的夷狄,只要使得几斤力,磨得利几张刀,将这百姓像斩草一样杀得狗血淋漓,自己一屁股蹲在那张黄色的

---

① 梁启超:《新中国未来记》,广西师范大学出版社 2008 年版,第 6—9 页。
② 同上书,第 11 页。

独夫椅上头,便算是应天承运圣德神功太祖高皇帝了。①

梁启超认为,现在到了改变这种状况的时候了,中国的出路就是立宪。首先,梁启超想象要建立一个宪政党,宪政党的创始人后来分立门户,又建立了三个政党,这三个政党分别代表不同阶层的利益,梁启超当时没有阶级观念。他要建立的这三个政党分别是:主张中央政府势力的国权党、主张地方自治的爱国自治党、主张民间个人幸福的自由党。这三个政党都是宪政党的分支。接下来,他宣布了立宪的党纲以及施政纲领:扩张党势,教育国民,振兴工商,调查国情,练习政务,养成义勇,博备外交,编纂法典等。通过这些革新措施,宪政党发展迅速,开始"不过百数十人,在上海创设,设一总部。但因各人热心运动,加以前此各会改名合并,不过三四年,竟做到各省省城和那海外各国有中国殖民的地方,都设有支部,那各州县市镇村落和海外各小埠,都设有小支部,合共支部二十八所,小支部一万二千余所。直到广东自治时代,这宪政党党员已有了一千四百余万人"。孔博士说,新中国的基础都是宪政党打下的。宪政党是最温和、最公平的,党章共九章二十五节,其中第一章第三节规定:

> 本党以拥护全国国民应享之权利,求得全国和平和完全宪法之目的。其宪法不论为君主的,为民主的,为联邦的,但求出于国民公意,成于国民公议,本会便认为完全宪法。②

党章首先宣示以民意为先。党章还规定,广泛发展党员,党内权利义务,一切平等。

党章第三章规定实行宪政,仿照文明国家实施"议事""办事""监事"(即立法、执法、司法)三权分立等。这就是梁启超构建的"梁氏党纲"的基本框架。

梁启超认为,"新"国首先在于"新"民,因此他把教育放在国家建设的第一位。孔博士说,宪政党大办教育,尤其是高等教育。

> 你看现在通国中三十七座大学,除官立的九座外,那私立大学二十八座里头,倒有了十二座系宪政党设立的,等我算给你们听听。南

---

① 梁启超:《新中国未来记》,广西师范大学出版社2008年版,第38页。
② 同上书,第16页。

京的爱国大学,上海的杨树浦大学,广东的广州大学及岭东大学,北京的城南大学,四川的三蜀大学,浙江的钱塘江大学,湖南的船山大学,湖北的江汉大学,江西的国民大学,云南的云南大学,我们山东的曲阜大学,这都是当时宪政党创办来的呀!……其余各处的中学、小学,系由宪政党人员开设,现存至今的,何止万数千座。①

由于个人经历的原因,梁启超的想象主要在党建和教育方面,关于经济建设问题,他想象得比较笼统模糊。

梁启超虽然认识到,"一国的地位,也全靠一国的人民自己去造他",但是他的历史观常常自相矛盾,一方面强调新民的重要性,另一方面宣扬个人英雄主义,认为扭转中国局势的是英雄豪杰。

3. 思辨革新中国的两难困局

小说第一、第二回讲的是远景设想,但要实施起来却并不容易,充满着矛盾和困难。对此,梁启超十分纠结。他在小说绪言中说:"十年来之宗旨议论,已不知变化流转几次矣。此编月出一册,册仅数回,非亘数年,不能卒业,则前后意见矛盾者,宁知多少。"② 他说,即使现在发表出来也不算定本,要等名流驳正再写定本。的确,读者不难从中看到矛盾之处。比如,小说的宗旨是宣扬立宪思想,是对政治制度的改革,但小说第二回讲到中国现实问题时,作者没有把责任归于政治的腐败,却把原因归于"民德、民智、民气"不发达,认为中国的衰弱,"都是吃了无道德的亏"。在选择中国道路问题上,作者更感进退两难,举步维艰。

小说第三回讨论的是对于未来道路的选择和论证,主要是主人公黄克强与他的同学李去病的争论。黄克强就是作者本人,小说明确地亮明了他的身份,说他曾经读过康有为的《长兴学记》和谭嗣同的《仁学》,"他一生的事业,大半是从《长兴学记》《仁学》两部书得来"。这说明黄克强即是梁启超本人,他与康有为、谭嗣同三人正是百日维新的核心人物。阿英认为,梁启超《新中国未来记》最精彩的部分就是政治的辩论。这部分是梁启超建立新中国的核心思想,占了小说很大篇幅。作者对此段辩论大加赞赏,认为"文章能事,至是而极。中国前此惟有《盐铁论》一书,稍有此种体段"。在这一回的总批中,作者赞曰:"此篇无一句陈言,无一字强词,笔墨精严,笔墨酣舞。生平读作者之文多矣,此篇不独空前

---

① 梁启超:《新中国未来记》,广西师范大学出版社2008年版,第24页。
② 同上书,第4页。

之作，只恐初写《兰亭》，此后亦是可一不再了。"他希望"爱国志士书万本、读万遍也"①。可见此回内容对于梁启超何等重要。李、黄二人讨论的是如何变革国家的问题，大约涉及40多个问题，他们的意见分歧很大。核心问题是改良还是革命。李去病主张革命，黄克强主张改良。李去病认为，应当用暴力方式锄灭朝廷。中国的主权在别一个民族手中，政权又在少数人手里。政权只有归在多数人手里，国家才能安宁，政党轮替有利于国家统治，政党政治"虽是少数人代理国事，却不是少数人把持国事"。今天中国非得"破坏"。区别在于民贼去破坏，乱民去破坏，还是仁人君子去破坏。文明才购之以血，文明是血换来的，从没有无血的革命。国民自治是可以操练的，日本人从前和中国一样没有自治力。现在他的"代议政体做得很好。害怕革命惹出列强瓜分中国的后果，但不革命瓜分也无法幸免。现在的强国都是靠着民族自立的精神建立起来的。中国人奴性十足，若想要我同胞将来不肯受外国人压制，一定要叫他现在不肯受官吏压制才好"。黄克强认为：革了又革，乱了又乱，不是好事。在中国民主的道路上君权还是需要的。多数政治或者将来可成，现在却是有名无实，各立宪国的议院政治即是反证。革命起来一定是玉石俱焚，中国人向来无自治制度，无政治思想，这种人格，不能给完全的民权。人民自治力的养成要从平和秩序里来，革命离乱之时无益于操练自治力。中国万一乱起来，政府不能平定，便会请各国干预，给外国列强瓜分中国的机会。所谓革命，不是一个人可以造就，除了国民教育，没有别的办法。要教育国民有自立精神，国民有了民权的资格，专制政体就不能永存，外侮也不能得逞。这便是平和的自由、秩序的平等，亦叫无血的破坏。现在的民德、民智和民力不可以和他们讲革命。两人的意见都是有理有据，不分胜负。连作者也感叹道："此篇辩论四十余段，每读一段，辄觉其议论已圆满精确，颠扑不破，万无可以再驳之理。及看下一段，忽又觉得别有天地。看了段末，又是颠扑不破，万难再驳了。段段皆是如此，便似游奇山水一般。"②在两人的辩论中，李去病的思想比较激进热烈，他的话语咄咄逼人，愤激之情溢于言表；黄克强则是据理力争，妙语解颐。两个人物形象通过语言表现出不同的性格，具有鲜明的个性。小说没有写完，很可能是因为作者思想中激烈的矛盾难以抉择。他自己也感到两种道路都有道理。《新中国未来记》展示了新生活的前景，但是对于实现它的途径，梁

---

① 梁启超：《新中国未来记》，广西师范大学出版社2008年版，第76—77页。
② 同上书，第77页。

启超充满困惑。这种困惑不仅是梁启超一个人的，是一个国家和民族的。

4. 以小说搭建思想对话平台

梁启超在小说中塞进了所有他能够想象的东西，政治、诗词、评论等，使得小说成为四不像的文体。他在绪言中说这部书"似说部非说部，似稗史非稗史，似论著非论著，不知成何种文体自顾良自失笑。虽然，既欲发表政见，商榷国计，则其体自不能与寻常说部稍殊。编中往往多载法律章程、演说论文等，连篇累牍，毫无趣味"①。这部小说确如作者所说，写得四不像，从结构看像一篇政论，包括绪言、结语。从语言上看，有些回目像章程、论文。从情节上看，第一回是远景规划，第二回是历史回顾，第三回是规划论证，第四回、第五回是探索实施过程。有些小说的模样，从文本形式上看，很难归类。

小说最突出的特色是它的对话方式，全书营造了一个开放的、纵横交错的、全方位的往返对话的气场，叙事者、隐含作者、人物、读者之间形成了多层面的对话关系。梁启超企图以小说搭建一个活跃的自由交流的对话平台。

首先，我们看到，隐含作者与叙事者形成了一个现实与未来的对话关系。孔觉民博士站在未来时间上（1962 年），隐含作者立于现在（1902 年）。孔博士曲阜先生的叙事用正文，隐含作者用注文。孔博士已经七十六岁了，注曰："先生今年十六岁了。""先生"即隐含作者梁启超。孔博士在维新成功 60 年庆典时演讲，大家一齐恭候，注曰："我却候了六十年。"孔博士说："六十年前那里想还有今日？"注曰："今日何日？"孔博士说："又那里敢望还有今日？"注曰："何日今日？"作者一时间竟把未来和现实融为一体，分不清哪是未来，哪是现实了。恨不得立刻把未来理想变为现实，其完成未来理想的迫切心情可见一斑。第二回的结尾处暗示孔博士就是梁启超本人，孔博士在演讲中提到《饮冰室文集》中的两折曲子，都是对社会黑暗现实的怒骂，孔博士说他当时正在日本东京留学，看那《新民丛报》第一号刊登的这两首曲子，不禁泪流满面，随口吟了两首诗。注曰："原来老先生却在这里，明日定要奉访领教。"边批中更加明确地指出这两首诗是作者的心血之作。他用幽默的话语暗示孔博士和作者梁启超，现在和未来是一体的。如此这般地展开了大跨度的宏观叙事，非常富有弹性的思想交锋和上下求索的思想历程。

其次，是人物之间的对话和论争。黄克强和李去病之间的分歧和论争

---

① 梁启超：《新中国未来记》，广西师范大学出版社 2008 年版，第 4 页。

关系中国未来的命运，小说用了极大篇幅，从各个角度讨论其利弊得失，上面已经提到。对于他们两人争论与对话的意义，隐含作者不禁发出赞叹：

> 这场驳论，一直重叠到四十几回，句句都是洞切当日的时势，原本最确的学理，旗鼓相当，没有一字是强词夺理。不单是中国向来未曾有过，就在英、美各国言论最自由的议院，恐怕他们的辩才还要让几分嘿。我们今日听他这些话，虽像是无谓陈言，但有一件事是我们最要取法的。你看黄李二人的交情，他们同省，同府，同县，同里，同师，同学，同游，真好像鹣鹣比目，两人便异形同魂一样。却是讲到公事，意见不同，便丝毫不肯让步，自己信得过的宗旨，便是雷霆霹雳，也不肯枉口说个不字。这些勇气，是寻常人学得到的吗？他公事上虽争辩到这样，至于讲到私情，还是相亲相爱，从没有因着意见，伤到一点交情。①

作者认为，如果国民都能学到他们这一点，中国前途也就日进月上了。他高度评价黄李的对话，并且还在边批上说，英国人最具这种风度，他们往往在议院中争得面红耳赤，一出门便握手同游。梁启超对于这种民主的风气十分向往。可见，第三回的对话，不仅在内容上十分重要，在形式上也意味深长，标明了一种民主风气的典范。

再次，是隐含作者参与两人争论，在两人争论时，隐含作者不断进行点评，提醒读者注意。黄克强在谈到维新问题和青年知识分子的责任时，隐含作者不断重复加注："青年读者诸君想想。"他通过边批和注语提示重点，并且强化其意义。李去病念了一首古乐府《奴才好》，讽刺批判国民的奴性。作者注曰："大家想想：这首乐府骂着我没有。"他希望读者能够以此为镜，反省自己有无奴性思想。两人争论时，隐含作者又化身听众，注意倾听他们。在谈到革命的艰难时，李去病表示应有百折不挠的精神，他说："一回不成，更有二回，二回不成，更有三回，乃至十回；一人死去，更有十人，十人死去，更有百人，乃至千人；难道一蹶便就不振，还算得个男儿大丈夫吗？"作者边批说："至诚所感，金石为开。精神一到，何事不成？我真要向李先生望风百拜。"隐含读者通过边批把黄、李二人争论的问题一条条标示出来，共有驳论四十三条，最后是结论。条清目楚，读者一看自明。

---

① 梁启超：《新中国未来记》，广西师范大学出版社2008年版，第75页。

最后，是作者与读者之间的对话。作者常常入乎其里，又超乎其外，不断与隐含读者交流。在孔博士讲到宪政党章程第一章第三节尊重民意时，作者在边批中注曰："此节无一闲句，无一闲字。勿草草读过。"提醒读者关注其要点。在总评中又以读者的身份称赞此书，高度赞扬小说的伟大意义。现在看来，作者并非自夸。

三　陆士谔《新中国》：一部未卜先知的小说

陆士谔（1878—1944），江苏青浦人，名守先，字云翔，号士谔，民国时期的"上海十大名医"之一。他一边行医，一边写作，创作小说百余部，尤以《血滴子》影响最大，曾被搬上京剧舞台，风靡一时。

《新中国》把故事时间放在1951年，描写立宪后上海的繁华景象，把上海作为中国的缩影，涉及方方面面的问题。如果说梁启超的《新中国未来记》为未来中国规划了一个美好蓝图，那么陆士谔的《新中国》则是对这个蓝图的展开和细化。梁启超的《新中国未来记》中绝大部分的篇幅限于对实现美好未来的选择途径上，而陆士谔的《新中国》则沉醉在乌托邦的境界里。这部小说是梁启超《新中国未来记》的深化和延伸。

1. 想象民族自主与强盛

对于半封建半殖民地的近现代中国而言，民族的自主与强盛是中国人的最大诉求，构建理想的社会蓝图必然涉及国家的独立、经济和文化的昌盛、国防力量的强大。《新中国》突出表现了中国人的梦想，突出表现了民族独立、自尊自强的强烈愿望。小说叙说宣统二年正月初一，主人公云翔看到家家户户不是牌局就是骰局，感觉气闷无聊，在家喝了两斤陈年花雕，一边读着《史记》，一边沉沉睡去，在睡梦中幻想四十年后上海的盛世景象。首先是主权问题，中国已经独立自主，治外法权已经收回，租界已经交还，在中国的外国人与中国人一样遵守中国法律，人民不再充当外国殖民地的奴隶了。外国人见了中国人都会礼貌地避让，表现得很谦和。

> 马路中站岗的英捕印捕一个都不见了，就是华捕也都换了服式，都穿着中国警察号衣，不像从前戴着红纬大帽，穿着青衣号衫了。我正欲问时，只见两个外国人劈面走来，我恐他冲撞，忙着让避。那知外国人倒很谦和，见我让他，他也从左边让我，并不似从前掉头不顾，一味的横冲直撞了。[1]

---

[1] 陆士谔：《新中国》，上海古籍出版社2010年版，第6页。

云翔一觉睡了四十年,看到眼前景象与之前大不相同,感觉很纳闷儿,他的女友李友琴向他解释道:

> 现在法治法权已经收回,外国人侨居在吾国的,一例遵守吾国的法律,听从吾国官吏的约束。凡有华洋交涉案件,都有吾国官吏审问,按照大清新法律办理,外国领事从不来开半句口呢。那租界的名目,也早消除长久了。凡警政路政,悉由地方市政厅主持。①

小说讲述了国强才能独立自主的道理,在主权独立的过程中因为中国有一个地质学家金冠欧发现了许多矿藏,开办银行,国家富足了,才有资格与外国人谈判收回租界和领事裁判权。中国的经济也已经自主,国货代替了洋货,质量甚至超过了洋货。中国货畅销全世界,"此刻全世界,无论哪一国,所用各东西几乎没一样不是中国货"。看看今日之世界,作者真可谓先知者也。在政治上,已经实现立宪,"全国的人上自君主,下至小民,无男无女,无老无小,无贵无贱,没一个不在宪法范围之内"。中国的海军也已强大起来,船舰都是中国的兵工厂自己制造的。中国炼的钢比英、德生产的还要好。在一百年前,作者已经十分清楚中国制造的重要性。当云翔问李友琴兵舰都是向哪一国定造的,训练海军,可有洋将帮同办理时,李友琴答道,那都是过去的事了,现在兵舰都是自己制造的。

> 如今科学昌明,人才极盛,无论陆军、海军、电机制造各学,懂得的人很多,所以这一回,兵舰都是自家制造的。听得海军人员说:兵舰一定要自己制造的,比不得商船,可以随随便便,不拘那一国厂里都可以制造,只要是只船是了。……兵船在外国厂里造了,船里的机关不是都被人家知道了么?那一处受得起攻击,那一处受不起攻击,保不住一旦与造船这国失了和,开起仗来,可就糟了。延聘洋将训练,也是如此。②

作者在当时,就把自主制造上升到国家和民族存亡的高度来认识,足见其识见的高远。

---

① 陆士谔:《新中国》,上海古籍出版社2010年版,第6页。
② 同上书,第19页。

自鸦片战争以来，中国的海战每每失利，这使中国人备感痛心，因此作者想象中国的海岸港口如铜墙铁壁一般：

>　　广东的虎门，山东的胶州，东三省的旅顺、大连，直隶的大沽，江苏的吴淞，这几个大口子，现在都筑着极坚固的炮台，驻着极雄壮的海军。此外如浙江的舟山、南田，福建的金门、厦门，长江里的金山、焦山、采石矶等几个小口子，也都守的严严密密。①

海军的舰艇还在海上巡逻，有强大的海军镇守，再也不能让来犯之敌踏入国门一步。同时，陆军也很强大，常备兵六百万人，预备兵、后备兵大约两千万人。这种军事体制也与今日相近。作者想象的一个独立自主、富强昌盛的新中国呼之欲出。不仅如此，作者还希望中国能够主导国际事务。小说第十二回叙述的是在中国提议下设立"万国裁判衙门"和"弭兵会"，会所都设在中国，会长是我国大皇帝，裁判官也是中国人。中国人开始为世界谋幸福。

2. 现实与理想的鲜明对比

　　乌托邦小说幻想的理想社会往往是现实问题社会的替代者，这类小说大都是先写现实社会的弊端，再幻想一个合理的未来社会来取而代之。西方乌托邦小说大都是这样的叙事模式。中国晚清幻想小说的结构模式则有多种：一种如梁启超《新中国未来记》一开始则展现未来理想图景，然后再回溯实现理想社会的历程；还有的是以离开—重回的模式展现社会的巨大变化，呈现理想的社会形态；另外一种就是以梦幻的方式，写梦中的理想情景与现实的差异。陆士谔《新中国》是以后一种方式出现的，小说以梦幻方式写新旧对比，梦中人记忆的情形都是旧中国景象，而在梦中见到的情形都是陌生的新鲜的面貌。小说用对比方式写新中国的新旧转换。如第四回"催醒术睡狮破浓梦　医心药病国起沉疴"，写"我"到了裁判所，看到正在审一桩案子，律师是中国人，心里很诧异。"暗想从前租界上律师都是洋人，中国人做的多不过是个翻译罢了。那做着翻译的，已自以为十分荣耀了。"而今不仅律师是中国人，裁判也很是公平。"我"就对李友琴说："可恨李伯元这个短命鬼早死掉了，没有瞧见现在的官员。不然，也堵堵他的嘴，省得他说白道黑，他那《官场现形记》，把吾国官员骂得太觉刻毒了。"李友琴笑

---

① 陆士谔：《新中国》，上海古籍出版社2010年版，第41页。

说："你的《风流道台》《官场新笑柄》，比了《官场现形记》如何？"小说以幽默的风格对比了新旧官员与法律的变化。第九回"腾云驾雾不异登仙　破浪乘风快偿素志"主要是"我"与锦文社书记员胡咏棠女士的对话。咏棠女士才十八九岁，是生在新世界的人，完全不知道过去的事情。"我"走到一条横街上，记得这里过去是香粉弄，是著名的妓院，现在却变成了"凌云飞车公司"。"我"很纳闷儿，就问咏棠女士："这里的野鸡，都迁到哪里去了？"咏棠完全听不懂"野鸡"这个词，她以为所谓"野鸡"，"不是植物，定是建筑物"。当说到过去中国妇女缠足、随便买卖的事情时，咏棠竟然不相信人类还有这样禽兽不如的伤残身体的事情发生。云翔听说李友琴要带他到珊家园女总会去逛逛，他想那是极腐败的地方，淫赌成风。他平生最恨赌钱，今天李友琴为何要带他去这种地方？正纳闷儿时，李友琴说道，赌钱一事已禁绝三十多年了。云翔记得从前电汽车奇贵，大半都是外国人所开。四川路一带有几家洋车行备着一两辆电汽车，价格异常昂贵。现在他看到中国人自己制造新式改良电汽车，用油极俭省，过去一天所费的油，现在要用三天。作者还对比欧美工业化以后出现大量失业，产生贫富差距问题，想象中国工业化以后，就业率反而更高了。问起缘故，李友琴解释说："欧洲人创业，纯是利己主义，只要一个子享着利益，别人饿煞冻煞，都不干他事。所以要激起均贫富党来。我国人创业，纯是利群主义，福则同福，祸则同祸，差不多已行着社会主义了。"在就业问题上，各尽所能，男女平等，妇女就业率很高，一些适合妇女的工作都由妇女来做，如管账的、小学老师等，医生也大都由妇女充当。小说的观念十分超前，表现了作者文明进步开放创新的思想，所以小说才有这番新气象。

　　小说在写新旧对比的同时，也叙述了新旧变化的经过。比如关于主权独立的过程，先是说中国出了个矿学大家金冠欧，勘探出大量矿藏，国用富裕了，用于民生，减免各项杂税。当时上海张灯结彩庆贺此事，民众高呼"中国万岁""国会万岁"！小说极尽笔墨书写当时的盛况：

　　　　点齐了火，其光亮直照到十里开外。英、法、美三界的灯棚，接着城里南市，北自提篮桥，西至静安寺，南达竹行弄，处处灯光相映，时时细乐声喧，说不尽的繁华富丽。黄浦滩一带的灯棚，倒影入江中，反映起来，照得对岸浦东各处都彻亮呢！……马路上游行的人，真是人山人海，所最奇者，这样的盛会，三日里头，相打攘物、踏伤跌坏的事竟一件都没有。这是上海自有盛会以来，从未有过的。

即此一端，足见吾国人程度，比了从前，已大相悬殊了。①

中国富强了，国家的独立自主才能实现。作者当时就把国强民富放在首要地位加以强调。随后京沪也通了火车，人们都纷纷进京去等着下议院开会的消息。国会开后，"第一桩议案就是收回租界，裁革领事裁判权的事"。因为这个问题事关国家主权完整，"疆土法律都不完整，何足称为立宪国？"经过多数议员议决，奏明皇上，皇上立刻准奏，然后由外务部与各国公使谈判，最终收回租界和领事裁判权。中国终于成为中国人的了。令人感到不可思议的是，陆士谔在小说中还特别强调了在庆贺活动中秩序井然，没有发生踩踏事件。联想2014年元旦，在上海发生的踩踏悲剧，我们不能不惊叹陆士谔的远见。

3. 梦想成真的巧合

近代以来，上海成为中国现代文明发展的象征，寄寓着中国人对未来的梦想，产生了许多上海式的乌托邦叙事。梁启超《新中国未来记》把未来的想象空间置于上海；包天笑《新上海》想象上海"世界博览会"的盛况；毕倚虹《未来之上海》讲述2016年的上海景象。陆士谔《新中国》把上海当作中国的缩影，把西方文明世界作为参照，上海是最容易与现代文明接轨和最容易产生梦想的地方。孙家振在《海上繁华梦》的自序中说："海上繁华，甲于天下。则人之游海上者，其人无一非梦中人，其境即无一非梦中境。是故灯红酒绿，一梦幻也；车水马龙，一梦游也；张园愚园，戏馆书馆，一引人入梦之地也；长三书寓，么二野鸡，一留人寻梦之乡也。"② 在这种似真似幻的情境中，陆士谔为上海勾勒了一幅理想的蓝图。

在城市建设上，从野蛮向文明发展。过去的跑马厅，占地很大，周围足有近十里路，外面用木栏隔着，不许中国人越雷池一步。如今跑马场也变成戏馆了。新上海舞台的剧场也不分头二三等，尽你去坐。演的剧目是现代新剧，包括《甲午战争》《戊戌政变》《预备立宪》《召开国会》《创立海军》等。市政建设非常人性化，街道上建了"雨街"，安装着活动的琉璃瓦，通光而不漏雨，专门有人管理，下雨的时候不用带雨具。大马路经过多次翻修，变得十分宽阔，电车为了人们出行安全，改由隧道运行。上海到浦东也通了海底隧道，浦东与上海一样繁荣，中国国家银行就开在

---

① 陆士谔：《新中国》，上海古籍出版社2010年版，第15页。
② 孙家振：《海上繁华梦》（上），江西人民出版社1988年版，第1页。

浦东。居民储蓄银行也十分发达，每人每年平均储蓄银五元五角。上海还建有"国民游憩所"，里面环境优美，设有阅报室、棋话室、丝竹室、弹子房、藏书楼、书画房，后面还有一个占地二十多亩的花园，佳木葱茏，奇花灿烂，是居民的休闲场所。

新中国不仅物质发达，在文化思想方面也有新气象。学校教育科目丰富多彩，有经学专科、史学专科、文学专科、法律专科、医学专科、商学专科、工学专科、农学专科、矿学专科、航海学专科、财政学专科、天文学专科等，一个专科拥有一个校舍。俨然是一个现代的大学。一个学校近三万人，规模相当大。其中医学专科有一个学生叫苏汉民，发明了两种惊人的学问，轰动世界。一种是医心药；另一种是催醒术。医心药专治心疾："心邪的人，能够治之使归正；心死的人，能够治之使复活；心黑的人，能够治之使变赤；并能使无良心者变成有良心，坏良心者变成好良心；疑心变成决心，怯心变成勇心，刻毒心变成仁厚心，嫉妒心变成好胜心。"这种想象可谓奇妙。而且汉语成为世界通用语言，世界上有学问的人，没有一个不通汉文汉语的。我国的毕业生，每年都有数千人应聘出洋当教员传授中国文化。如今这种愿望正在逐渐成为现实，遍布全球的孔子学院正在把中国语言和文化带到世界各个角落。

人民富有之后，国民素质就大大提高了，讲诚信，守道德，公交车上人们文明让座。人们都不知道娼妓、赌博、鸦片为何物了，一切陈规陋习都得以清除，"差不多已行着社会主义了"。范伯群认为："陆士谔不断地讲社会主义，说明他受过空想社会主义的影响，也受到过进化论的影响，更明显的是受到康有为的《大同书》的影响。"[①]

这部作品经过时间的淘洗，越发闪现出思想和智慧的光芒。它不仅让人感兴趣，而且使人惊叹，惊叹作家的未卜先知！小说想象的许多场景与今天的现实高度吻合，如浦东新区的开发、海底隧道的修建、上海跑马厅改建为剧院等。似乎上海的建设是以陆士谔的《新中国》为蓝图。这部小说充分显示了乌托邦的价值和意义。幻想类小说一般存在着粗线条叙事的特征。小说没有细致的人物形象刻画，人物的情感起伏、纠葛都略去了，故事情节和矛盾冲突也不存在，作者创作的意图不在写人，而在描画理想社会，叙事方式比较单调，所以可读性不是很强。这类小说之所以流传不广，大概与此有关。相对而言，《新中国》对于未来生活的描写较为具体细致，乃至于与今天的上海建设路径有极多相似。由于小说中预见的

[①] 范伯群：《中国现代通俗文学史》，北京大学出版社2007年版，第119页。

理想境界已在很大程度上得以实现,引起了许多人的兴趣。2009 年 8 月,上海市委书记俞正声答凤凰卫视主持人提问时说:"世博会可以说是中国人的百年梦想。一百多年前,有几个中国人看到国外世界博览会的兴旺,希望也能在上海举办世博会。其中一位文人叫陆士谔,他写了部小说,想象将来有一天能够在浦东举办世博会,还设想了江底隧道等情形,这就是中国人一百多年的梦想。"① 2009 年 11 月 12 日,中国 2010 年上海世博国际论坛在北京召开。温家宝总理在讲话中又一次提到了陆士谔。他说:"1910 年,一位叫陆士谔的青年创作了幻想小说《新中国》,虚构了 100 年后在上海举办万国博览会的情景。"② 实际上陆士谔想象的未来时间是 1951 年。他的理想实现推迟了 50 年。但是他所预想的结果与今天现实有极大的吻合度,这是令人称奇的。范伯群在他的《中国现代通俗文学史》中以极大的篇幅介绍了这部小说,认为这部小说是晚清科幻小说和社会理想小说中的佼佼者。"即使我们今天读他的《新中国》,还会感到极大的兴趣,特别是看到我们的现实生活已经实践了陆士谔的理想时,我们会觉得这个在 1910 年(宣统二年)出版的中篇,实在是一部未卜先知式的小说。"③

四 春帆《未来世界》的"后立宪"改革想象

春帆的《未来世界》共 26 回,发表在 1907—1908 年《月月小说》第一卷第十期至第二卷第十二期,小说的主旨是主张完全的立宪。小说第一回陈述立宪的重要性和紧迫性。从第二回开始,幻想立宪以后的中国:"自从实行立宪以来,也不知过了多少年月,渐渐的民智开通,民权发达,居然成了个帝国的规模,复了那自由的幸福。"但是,因为中国人口众多,而且教育不普及,还有许多保守的官吏,使立宪处于不完备的状态。立宪后仍然需要启发民众,进一步改良社会,使立宪逐步完善起来。小说中的故事就是围绕新旧观念之间的矛盾展开的,通过几个事件的结局证明立宪的文明进步。

从小说的思想和艺术角度看,比《新中国未来记》《新中国》更显完整、成熟。小说的故事性和可读性比较强,人物形象比较鲜活生动,更为可贵的是,小说写的是立宪以后的事情,但是并没有把立宪神化。在其他

---

① 陆贞雄:《传奇祖父陆士谔》,《新中国》,上海古籍出版社 2010 年版,第 178 页。
② 同上书,第 177 页。
③ 范伯群:《中国现代通俗文学史》,北京大学出版社 2007 年版,第 116 页。

人的小说中似乎立宪就是目的,立宪以后一切都是完美的。春帆显然比其他人的思考更进了一步:立宪后会怎样?立宪后就万事大吉了吗?几千年的封建专制思想和陋习能一扫而光吗?在他看来,立宪只是一个开始,立宪以后的问题仍然很多,立宪需要不断完备。小说并非反乌托邦,对立宪持怀疑态度,而是对立宪后国民的素质怀有隐忧。小说立足现实展开幻想,想象立宪以后出现的种种问题,提出了自己的改革主张。

1. 立宪后仍需启蒙

《未来世界》的故事时间指向未来,中国已经实现立宪,而且立宪都不知过了多少年了,虽然国家有了很大改变,开始成为强国,但是立宪后的有些社会现象并不如愿,立宪还不完备,民智尚未开通,仍然需要启蒙。立宪后仍需启蒙的思想成为小说的主题。对于立宪不能完备的原因,小说进行了深刻的分析:

> 原来这立宪的一件事儿,专讲那共和主义,不问你地方官吏,士农工商,都有那保护宪法的责成,奉行宪法的义务。在老百姓一边看去,却是件有益无损的事情,自然的,进步也就十分迅疾。在官吏一边看来,有了这宪法的两个字儿,无论什么事情,都要守着这个方方正正、不偏不倚的宪法,方能行事,既不能公行贿赂,位置私人,又不能假公济私,欺君罔上,好像倒被这宪法两字,束住了身体一般,却是件有害无利的事情。这般的两边比较起来,自然那一班官吏的程度,没有一些进步了。

作者对于社会人心的洞察十分深刻。他笔下的官吏虽然生在立宪时代,但思想和行为仍然停留在封建专制时代,昏昏沉沉,糊里糊涂,判错案子是常有的事。

第二回"陈国柱演说警同胞 郭殿光家庭争教育"就是一个启发民智的故事。陈国柱是一个文明人物,日本早稻田大学毕业的高才生,精通英、德、法三国文字,被邀请到民智学校当总教习。他每到礼拜日,便于工作要到人群聚集的地方去演讲,其中有一个听他演讲的年轻人叫郭殿光,因为听了陈国柱的新思想,受到启蒙,便向父亲要求辞去现在的工作,重回学校和课堂学习新知。郭殿光与父亲反复沟通,父亲郭中秀认为读书没用,拒绝让他重回学校。郭殿光就用从陈国柱那里听来的一套新观念与父亲理论,什么父子平权,教育是人的天职等。郭中秀听不进去,只说"反了反了",对儿子一顿乱打。郭殿光将父亲告上法庭,却遇到一个糊涂官，无法了断父子之间的这场官司。陈国柱知道以后，对郭中秀进行了一番启蒙教育，郭中秀才信服了，郭殿光最终实现了重回学校的愿望。

第四回叙述立宪后实行地方自治制度。钱塘县县城内共分36个区，每一个区算一乡。每一个乡公推一个乡官，乡官由本乡人投票选举，得票多者当选。地方上的事务由乡官管理，有了大事，向县官禀报。这本来是一个进步的制度，但是由于地方上的劣绅势力强大，控制着选举活动，制造假选票，或者贿赂选举人，结果让一些不法之人占据了权柄，无法无天，弄得比那立宪以前还要糟糕。有一个乡官姚小石在断案时，打着"立宪"的旗号，吃了原告吃被告。教堂里的一个传教士马德生想占用教堂旁边的一块空地，姚小石给他出主意，让他拉一个围墙，把一块有主的地块拉到教堂里面，结果引起了纠纷，打起了官司。姚小石挑动马德生闹事。他希望像以前那样，外国人在中国受保护，无理也要搅三分，最后马德生还要事主赔偿，他自己也会得到好处。但是现在毕竟是立宪时代了，那个地块的主人也是陆军学生，会讲英国话，随后把官司打到了姚小石那里。姚小石又是两边挑唆，把这个事件弄得沸沸扬扬，激化了矛盾，引起了民众的抗议和冲突，抢了教堂的财物。马德生要求赔偿。陈国柱闻讯后问清缘由，不由得大为愤怒，主动去见抚台，要求亲自去和马德生理论，公正处理这件事。陈国柱义正词严地阐述了中方的立场：外国人的正当利益应当受保护，但是保护外国人并不意味着可以容忍外国人在中国胡作非为，无缘无故地侵占别人的土地，违背了我国的法律。在与马德生一番交锋以后，马德生最终败下阵来，中国人的尊严得以维护。百姓们看到，立宪后果然不同往日，如果在立宪之前，外国教士与百姓纷争，在中国打官司必胜，他占了你的地，最后还要给他赔偿三万、五万的。这次事件的结果使人们自然赞成和拥护立宪。

小说中除了一些新式人物的思想和行为做启蒙的表率，小说的叙事者也不断地声明小说的写作目的就是立宪启蒙，并且反复陈述立宪和启蒙的意义。小说一开篇就大声疾呼："立宪！立宪！速立宪！这个立宪，是我们四万万同胞黄种的一个紧要的问题，一个存亡的关键。"小说第一回完全是叙事者的议论，是对读者的直接启蒙。小说叙述一个故事过后，就会自问自答地陈述小说的宗旨，生怕读者误读，不解其启蒙的原意。小说第十八回，讲完赵素华与黄陆生的故事以后说，小说写到这里，一个友人就问，你这小说做的是立宪后国民的事，你怎么讲到男女结婚的事情上了呢？岂不偏离了题意？作者说道，男女婚姻正是立宪的基础。因为"当今的时代，为什么宪法的规模还不十分完备？由于这些国民的教育不完备，这所以然的道理。一则没有家庭教育；二则没有社会的赞成"。因此，男女婚姻关乎家庭基础和国民素质。

2. 塑造新人形象

《未来世界》写立宪后的社会，自然离不开新的人物，小说塑造了许多新人形象。陈国柱是一个启蒙者形象。在他的身上还有一些中国旧小说中那种充满侠义气概、除暴安良的英雄人物的痕迹，但是又赋予他现代文明的思想。他的一个重要的行为是演讲，启发民智，传播新思想、新道德。徐志摩在谈到英国的政治时，英国的政治就像白蚁蛀柱石一样，生在根里，深入人心。他说："我们到礼拜日上午英国的公共场地上去看看：在每处广场上东一堆西一堆的人群，不是打拳头卖膏药，也不是变戏法，是各种性质的演说，天主教与统一教与清教；保守党与自由党与劳工党；赞成政府某政策与反对政府某政策的禁酒令与威士克公司；自由恋爱与鲍尔雪微主义与救世军；——总之种种相反的见解，可以在同一场地上对同一的群众举行宣传运动；无论演讲者的论调怎样激烈，在旁的警察对他负有生命与安全与言论自由的责任，他们决不干涉。有一次萧伯纳（四十年前）站在肥皂箱上冒着倾盆大雨在那里演说社会主义，最后他的听众只剩了三四个穿雨衣的巡士。"[①]《未来世界》中把这种民主政治的气氛置于立宪后的中国，陈国柱成为宣传民主和立宪政治的主角。在现实事务中，陈国柱也有强烈的参与意识，一遇到社会上发生的重要事件，他总是主动调查了解事件的真相，以公正民主卫士的形象出现，为民争权谋利。

除了陈国柱以外，小说中有许多新女性形象，她们大多是留学生，海外归来，在学校任教，或者受过良好教育，文化素质较高，能够一反中国旧式妇女的常态，表现得十分现代。小说叙说苏州城里有一个强种女学堂，学堂里的女教员都是留洋回来的。学生中有一个女子汪墨香，是一个相国的孙女。有一天她在上学的路上与一个少年男子见了一面，一见钟情。当时的社会已经很开放了，像西方社会一样，男女交际、应酬比较自由。汪墨香的表哥潘涧泉和另一个叫陆紫岑的男子都钟情汪墨香，但是汪墨香对于他二人若即若离，没有亲近之意。汪墨香路上偶遇的男子夏沛霖也喜欢汪墨香，两人很快到了谈婚论嫁的地步。有一天，陆紫岑接到一个喜帖，以为是汪墨香和夏沛霖准备结婚了。陆紫岑十分生气。正巧潘涧泉过来，说了一番汪墨香的坏话。第二天，潘涧泉请夏沛霖和陆紫岑到家里做客，情敌相见，陆紫岑十分恼火，喝了很多酒。天明以后，潘涧泉的家

---

① 林漓编：《徐志摩文集》第二卷，海天出版社1996年版，第41页。

人发现夏沛霖死在了床上,潘涧泉烂醉如泥,陆紫岑成了杀人嫌犯。原来,潘涧泉记恨夏沛霖,但只是藏在心里,他假意与学堂一位女教员赵碧英订婚,似乎不在意汪墨香,然后找机会栽赃陷害,借刀杀人,除去心头之患。在糊涂判官的审判下,没有揭开真相,结果造成冤案,陆紫岑坐了牢房。后来,潘涧泉与赵碧英悔婚,又与汪墨香订婚。新上任的方知县是一个开明的官员,他重新审理了这个案子,发现了一些破绽。原来,潘涧泉带着刀子去陆紫岑家,把刀子藏到陆紫岑的床下,成了他杀人的证据。最后,真相大白,潘涧泉被绳之以法。赵碧英和汪墨香两个为情所伤的女子终身未嫁,共同创办了一个慈善会,汪墨香做会长,赵碧英当书记员。

另一个女性赵素华,也是留洋归来,更是大胆。她相信《天演论》中的学说,认为在竞争的时代,优胜劣汰是一个定理。她把这一理念也用到了生活上。有一个叫黄陆生的年轻人,因为家庭富有和父母溺爱,不让他去学堂读书,只在家里读了几年私塾。黄陆生性情浅薄,吹嘘自己是东京法政学院毕业的。赵素华刚开始看到黄陆生风度翩翩,仪容俊雅,又是富家子弟,哪有不上学堂的,就与他自由恋爱结了婚。想不到,婚后对诗的时候才发现他是一个鄙夫。赵素华心头十分不悦,逐渐萌生了离异的念头。后来她在外面交际界寻找快乐,甚至几天寄宿在外不回家。有一天,她到汉口去看戏,路上遇到一个青年军官,堂堂正正,光彩照人,顿生好感,她用掉手帕之计与他搭讪上了,两人一起看戏。正巧那天黄陆生在家闷得慌也去戏院看戏,看到了赵素华与一个军官说说笑笑地坐在包厢里。黄陆生愤怒地指责赵素华不守妇道。赵素华说:"我自有我的自由权,凭你什么再是厉害的人,也不能侵犯我的权限。"黄陆生与赵素华厮打,竟然不是对手,原来赵素华练过体操。黄陆生处处不得势,决定与赵素华打官司。在法庭上,赵素华义正词严地陈述了黄陆生欺骗的事实,最后被判离婚。在这个故事中,赵素华表现得很强势,处处占领先机,是一个女强人的形象。她的观念和思想在当时十分超前,令人震撼,正如杨联芬所说:"激进的程度,直逼五四。"[①] 不过,小说作者的思想还是受到了时代的局限。他在评价赵素华行为的时候做了一个对比,赵素华完全自由的行为获得了解放;一个叫符碧芙的小姐因为性格懦弱加上家庭专制扼杀了她的幸福和生命。作者认为,赵素华的行为新得太过,符小姐的行为又太旧。太旧和太新都不是理想的模型。

[①] 杨联芬:《晚清至五四:中国文学现代性的发生》,北京大学出版社2003年版,第62页。

小说中的方县尊是一个地方官，也是一个理想中的开明人士。他明察秋毫，秉公办案，平反了陆紫岑的冤案，把真凶绳之以法。他以强烈的责任感，思考改革良策，提出了简化汉字和普及教育的方案。

3. 简化汉字和普及教育的超前思想

《未来世界》中最引人注目的一件事是关于汉字简化的问题，作者对于汉字简化的目的，以及简化的思路几乎与新中国成立后汉字简化相同，表现了令人吃惊的前瞻性和预见性。小说描写具有改革思想的方县尊希望在任期间做一件大事业，想来想去，觉得只有教育这个事情最重要。他觉得在当时，中国虽然已经立宪，但仍然有一半人没有受到教育，这直接影响立宪后的国民素质，影响立宪的程度和质量。于是，他思量再三，做了一个禀帖向上一级政府汇报。禀报的内容主旨都是立宪上面发出的议论，完全符合宪法精神。方县尊认为，目前立宪不能完备，主要原因是中国的国民教育不够完备，教育还不普及。普及教育就可以使人人读书识字，这样才能明白立宪的道理，才能文明日进，风气日开，把中国变成完备的立宪国度。但是普及教育遇到的第一个难题是汉字太繁，繁文叠义太多，学起来需要漫长的时间。同时，中国话与外国话不同，外国人语言就是文字，文字就是语言。中国的语言和文字是分开的，中国的文言不是日常的语言。"不知文字便是不能读书，不能读书，便是不明义理，却怎样的会有立宪的制度？又会有自治的精神？"因此，要想立宪完备，就要普及教育，普及教育就要从简化文字入手。方县尊提出了具体的简化方案：

> 采那字典里头繁文复义的字儿，还有那冷僻不用的冷字，一概删除净尽，差不多就要把天下的字，二十分里头去了十九分，通共只剩了这二十分之一的字儿，重新刊刻出来，作个寻常日用的省文字典，好叫那一班穷苦人家的子弟，容易习学，用不了多少工夫，再把这个字典发到通天的孤贫学校，省文学堂里头去，叫他们就把这个字典上头的字，编成省文教科书，奏明立案，通行天下。再通饬各处的地方官，筹款兴办白话的省文报，把那立宪的好处，国民的义务，一一的详详细细分析出来，好叫他们看了，心中明白这个道理。就是那日常出的什么告示等类，也要用这个字典里头的字儿，不准艰文深义的，叫人看不懂，这个法子行了开去，至迟只要一年，就好学成毕业，还怕有什么没有完备的地方。再用国家强迫教育的法子，和这个省文教育相辅而行，不出三年，包管这一班百姓，一个个得了教育，有了自

立的精神,晓得了立宪的好处。①

方县尊的禀帖差不多有三万多字,"真个是横扫千人之军,倒流三峡之水一般",具有非凡的改革魄力!方案中包括"简化汉字""白话""义务教育"等诸多内容。这些提议竟然在五十年后得以实现,真是具有先知先觉的精神啊!更神奇的是,方县尊的文字简化方案和教育普及方案竟然得到中丞公的欣赏,奏请得到批准,方县尊晋升为全省提学使。

普及教育除了文字以外,还有一个障碍没有扫除,就是妇女受教育的问题。中国几千年的文化对于妇女是极尽压迫之能事,妇女只有受苦受累的份儿,没有丝毫个人权利。作者对此痛加批判,声称自己作这一部小说的目的,就是让读者知道,妇女应该与男子平等,要让两万万名妇女同胞都成为完全资格的国民。为了达到这个目的,韩京兆决定扩充女学。妇女接受教育以后,家庭教育也有了基础。扩充教育的基础是加强师范教育,培养更多合格的教师。作者的理想是"四万万同胞,共有完全之教育;十五年立宪,欲追日本之规模"。小说表现的教育思想与后来中国教育的发展和趋向十分吻合,让我们不由得惊叹作者的前瞻性和预见性。

---

① 春帆:《未来世界》,《晚清小说大系》,广雅出版有限公司1984年版,第27页。

第四章　现代人文幻想小说沉寂的背后

五四新文学以后，对中国旧文化、旧观念的批判导致人们把晚清幻想小说也一并抛弃了。晚清幻想小说的发展势头没能持续。新文学确立了现实主义的创作方法，幻想文学受到抑制。在现代文学三十年中，只有少数几部人文幻想小说出现。黄岩《科幻文学论纲》把这时期的科学幻想小说和人文幻想小说归纳到一起统计不过十余部，其中包括胡适的《真如岛》、劲风的《十年后的中国》、韩之湘的《六十年后的世界》。实际上，胡适的《真如岛》只是表达了破除迷信的主题，还算不上科幻小说。其他作品也没有影响。现在一般公认的有四部作品：老舍的《猫城记》、张天翼的《鬼土日记》、沈从文的《阿丽丝中国游记》、张恨水的《八十一梦》。出现这种局面，当然不是中国现代作家缺乏想象力，而是中国严峻的现实问题导致的。中国现代文学对于中国未来的想象只有通过其他不同的途径来表现。

一　新文学中的乌托邦思想

五四前后的新文化运动使中国知识分子产生了一种昂扬的激情和思想冲动，力图改变中国当时的状况，进入一种理想的社会状态。社会的变革和发展，使文学产生了空前的想象，未来叙事成为文学的一种潮流。文学往往立足于现实，想象未来。诗歌、散文、戏剧、小说都有浓厚的乌托邦思想。文学从关注历史朝向关注现实和未来。

1. 启蒙与乌托邦

五四时期，启蒙运动一方面以批判的姿态否定封建历史与文化；另一方面又以建设的姿态憧憬着未来和新文化的出现。其中最重要的是现代国家意识进一步觉醒和强化。民国的建立没有解决中国的根本问题，连孙中山也认为："去一满洲之专制，转生出无数强盗之专制，其为毒之烈，较前尤甚。"军阀混战，把中国拖入了历史最黑暗的时期。这时候，对国家未来前景的担忧和想象应运而生。在当时，第一次世界大战暴露出资本主义制度的致命弊端。在探索中国社会更新之路的过程中，社会主义逐渐成为社会改造思潮的主流。这个时期的社会主义是复杂的，有国家社会主义、民主社会主义、无政府主义等。正如有的学者指出的那样，在近代中国，中心的一环就是关于社会政治问题的讨论。从变法到革命，政治斗争始终是先进知识群体兴奋的焦点。五四新文化运动的"启蒙的目标，文化的改造，传统的扔弃，仍是为了国家，民族，仍是为了改变中国的政局和社会的面貌"。面对军阀政府的黑暗统治，胡适在《双十节的鬼歌》一诗中直截了当地说："大家合起来，推翻这鸟政府，起一个新革命，造一个好政府。"郭沫若在《女神之再生》《凤凰涅槃》《浴海》《巨炮之教训》《黄河与扬子江对话》等诗歌中以生动的形象想象国家的浴火重生、死而后生。

抗日战争时期，国家意识有了更加明确的内涵，民族国家的意义突显出来。老舍与宋之的写了话剧《国家至上》，表达了民族团结一致抗日的情感要求。陈铨和林同济等人，也是从民族大义出发，主张建立强权国家与列强相抗争，虽然有些偏激，但也是基于民族国家立场的情感想象。

20世纪30年代以后，由于民族矛盾的加剧，现代文学的国家意识发生了转移，即由现代国家向民族国家转移。现代国家意识是指国家的现代性思想和认识，而民族国家意识则是指国家的民族性问题。这是两个不同的概念。因为当时救亡的任务，民族国家成为文学想象的中心。国家现代性的问题不得不暂时搁置起来。20世纪40年代的民族主义之争，文学的民族形式争论，包括毛泽东的讲话，都是对民族国家建构的阐释，而非现代国家。现代国家只有在民族国家稳定的前提下才能得到应有的关注，现代国家思想是民族国家思想的深化。民族国家是在殖民语境中，或在全球化语境中呈现其价值；现代国家是在现代性语境中呈现其价值。民族国家意识产生的根源是由于外患；现代国家意识的产生则源于现代化进程和国家民主化进程的推动。现代国家意识的产生既有外部，也有内部的原因。此前，现代国家意识向着民族国家意识转移；今天，在现代化的视野中，民族国家会寻找现代国家意识消隐的历史原因，重新进行现代国家建构。

近现代以来，知识分子的国家情感比什么时候都要强烈。因为民族矛盾的上升，国际关系问题成为一个国家的首要问题，列强对世界的瓜分已经到了十分疯狂的地步，两次世界大战使全球饱尝战争之苦。特别是弱国，所谓弱国无外交，在世界事务中没有发言权，只有受欺负的份儿。自鸦片战争以来，中国不断遭受外来侵略和掠夺，国力不断衰退，面临亡国灭种的危险。国家的危局激发了知识分子的国家情感，现代作家往往站在国家立场思考社会的变革和国家的未来。

　　同时，现代以来，中国留学生的海外经历，使他们开阔了视野，往往习惯于站在世界的格局中思考中国问题，自然产生了一种中国情结。现代作家中留学生的比例相当高，他们的创作都寄寓了深厚的国家情感。鲁迅在日本留学期间所作的《自题小像》诗，包孕着他对国家的全部感情："灵台无计逃神矢，风雨如磐暗故园，寄意寒星荃不察，我以我血荐轩辕。"这首诗中凝结的感情就是鲁迅日后创作的出发点。他就是以无私忘我的牺牲来唤醒愚昧麻木的国民，更新风雨如磐的故国。他的小说《故乡》以写实的手法表现农村和农民的苦难，但是其中也充满了他对未来的希望。在他童年的记忆中，他与小伙伴闰土的友谊，湛蓝的天空中挂着一轮圆月的美景，成为他理想的基础。他在小说的结尾重复了这一美好意象，意味着他对乌托邦理想的描画：建立一个人人平等、温馨美好的社会。郁达夫在他的小说《沉沦》中呼喊："祖国呀，祖国，你快强起来，富起来吧！"这看似有些突然，但是实际上小说是放在一个国际化的背景上展现的，小说中人物的命运就是中国命运的缩影。弱国子民是彼此联系在一起的，如果中国强大富强，中国人不处处受到歧视，《沉沦》中的他也不会沦落到如此悲惨的地步。闻一多在美国留学期间就参加了"大江会"，信仰国家主义。他把对国家的思念转化为对国家的美好想象。等他回国以后，他发现现实的中国完全不是他想象的那样，他极度失望地喊出了"不对，这不是我的中华"这样令人惊心动魄的呼声。《发现》："我来了，我喊一声，迸着血泪，'这不是我的中华，不对，不对！'我来了，因为我听见你叫我；鞭着时间的罡风，擎一把火。我来了，不知道是一场空喜。我会见的是噩梦，哪里是你？那是恐怖，是噩梦挂着悬崖，那不是你，那不是我的心爱！我追问青天，逼迫八面的风，我问，拳头擂着大地的赤胸。总问不出消息，我哭着叫你，呕出一颗心来，——在我心里！"闻一多的诗对国家的感情就是如此浓烈，最后他为国家献身就是必然的了。中国现代作家对于国家的感情就像郭沫若《炉中煤》中表现的那样，他们对于国家的爱就像熊熊燃烧的炉火那样，直至把自己烧尽。何其芳在《新中国的梦想》中写道："呵，百年来的中国人民的梦想，或者叫富强，或者叫解放，或者甚至叫不出名字……新中国呵，百年来的梦想中的新中国呵，不管还要经过多少曲折，你将要在我们这一代出现！你给了我们最大的鼓舞，最大的晕眩！"因此，中国梦成为现代文学的主旋律。然而现实的严酷使作家无法摆脱束缚去想象未来的远景，幻想类文学在当时不受重视，也没有形成潮流，只是某些点缀。

2. 革命与乌托邦

1918年7月，李大钊在《言治》杂志上发表了一篇署名剑影的文章《雪地冰天两少年》，从文体的虚拟性看，近于小说。小说写一个少年在雪地冰天中远行，途中历经艰险，和野兽搏斗，与寒冷饥饿抗争。目的是苦其心志，图成大业。在途中，少年又遇另一个少年，两人志同道合，开始讨论世界形势和国家大事。他们的讨论涉及国家的主权、民族主义等问题。一个少年说，我们国家目前内战不休，内部就将不保，何论边疆！我的志愿就是发展西北，及早经营。内部治平，保障西北以保障疆域，内部纷争则建立一新邦而备联邦之分子。另一个少年说，我怀有这个志愿久矣。民国建立，号称五族，此实分裂之兆。我以为中华若统一，非基于新民族主义不可。新民族主义就是把汉、满、蒙、回、藏融成一个民族的精神而成新中华民族，同立于民主宪法之下，自由以展其特能，以行其自治。然后发展教育，发达实业。在这里，李大钊的设想接近现实。他想在西北地区发展，其背景是苏联十月革命的胜利，他企图通过与十月革命的呼应，解决中国问题。

1916年9月，李大钊撰写《青春》一文，寄托了他对中国重生的愿望，抒发了他对国家更新的美好情感。他从宇宙的生死轮回规律中联想到人类社会和现实中国，他意识到旧中国已到了白首之期，必须死亡，中国须重新再造。他认为，不要寄希望于改良旧中国，"辩证白首中国之不死，乃在孕育青春中国之再生"。中华民族今后能否立足于世界，"不在白首中国之苟延残喘，而在青春中国之投胎复活"。中国的希望不在于保留以往衰落就死的颓败景象，而在于创造未来充满生命活力的青春中华。这就是李大钊反复提出的"少年""青春"的真正含义。他在哲学的意义上为他的政治理想提供了一个鲜活的影像。1916年8月，李大钊在《晨钟》杂志创刊号上发表了《"晨钟"之使命——青春中华之创造》，进一步明确了再造青春中华的思想，把青春与未来中国联系在一起。他在文章中说，中华民族历经千年，现在确实老了，衰落了。这不用讳言，也不用伤感。新生的中华正在孕育中。中华要在20世纪崛起，不在陈腐中华之不死，而在新荣中华之再生，青年对于国家民族的贡献，不在白发中华之保存，而在青春中华之再造。李大钊也是在文学的想象中构建国家，但他比梁启超对国家的想象更趋于现实。1919年9月15日，李大钊在《少年中国》杂志发表《"少年中国"的"少年运动"》一文，吁请少年投入创造少年中国的行动中。他在文章中更加具体地设计了少年中国的样式。他想象中的少年中国是由物质和精神两方面改造而成的。精神改造就是本着人道主义精神，宣传互助、博爱的道理，改造现代堕落的人心；物质改造就是要创造一种劳工神圣的思想，改造剥削和压迫的制度，把人解放出来。他还提出改变城乡隔离的现状，解决交通与文化传播问题，把现代思想和文化传播到农村的每一个角落。李大钊的国家想象已经是现代国家建设的问题了。李大钊关于国家的政治理想，建立在现代民主的基础之上。他在《民彝与政治》一文中特别强调人民在国家政治中的主体地位。

在创造新中华的途径上，李大钊早期与梁启超有些相似，即主张在宪法的规定下进行社会改造，反对凌驾于宪法之上的强力。梁启超提倡法律下的自由，反对暴力与革命。李大钊也有类似思想。他的《暴力与革命》一文说，立宪时代的国家建立基于民意，他认为，当民意得不到正当表达时，就会演变成暗杀或革命，出现极其惨怖的社会现象。但他同时不赞成梁启超绝对地反对革命，他不反对由暴力引起的革命，只是绝对地反对暴力。

俄国革命胜利后，李大钊撰写了《法俄革命之比较观》一文，他认为，法国革命引起的近代民主国家建立后，纷纷打着国家主义的旗号彼此竞争并侵略弱小国家的时代已经走到尽头。俄国革命开创的以人道主义为旗帜，寻求人类和平、平等的时代已经来临。因此，他认为俄国革命对于中国具有指导意义，他选择了俄国道路。李大钊关于国家的政治思想是很复杂的，既有西方现代民主思想、无政府主义思想，又有马克思主义思想等。他甚至把孙中山看作列宁。他说："假使中山先生在俄国，他一定是个列宁；假使列宁生在中国，他也一定是个中山！"虽然他们的主义有本质的区别，一个是资本主义，另一个是社会主义。但他认为，他们的共同点都是"革命的主义"。

20世纪二三十年代，思想界处于相对的活跃期。中国现实的矛盾加剧，阶级斗争和民族矛盾交织在一起，各种社会思潮杂涌。中国新文学介入其中，艰难地探索着未来中国的道路。瞿秋白在《饿乡纪程》中曾经指出："中国向来没有社会，因此也没有现代的社会科学，中国对社会现象向来是淡然的，现在突然间要他去解决'社会问题'。他从来没有这一层经验习惯，一下手就慌乱了。从不知道科学的方法，仅有热烈的主观的愿望。所以各种主义吵成一团。"20世纪二三十年代文学的国家构想开始从主观想象向现实目标转移，每一种思想都有一个现存的模式可以参考。由于世界现存国家形态之间存在巨大的差异，各派所代表的利益集团的立场也是千差万别，其争论的激烈程度可以想象。不仅不同的国家形式之间的论争十分激烈，就是一个主义的内部也有不同的理解。瞿秋白就是看到

"民主和社会主义,有时相攻击,有时相调和。乱哄哄的没有一个明确的意义",他才决定亲自到俄国去做实地的考察。

> 尽一分引导中国社会新生路的责任。"将来"里的生命,"生命"里的将来,使我不得不忍耐"现在"的隐痛,含泪暂别我的旧社会。①

瞿秋白的国家建构思想就是苏俄方向。1920年年底,瞿秋白本着几个愿望准备去俄国走一走:一是改变环境;二是发展个性;三是求一个解决中国问题的途径,尽一份引导中国社会新生活的责任。《饿乡纪程》记录了瞿秋白旅程中的见闻、思想和他心灵的历程。瞿秋白也像鲁迅一样,看过一场又一场的革命,到头来结果不过如此,于是他产生过"避世"和唯心主义的厌世观。但是生存的需要、经济生活的逼迫,又使他投入社会生活中。这时候他在北京亲历了五四运动。《新青年》《新潮》等引起的思想变动,使社会思想空前活跃。他和郑振铎、耿济之、瞿菊农组织《新社会》旬刊,他的思想第一次与社会生活接触。他说:"社会主义的讨论,常常引起我们无限的兴味。"这是瞿秋白初次接触社会主义思想,但他仍有很多困惑。中国虽然经历了一次革命,成立了一个民国,而民主却并不存在。而且中国历史上的无政府状态与现实的专制暴政的对立,又激起一种思想,所谓社会主义学说,其实带有无政府主义色彩。"民主和社会主义,有时相攻击,有时相调和,乱哄哄的没有一个明确的意义",于是他要亲自到俄国去考察。瞿秋白对俄国充满向往和期待,他不顾路途漫漫,就像唐僧到西天取经似的,他也想去俄国取到真经回来。瞿秋白到了俄国以后,从社会生活的表面看,并不理想,胜利初期,权利高度集中,物价飞涨,人们衣衫褴褛。但是瞿秋白相信,俄国这棵老树已经催生了新芽。它是有生命的。而中国这棵老树也有了更新的希望。他说:"二十年来盲求摸索不知所措,凭空舞乱我的长袖愈增眩晕。如今幸而见着心海中的灯塔,虽然只赤光一线,低微隐约,总算能勉强辨得出茫无涯际的前程。"瞿秋白从苏俄看到了中国未来的希望。

蒋光赤是革命文学的先行者,早在20世纪20年代初,他就发表了《十月革命与俄罗斯文学》,问询文学与革命的关系。蒋光赤对当时中国的现实非常不满。他在诗歌《哀中国》中写道:

---

① 瞿秋白:《饿乡纪程》,《瞿秋白散文名篇》,时代文艺出版社2000年版,第5页。

>   我的悲哀的中国!
>   我的悲哀的中国!
>   ……
>   满国中外邦的旗帜乱飞扬,
>   满国中外人的气焰好猖狂!
>   旅顺大连不是中国人的土地么?
>   可是久已做了外国人的军港。
>   法国花园不是中国人的土地么?
>   可是不准穿中服的人们游逛。
>   哎哟! 中国人是奴隶啊!
>   为什么这般地自甘屈服?
>   为什么这般地萎靡颓唐?
>   ……
>   我的悲哀的中国啊!
>   你几时才能跳出这黑暗之深渊?

无产阶级的革命为蒋光赤点燃了希望。他相信,无产阶级革命的目的是消灭社会阶级,建立无产阶级社会,实现共产主义。"虽然无产阶级革命一时不能创造成全人类的新文化,然而无产阶级革命却开辟了创造全人类的新文化之一条途径。"

1924 年,蒋光赤在他的诗集《新梦》中表达了对中国未来的幻想。"新梦"是什么呢? 在诗中都是抒情和诗意的幻想,只有一段点明了它的寓意:

>   贝加尔湖的清水,
>   把我的心灵洗净了;
>   乌拉山的高峰,
>   把我的眼界放宽了;
>   莫斯科的旗帜,
>   把我的血液染红了。

可见,俄国道路和俄国革命成为蒋光赤的一个"新梦"。那么,这是一个什么样的理想社会呢? 蒋光赤在《昨夜里梦入天国》一诗中写道:

男的，女的，老的，幼的，没有贵贱；
我，你，他，我们，你们，他们打成一片；
什么悲哀哪，怨恨哪，斗争哪……
在此帮连影儿也不见。

也没都市，也没乡村，都是花园。
人们群住在广大美丽的自然间。
要听音乐罢，这工作房外是音乐馆；
要去歌舞罢，那住室前面便是演剧院。

这里，他描绘了一个乌托邦的幻景。他在《十月革命的婴儿》《莫斯科吟》《临列宁墓》等诗中不断地歌吟十月革命。他希望中国像十月革命一样通过社会革命建立无产阶级政权。蒋光赤认为暴力与革命是国家更新的途径，他在《我是一个无产者》中说：

我是一个无产者；
我既然什么都没有，
我怎顾惜人们所有的一切？
破坏——彻底地破坏罢！
我愿意造成一个"大家无"的，
同时也就是"大家有"的世界。

他在小说《短裤党》中更加具体地写出了社会革命的过程。上海的工人暴动，其中有不少革命暴力的场面。工人们杀死破坏工会的工贼"小滑头"和上海防守司令部大刀队队长的场面是非常血腥的。蒋光赤写到了工人们的恻隐之心，但是当他们一想到对于反革命的姑息，就是对革命的不忠诚的时候，也就释然了。其实，工人们的怀疑正是蒋光赤的顾虑。他一方面想到社会革命的必然性与合理性，但另一方面对于革命暴力产生的残酷性心存疑虑，甚至对于革命胜利后的阶级斗争感到不安。他的小说《丽莎的哀怨》写一个被俄罗斯新政权驱逐、漂泊流浪的贵族的苦难生活，表现了作者的同情立场和情感倾向。这篇小说实际上是俄国旧贵族对俄国新政权、对布尔什维克专制政权的控诉。

胡也频是左翼文学的代表作家之一，他的创作是对社会主义革命理论的阐释。他的中篇小说《到莫斯科去》非常明确地表现了他的政治倾向。

小说通过一群知识分子的生活和想象，表现了他对未来中国的构想。《光明在我们前面》也是这样一部小说，从题目上可以看出他对未来的信念。《到莫斯科去》也是预示未来的小说。小说以妇女的解放隐喻国家的解放。小说主人公素裳是一位官太太，她的丈夫徐大齐是一位法律学博士，在市政府担任要职，她住着洋房，过着养尊处优的生活。在她的周围有一些青年知识分子，经常探讨社会和人生问题。其中有一位大学教师叶平是她的好朋友。叶平的大学同学施洵白是一位布尔什维克，通过叶平的介绍，素裳认识了洵白。在洵白的影响下，素裳日益觉悟起来。素裳通过自己的人生，体会和想象着女性在社会上应当充当什么角色，不应该像她现在这样什么也不做。她想妇女应该有一份工作，无论做什么都行。像她现在这样，简直太无味了。"托福于'三民主义'的革命成功，所谓妇女运动得了优越的结果，也不过在许多官僚中添上妇官僚罢了。或者在男同志中选上一个很好的丈夫便放弃了工作。"小说通过想象女性生活的状态想象国家的形式，通过新女性形象想象未来国家的社会状态。

在洵白的影响下，素裳越来越厌倦自己现在的生活，厌倦自己的丈夫，感情慢慢朝洵白移位。她想象着一种理想的女性生活，女性应该承担社会上的一切义务。而这种贵族式的生活是毫无意义的。她应该成为一切妇女模范的新女性的典型。于是她开始读唯物主义的书。她看普哈宁的《社会主义入门》，对社会主义产生了敬意和信仰。她想跳出现在的圈子，投身到另一个新的世界去，投身到社会实践中去。但是，素裳对于新生活的设想只是一种朦胧的影像，究竟怎样的生活才是理想的、有意义的，她也不断质疑。"虽然她很早就对现在的生活生着反感，至于觉得必须去开始一个新生活，但这样的新生活究竟是怎样的呢？未必她爱了洵白甚至于和他同居便算是新的生活么？她很清楚地认为她所奢望的新生活并不是这样的狭义。她的新生活应该包含更大意义的范围。"素裳在与洵白热烈相爱的过程中，政治立场已经完全转变过来，开始爱他的主义了。她在日记中写道："今天是我的一生中的一个最大的——也是唯一——的转变时代，也就是，我把旧的一切完全弃掉了。我的新的一切就从此开始了。……在这时代中，就是应该努力工作，除了资产阶级的人们张着眼睛做梦——做那享乐和闲暇的梦之外，一切人——不必是身受几重压迫的人，都应该踏着血路——也就是充满着牺牲者的路——来完成吃人社会的破坏。这才是人生有意义的努力！……祝我的新生活万岁！"她想象自己穿着平民衣服，夹在工农的游行队伍中间，拿着旗子，喊着口号，歌唱着，向人生的光明前进。但是，素裳的日记被徐大齐看到了，他向当局密告了洵白，洵白被捕并被秘密枪决。素裳开始还请徐大齐营救洵白,后来知道了真相,就离开了徐大齐。叶平让素裳到上海找洵白的一个同志,他可以设法让素裳到莫斯科去。小说表现了作者对莫斯科的向往。

胡也频的中篇小说《光明在我们的前面》从另一个侧面表现了与《到莫斯科去》同样的主题。小说大胆宣扬社会主义和共产主义,批判新村设想和安那其主义。

小说记述的是20世纪20年代中期,北京大学教师刘希坚及一群知识分子的故事。刘希坚曾经加入安那其,但他后来从热烈中清醒过来,觉得那只是一些很好的理想,不是一条走得通的路。"更不必说中国的无政府党是怎样的浅薄糊涂——而这些人是由科学的新村制度而想入非非的。他们甚至于还把抱朴子和陶潜都认为是中国安那其的先觉。"他说,我们现实社会的转变绝不是靠幻想得来的,那乌托邦的乐园也许有实现的可能,然而假使真的实现,也必须经过纯粹的社会主义革命。刘希坚的女朋友白华是一位安那其主义者,她相信安那其主义是最高超的学说。她批评刘希坚把安那其的书籍都扯去当废纸用了,说他的心中只有两个偶像:马克思和列宁。小说中有一位新村的规划者,叫"自由人无我"。他把新村的图案画好了。他说:"我们可以名做'无政府新村',这里分为东西两区域——东边是男区,全住着男子,西边是女区,全住着女人,东西两区之间是大公园——我们可以名做'恋爱的天堂'——让男女在那里结合,恋爱自由!"他还说:"住在村里的人都不行吃饭——自然吃面包也不行,只行吃水果,吃水果可以把身体弄成纯洁的。"这种还蒙着封建思想的乌托邦主义自然是作者嘲笑的对象。接下来,"五卅惨案"发生了。面对这个事件,各个派别有不同的表现。新村提倡者还躲在乌托邦的幽梦中。他说,只要人类在安那其的新村里住上三个月,世界上便不会有流血的事发生。连白华也感到"自由人无我"太冷血了,太利己了。白华虽然质疑安那其主义的一些鼓吹者的行为,但她不怀疑安那其本身。她还动员别人加入安那其。但是出乎意料的是,她的那些同学经过"五卅惨案"以后都有些转变了,觉得安那其主义太虚幻,太不实际了。经过听演讲、讨论,还有刘希坚等组织的群众示威,白华逐渐转变了安那其立场,投入群众斗争中去了。刘希坚认为,世界资本主义只是暂时的稳定,不久就会显露出不可避免的危机。同时,帝国主义必走到崩溃的边缘,从这两点看,毫无疑义,社会主义的革命将会爆发到全世界。他说,这种革命并不是安那其。小说的结尾是刘希坚让白华到工厂去,无产阶级革命,当然要无产阶级自己起来才有胜利的可能。他们觉得一种伟大的无边际的光明展开在他们的前面，那是共产主义的胜利！

3. 民主与乌托邦

这个时期，几乎每位作家和诗人都在思考和探索中国问题，提出自己的国家构建思想。1929年10月，梁实秋在《新月》第二卷第八期上发表了《"不满现状"，便怎么样呢?》一文，批评鲁迅只是对现实进行批判，冷嘲热讽是没有用的，应该提出自己明确的主张来，为中国开一服药，这才比较实际。他认为，三民主义是一服药，共产主义也是一服药，国家主义也是一服药，无政府主义也是一服药，好政府主义也是一服药。有药方总比没药方好。鲁迅在《好政府主义》一文中回应说，梁实秋的话自相矛盾。当别人开出药方的时候，他又说三道四，以为"三民主义者是违背了英美的自由，共产主义又收受了俄国的卢布，国家主义太狭，无政府主义又太空"[①]。可见当时的文学界对于未来国家形态的争论是十分激烈的。新中国就在这种争论中逐渐孕育诞生了。在国家构建过程中，即使是后来被抛弃的主义和学说也是有益的，对现代国家建构起到了某种制约作用。比如，英美派作家提出的政治民主问题，虽然没有完全实现，但是政治在运行过程中总受到一种无形力量的制约，当政治偏离这个方向时，早晚会得到校正。激进的无政府主义最终走向了无产阶级革命，但无政府主义提出的互助精神和自我牺牲精神融入了新中国的文化思想中。一些国家主义者由于对现实政治的失望最后走向阶级斗争的前线，但是国家主义者所表现的强烈的爱国主义情感是不朽的。可以说，是民主和多元的国家建构思想的激烈争论催生了新中国的诞生。

在民主思想的旗帜下，中国一部分知识分子信仰无政府主义。巴金是其中的一个代表。几千年封建思想的压迫，使他从克鲁泡特金的无政府主义思想中获得一个信念，认为只有无政府主义才能解放人权，使人们得到民主自由。其实，无政府主义也是一个乌托邦，想象没有政府权力的束缚，人民的自由才能得以实现。但是严酷的现实很快就使无政府主义思潮沉寂下来。

徐志摩崇尚英国的民主政治。他认为，英国人可称是现代的政治民族，英国人的政治，好比白蚁蛀柱石一样，深入人心。"英国的每处广场上东一堆西一堆的人群，不是打拳头卖膏药，也不是变戏法，是各种宣传性质的演说。据说萧伯纳曾站在一个装肥皂的木箱上冒着倾盆大雨在那里演说社会主义，最后他的听众只剩下三四个穿雨衣的巡警。"徐志摩说：

[①] 鲁迅：《"好政府主义"》，《鲁迅全集》第四卷，人民文学出版社1995年版，第243页。

"我以为一个国家总要像从前的雅典，或是现代的英国一样，不说有知识阶级，就这次等社会的妇女，王家三阿嫂与李四大妈等等，都感觉到政治的兴味，都想强勉他们的理解力，来讨论现实的政治问题。那时才可以算是有资格试验民主政治。那时我们才可以希望'卖野人头'的革命大家与做统一梦的武人归他们后来的本位，凭着心智的清明来清理政治的生活。这日子也许很远，但希望好总不是罪过。"徐志摩认为检验民主政治的一个重要标准，就是看其民众参政程度。民众是否把谈论政治当作家常便饭。在专制统治下，老百姓把"莫谈国事"当作避祸的招牌。而在民主政治下，国事也即家事。古希腊雅典是这样，政治是他们的生活，是他们共同的职业，是他们闲谈的资料，是他们有趣的训练。现代英国也是如此，"每天中下等阶级的人家吃饭时，老子与娘与儿女与来客讨论的是政治，每晚街角上酒店里酒鬼的高声叫嚷，也十有八九是政治。"徐志摩认为："如果中国的政治能够进化到量米烧饭的平民都有一天感觉到政治与自身的关系，也会仰起头来，像四大妈一样，问一问究竟统一党联合会是什么意思，那么中国的民主政治已经不远了。"

徐志摩在《列宁忌日——谈革命》一文中明确表示了他对列宁主义和俄国革命的怀疑：首先，他不相信阶级论。他认为马克思主义所讲的阶级学说过于绝对化。他们的学说建立在工业化的社会上，设想社会只有两方，一方是劳工，另一方是资本。最后是劳工胜利，资本家和中产阶级灭亡。徐志摩认为，社会现实不是这样的。他说："工人的子弟有做官的，农家的人有经商的，这中间走得通，并且从不曾中断过。"其次，他认为："共产革命不是起源于我们内心的不安，一种灵性的要求，而是盲从一种根据不完全靠得住的学理，在幻想中假想了一个革命的背景，在幻想中设想了一个革命的姿势，在幻想中想望一个永远不可能的境界，这是迂执，这是书呆。"[①] 他认为俄国革命不是万应散，不能轻易仿效和照搬。1925 年，徐志摩访问莫斯科，这离十月革命已有八年。他在《欧游漫录》中记录了他访问莫斯科的印象和感受。他说："但莫斯科？这里没有光荣的古迹，有的是血污的近迹；这里没有繁华的幻景，有的是斑驳的寺院；这里没有和暖的阳光，有的是泥泞的市街；这里没有人道的喜色，有的是伟大的恐怖与黑暗，与惨酷。"[②] 徐志摩看到俄国贵族的命运以后，同样

[①] 徐志摩：《列宁忌日——谈革命》，《徐志摩文集》第二卷，海天出版社 1996 年版，第 59—60 页。

[②] 徐志摩：《欧游漫录》，《徐志摩文集》第二卷，海天出版社 1996 年版，第 237 页。

的阶级立场，使他产生了兔死狐悲的情感。他开始仇视这场革命。徐志摩后来为"婴儿"的不断流产感到悲观失望。但他的心里对新中国的向往从来没有消失过。他在《罗曼·罗兰》一文中说："我们不知道罗曼·罗兰先生想象中的新中国是怎样的；我们不知道为什么他特别示意要听他的思想在新中国的回响。但如果他能知道新中国像我们自己知道它一样，他一定感觉与我们更密切的同情，更贴近的关系，也一定更急急的伸手给我们握着——因为你们知道，我也知道，什么是新中国只是新发现的深沉的悲哀与苦痛深深的盘伏在人生的底里！这也许是我个人对新中国的解释，但如果有人拿一些时行的口号，什么打倒帝国主义等等，或是分裂与猜忌的现象，去报告罗兰先生这是新中国，我再也不能预料他的感想了。"[1]

1940年4月1日，《战国策》杂志创刊号上发表了林同济《战国时代的重演》一文，意味着战国策派的产生。战国策派认为中国抗战时期是战国时代的重演。所谓"春秋无义战"，战国策派认为抗日战争是一场力的角逐。这种模糊战争性质的议论，在当时受到许多人的批判。战国策派在国家建构的问题上，否定个人的自由和阶级的观念，主张建立统一的民族国家，寻觅国家非常状态下的政治统一。他们的思想一直受到批判，被认为是法西斯主义的反动思想。近期对他们的认识稍有改变，认为其思想有某种合理性。战国策派的代表人物是陈铨和林同济。陈铨是一位作家，他的思想主要表现在创作中。

1934年，陈铨出版了小说《革命的前一幕》。小说的故事梗概是：上海明华大学学生陈凌华结识了同学徐宝林的妹妹徐梦频，两人暗生情愫。不久，陈凌华去了美国，徐梦频为避乱随家人客居北京。这时，北京大学的教授许衡山遇到了徐梦频，本来他是一个独身主义者，现在竟疯狂地爱上了她。"三·一八"事件时，许衡山为救徐梦频身负枪伤。徐梦频为了表达感激之情常常去探望许衡山，许衡山以为梦频也爱上了自己，便决定向她表白。这时，陈凌华回国了。许衡山向梦频表白了自己的感情，徐梦频坚决地拒绝了。许衡山明白了，原来徐梦频深爱着陈凌华，那么，他的爱该放在何处呢？这时候他想，反正凌华太可怜，梦频又不能爱我，我又不能自脱，我也不想再活了。不过，与其为爱情而死，不如为革命而死。中国现在真正为革命而死的人太少了。南方革命旗帜已经飞扬了，革命志士们，都准备血肉相搏了，我何不改名字加入革命军？友谊也顾全了，对梦频也尽心了，对国家也报答了，我也得着

---

[1] 徐志摩：《罗曼·罗兰》，《徐志摩文集》第二卷，海天出版社1996年版，第119页。

其所了！去，去，革命去。小说的情节安排表现出陈铨与当时的革命文学不同的思路。革命文学往往写人物为阶级压迫而走向革命，他们的目的是获得阶级的解放。而陈铨小说中的人物是因为爱情的挫折去参加革命，他革命的目的是拯救国家。陈铨的创作中没有阶级意识。这是他国家观念的思想基础。

林同济认为，政治竞争的根据是"力"，竞争的单位是国家，不是个人、家庭、教会或者阶级。换言之，最主要的竞争是国力与国力的竞争，国力竞争最终表现为战争。因此，处在"战国时代"的大政治中，国家"不能有个人之硬挺挺自在自由，也不能有阶级之乱纷纷争权夺利"。陈铨则进一步从现实历史中寻找证据。历史经验表明，个人自由、和平主义与阶级斗争，"这一切美丽的政治理想，不管理论上如何到家，实际影响乃至减弱了民族团结的精神，增加了民族依赖的心理，甚至延迟了政治的统一，分散了军事的力量"。这种思想看起来是正确的，但是放在当时中国的现实背景下，就是具有政治倾向性的，他是站在当局的立场说话，要求所有的政治派别、阶级都统一到国民党的统治下，摒弃党争，消除内乱，共同对付外国侵略者。陈铨的矛盾在于，一方面期待中国的浴火重生、新中国的创造；另一方面又寻求现存国家的合法性。显然他的思想存在尖锐矛盾，同时也受到革命文学阵营的批判。

新中国的建构吸纳了现代国家学说的不同优长，虽然最终选择了社会主义制度，但它是建立在自己国情上的，中国与苏联和东欧一些国家相比，之所以更具有生命力，就在于这个国家善于汲取世界上一切先进的东西。因此，社会科学对于国家和社会改革问题的争论是有益的，社会的选择是各种因素综合的结果，不是某一个主义、学说和个人的意见，最终的选择是各种主义和学说的综合。

二 京派作家以写实方法描摹空想世界

自从陶渊明构建了桃花源以后，"桃源梦"就成为一个原型意象，沉淀在中国世世代代的文人心中。京派作家对于中国传统文化更为倾心，他们以不同的方式编织着中国梦。在周作人、沈从文与废名的创作中都存在一个桃源情结。周作人早期的新村思想带着浓厚的世外桃源特点；沈从文的湘西世界也是一个梦中的乌托邦，"边城"也就意味着世外桃源；废名的《莫须有先生传》是一部玄幻小说，而《桥》更像是一个世外桃源。与中西方传统的人文幻想小说相比，沈从文与废名的小说更接近现实，他们是以理想化的姿态描写现实，他们展现的乌托邦更具体。从某种角度上看,他们写的不是幻想小说,而是理想小说。

1. 周作人的"新村"理想

周作人虽然不是京派的领袖人物,但他对京派作家的影响很大,特别是对废名有直接的影响。他早期的新村思想也许不同程度上影响着废名的创作。周作人在五四时期是一个热心的社会活动的参与者。他参与过吴稚辉、李石曾等人发起组织的"进德会"。这是一个无政府主义者以道德自律和完善为目的的社会组织。所谓"不嫖,不赌,不纳妾,不作官,不当议员"等。同时,周作人还支持钱玄同改汉字为字母的无政府主义主张。精通世界语,传播世界语。在理论思想上,他主要接受了克鲁泡特金的无政府主义思想。他在《外行的按语》一文中说:"我在这里又当声明,我并不是共产党,但是共产思想者,即蔡先生所谓赞成其主义;我没有见过马克思的书皮是红是绿,却读过一点克鲁泡特金,但也并没有变成'安那其'。我相信现在稍有知识的人,当无不赞成共产主义。——其实照我看来,凡真正宗教家应该无一不是共产主义者。宗教的目的是在保存生命,无论这是此生的或是当来的生命:净土、天堂、蓬莱、乌托邦、无何有之乡,都只是这样一个共产社会,不过在时间空间上有远近之分罢了。共产主义者正是与他们相似的一个宗教者,只是在地上建起天国来,比他们略略性急一点。"① 周作人就是这样理解共产主义的。他认为共产主义不过就是一种乌托邦和宗教,就是希望建立一个理想国。

1919年7月2日,周作人从塘沽到东京,对日本新村所在地石河内村进行访问。回国后,他写了《新村的理想与实际》《访日本新村》等一系列宣传新村运动的文章。所谓新村,是1918年由日本著名作家、思想家武者小路实笃在九洲日向建立的一个空想社会主义的实验地。这是典型的无政府共产主义学说,无政府主义绝对排斥政治,也不考虑现有政治体制的改良,而是设想人类社会发展的终端。无政府主义思想的核心理论是个人与社会,它既是一种社会改造理论,也是一种个人改造学说。新村的理想就包括这两个方面。在外部改造方面,首先,否定国家。武者小路认为国家是实现理想社会的主要障碍,但他并未直接提出废除国家。在新村实验中是以个人的自觉,自愿联合组成社会。其次,新村主义者强调采用非暴力的社会改造路线,希望和平改造社会实现新村的理想。在个人改造方面,首先,新村强调劳动的重要性,要尊重劳动,履行对于人类的义

---

① 周作人:《外行的按语》,《周作人散文全集》第4卷,广西师范大学出版社2009年版,第511页。

务，把劳作当作义务。其次，建立互助关系，给个体和全体最大的安全。最后，个人的自由发展是新村主义自我改造的根本。

周作人对于新村理想早已心向往之，在日本期间，他怀着一种宗教般的热情到他的理想国去朝圣。当他置身其间的时候，感受到一种人类之爱。他一到那里，就有两个新村的人去接他。他说："我自从进了日向已经很兴奋，此时更感觉欣喜，不知怎么说才好。似乎平日梦想的世界，已经到来。"在新村，他详细描述周围的环境住所，其实都很简陋。他们自劳自食，自食其力。因为刚刚开始，他们的劳动成果还不够养活自己，还需要依赖别人的捐助。但新村的人都把劳作看作生活的一部分。周作人在新村也和他们一起下地劳动。没干过力气活儿的周作人觉得锄头很重，尽力掘去，吃土仍然不深。不到一会儿，腰已痛了，右掌上又起了两个水泡，只得放下，到豆田拔草。劳动是辛苦的，但周作人觉得自己三十余年未曾有过这样充实的生活，觉得这才是"人的生活"。他感叹新村的人，真幸福。他说："新村的生活，一面是极自由，一面却又极严格。村人的言动作息，都自负责任，并无规程条律。只要与别人无碍，便可一切自由；但良心自发的制裁，要比法律严重百倍。所以人人独立，却又在同一轨道上走，制成协同的生活。"

1920 年 6 月 19 日，周作人在一次演讲中发表了《新村的理想与实际》的演说，系统地阐释了他的乌托邦主义。他说："新村的理想，简单的说一句话，是人的生活。这人的生活可以分为物质的与精神的两个方面，物质的方面是安全的生活，精神的方面是自由的发展。……也就是'各尽所能，各取所需'的生活，但照新村的理想，劳动与生活这两件事，各是整个的，是不可分割的。"[①] 这简直就是马克思主义的共产主义思想了。可见，周作人早期曾受到过国际共产主义运动的影响。

周作人承认日本的新村还不太理想，他们设了两个村，一共不到 100 亩地，有 39 人在那里生活，产出和消费还不能相抵。村里的费用，大半需别人捐集，一些基本的医疗娱乐设备都还没有。但他认为现在只是一个开始，那精神完全是新村的。他们每月开一次会，商量本月应行的事项，男女交际恋爱是自由的。除了劳作，就是自修，艺术的氛围很浓。

总之，新村的人不满足于现今的社会组织，想从根本上改造它。终极的目的与别派改革的主张虽是差不多，但在方法上有点不同。他们不造成暴力，希望平和地造就出新秩序来。"他们相信人类，信托人间的理性，等

---

① 周作人：《新村的理想与实际》，《周作人文选》第 1 卷，广州出版社 1996 年版，第 77 页。

他觉醒,回到正路上来,——新村的人主张先建一间新屋,给他们看,将来住在破屋里的人见了新屋的好处,自然都会明白,情愿照样改造了。"

新村运动带有空想社会主义色彩,因此得到中共早期领导人的支持。李大钊早期也深受克鲁泡特金无政府主义的影响,他与周作人在北大图书馆相识,两人关系比较近,他与周作人一同发起"工读互助团",实行半工半读主义。但实际上,周作人与中共领导人之间有着巨大的分歧。中共领导人主张通过社会革命推翻旧体制,建立社会主义国家。周作人却是出于对汹涌而至的社会主义群众运动的疑惧。他在一篇文章中引用日本新村创始人武者小路的话说:"新时代应该来了,无论迟早,世界革命,总要发生。对于这将来的时代,不先预备,必然要起革命,怕惧革命的人,除了努力渐渐实行人的生活之外,别无方法。"这实际也是周作人的心里话。他认为新村运动,既"顺了必然的潮流",又可免"将来的革命"。他幻想用和平的方法得到革命的结果,寄希望于不劳而食的特殊阶级能够幡然改悔,以反对翻天覆地、唯铁与血的暴力革命。

对于周作人这种社会空想,鲁迅表示质疑。他在小说《头发的故事》里借小说主人公之口,提出了质询:"改革吗?武器在哪里?工读吗?工厂在哪里?"鲁迅认为中国革命就像对待那条辫子,剪了修,修了剪。鲁迅还在《幸福的家庭》中讽刺了空想家的不切实际。小说主人公想虚构一个幸福家庭,可他想遍了全国的每一个地方,也安放不下一个幸福家庭。鲁迅反对过分沉溺于乌托邦之中,他主张立足于现实的更切实的战斗。同时,胡适对周作人的新村主张给予了直接的批评。胡适在《非个人主义的新生活》一文中,认为周作人的新村主义实际是孟子所宣扬的"穷则独善其身"的个人主义思想,是逃避现实去寻找一种超脱现实的理想生活,与传统的山村隐逸生活是根本相同的。胡适的批评击中了周作人新村理想的要害。到五四落潮期,新村主义退潮,工读互助团相继解散。阶级斗争学说兴起,周作人又陷入彷徨苦闷之中。从此开始放弃改造社会的幻想,沉浸在个人主义实现自我理想的情境中。

2. 沈从文想象的理想世界——"边城"

一般而言,在全球化和现代化思潮的语境下,中国的主流思想都倾向现代化立场。近年来,现代性研究成为学界的一门显学。人们都在寻找和挖掘经典作家作品中表现的现代性,似乎现代性就是作家进步的标志。这样,无形中,把反现代化的文化守成主义看作了保守和僵化的表现。殊不知,在现代化进程中,现代化与反现代化是相辅相成的,互相推进,是互相补充的伴行者,就像民主国家中的执政党和在野党,互相监督,通过对峙，甚至冲突，达到社会的平衡。现代化并非如一些激进的支持者想象的那样完美无缺。实际上，历史已经证明，现代化的每一步都伴着血与火，甚至与侵略、战争联系在一起。而反现代化思想正是以此为出发点，对现代化带来的消极影响进行掣肘，给予警示。沈从文的思想是超前的，在中国民族斗争非常激烈的20世纪三四十年代，现代化的脚步还在静静悄悄地行进的时候，他就敏锐地看到了它所带来的沉重的一面。他在抗战胜利后所写的《一个传奇的本事》一文中说："在人类文化史的进步意义上，一个真正的伟人巨匠，所有的挣扎的方式，照例和流俗的趣味及所悬望的目标，总不易完全一致。一个伟大艺术家或思想家的手和心，既比现实政治家更深刻更无偏见和成见的接触世界，因此它的产生和存在，有时若与某种随时变动的思潮要求，表现或相异或游离，都极其自然。它的伟大存在，即与政治、宗教以外，极有可能更易形成一种人类思想感情进步意义和相对永久性。"[1] 他这里的意思是说，思想家和艺术家能够超越时空，比政治家更有远见，他们的思想也更长久。可见他思想境界的高远，以及对于思想型艺术家的自觉追求。他的创作始终贯彻着一种高瞻远瞩式的预见，这使他的思想跨越了时空，在当代和未来显示出特殊的意义。他对于民族的文化、社会经济的发展、人性的完善都有自己独到的思想。他希望建筑的人性神庙，他塑造的中国形象，他对现代性过程的反思，都不仅没有过时，而且日益显现出价值。在世界范围内，全球化和现代化是其主潮，但同时反全球化和反现代化的呼声也很大。各个民族自我保护的愿望也很强烈。沈从文是现代化进程中中国文化守成主义思想的代表人物。

沈从文的思想吸收了中国古代乌托邦的思想精髓，他经常提到陶渊明寻找洞天福地的探求，他是心向往之的。但是他的思想比陶渊明的桃花源构想有着更为具体丰富的内涵。他以自然人性为前提，以原初生命为核心，为建构现代田园社会提供了更为切实的保障。在他看来，受到现代文化浸染的人很难实现自然和谐的社会目标，只有保持人性的天然状态才能建构美好的社会。沈从文的思想不是空中楼阁，不是从理论到理论的推论。他的思想建立在自我的生命体验上，建立在民族心理的感受中，建立在他对现实社会的观察和了解上。

沈从文十多岁的时候，带着对城市的向往，从偏远的山镇来到大都市，在两种不同文化的感受中，他选择了乡村文化，他以一个乡下人的眼

---

[1] 沈从文：《一个传奇的本事》，《沈从文文集》第10卷，花城出版社1984年版，第160页。

光看到了城市文化中存在的异化和弊端,他自豪地宣称自己是一个乡下人,在文学上扯起了乡村文学的旗帜,他带着不倦的冲动和热情,向城市人展示着乡下人的纯朴、善良、自然和美好。

作为一个苗族作家,沈从文有一个天然的民族意识,并由此催生了他的生命意识,因为他从小就看到了太多的屠杀和战争。他说他生长的小镇,人口不到一万人,但却驻扎着七千个兵,"主要就是压迫苗民的单位。因此我在很小的时候,就有机会常见大规模的屠杀,特别是辛亥革命那段时间。这给我一个远久的影响——就是认为不应有战争,特别是屠杀,世界上任何人都没有权利杀别一个人"。这种独特的经历使沈从文产生了强烈的生命关怀,建立了一种以生命为核心的现代思想观念。在他的创作中,展示自然生命的美是一个贯穿始终的主题。

在20世纪三四十年代,沈从文先后两次回到故乡湘西,完成了长篇散文,实际上是近乎报告文学式的文本《湘行散记》和《湘西》。在两次考察中,他都感到隐隐不安。他发现在他的创作中不断被寄寓原始理想的湘西正在受到现代化的侵蚀,乡村正在发生令人心痛的改变。乡村衰败下去了,沿河各码头,早已破烂不堪。他感觉"这个民族,在这一堆长长的日子里,为内战,毒物,饥馑,水灾,如何向堕落与死亡大路走去。一切人的生活习惯,又如何在巨大压力下失去了它原来的纯朴型范,形成一种难以设想的模式"。这是沈从文不愿看到的结果,但是却不可避免地出现了。他苦苦思考着:"这责任应该归谁?"从那些荒废的煤矿和贫困的挖煤人的身上,他似乎已经找到了答案。辰溪,是藏有丰富煤矿资源的地区,现代化的触角已经伸向这里,到处是矿井和采煤的人。但是开采煤矿并没有给辰溪带来好处,却带来了毁灭性的后果,自然环境被破坏了,矿难随时可能吞没矿工的生命。如果这就是现代化的后果,沈从文就更加坚定了反现代化的决心。他对两种人的生活状态进行了比较:一种人"生活却仿佛同'自然'已相互融合,很从容地各在那里尽其性命之理,与其他无生命物质一样,惟在日月升降寒暑交替中放射,分解。而且在这过程中,人是如何渺小的东西,这些人比起世界上任何哲人,也似乎还更知道得多一点"。另外一些人"与自然毫不妥协;想出种种方法支配自然,违反自然的习惯。同样也是那么尽寒暑交替,看日月升降。然而后者却在改变历史,创造历史。一份新的日月,行将消灭旧的一切。我们要用一种什么方法,就可以使这些人感觉一种'惶恐'"。沈从文清楚地知道那些想改变历史和自然的人是现代化的推动者,但他在考虑,如何冷却这些人身上的狂热,让他们对自己的行为有一种约束,产生一种对自然的敬畏,对未来的惶恐。这就是他要做的。他把制约现代狂人作为自己的目标。

在沈从文的思想逻辑中，现代化是诸多社会问题的根源，包括战争的根源也在这里。现代化是现代战争之源，这一思想可能已经为今天的许多有识之士所认识，当前的国际形势深刻地证明了这一点，为争夺资源而开战的悲剧不断上演。美国的反战人士喊出了"不要带血的石油"这一口号。但沈从文的时代认识到此问题的人十分罕见。沈从文从一开始就认识到这一问题的实质，因此我们看到，他目睹了那么多的屠杀和战争，但他的作品并没有多少直接表现反战的主题。他认为现代化是战争的根源，所以他的批判目标直指现代化。现代化是一把"双刃剑"，在社会进步的同时，也付出了惨重的代价，伴随着环境的破坏、资源的穷尽、人性的异化，这是人类永远的痛。从这个意义上讲，沈从文比许多哲学家和思想家看得还要深远。

沈从文的思想不是通过系统的理论表述出来的，他是通过艺术形象地传达出来的。他思想的宗旨是："不信一切，惟将生命贴近土地，与自然相邻，亦如自然的一部分，生命单纯庄严处，有时竟不可仿佛。"他要建造一个人性的小神庙，创造一个神话。他说："我们似乎需要'人'来重新写作'神话'。这神话不仅是综合过去人类的抒情幻想与梦，加以现世部分重新处理，还应当对于人的认识，为未来有所安排。"沈从文的眼光不仅注视着现实，他不仅看到过程，他更注重结果，人类的明天，现代化给人类的结果究竟是祸还是福，恐怕谁也不敢断言。然而沈从文相信现代化和城市化最后只能给人类带来毁灭性的灾难，他的目标就是让这个进程放慢，他唯一能做的就是完善人性，拯救现代人性的沉沦。沈从文的小说就是这样的一部承载着他的思想的神话的文本，他小说中的人物、情节、未来都是循着他的思想而展开和表现的。

《边城》是一首船歌，也是沈从文的理想之歌。一切是那么和谐美好，老船工和翠翠的小船承载着责任、义务，以及质朴的民风和美好的人性，它在理想的境界里荡漾。宁静和谐、富有诗意、带有原始情调、充满大自然的清新气息，是沈从文对理想社会的环境气氛和整体格调的要求，也是一个世外桃源所应具有的最基本的氛围。因此，沈从文在《边城》中所创造的是一个理想的栖居地，一个令人神往的境界。在这里，生命与自然相契合，这是沈从文对"天人合一"理想境界的皈依与追求。且看《边城》对凭水依山筑城的茶峒小镇的描写："溪流如弓背，山路如弓弦……河床是大片石头作成。静静的河水即或深到一篙不能落底，却依然清澈透明，河中游鱼来去都可以计数。……两岸多高山，山中多可以造纸的细竹,长年作深翠颜色,逼人眼目。近水人家多在桃杏花里,春天时只需注意,凡有桃花处必有人家,凡有人家处必可沽酒。……黄泥的墙,乌黑的瓦,位置则总永远那么妥帖,且与四围环境极其调和,使人迎面得到的印象,非常愉快。"这似真似幻、如痴如醉的描写,俨然是一个桃花源的境界。这里不仅有优美的自然风景,而且人与自然相处融洽,一切都是那么和谐。人性美和人情美是沈从文构建"桃源"社会所追求的另一方面,也是最重要的方面。因为"人"是社会的核心要素,如果生活于其中的人们不具备理想人性,即使有再优美的环境和格调,也不能称为完美的桃源世界。因此,沈从文把对人性美和人情美的追求放在了自己理想的制高点。他曾说:"我只想造希腊小庙。选山地作基础,用坚硬石头堆砌它。精致,结实,匀称,形体虽小而不纤巧,是我理想的建筑。这神庙供奉的是'人性'。"他所向往的是"优美、健康、自然"的人性,一种自主自为的没被现代文明浸染的理想生命状态,人与人之间充满了温情,并能"为人类'爱'字作一度恰如其分的说明"。这样的理想人性在《边城》中被具体化了,它构筑了一个人性美和人情美的世界。主人公翠翠就是人性美的化身,她"在风日里长养着,故把皮肤晒得黑黑的,触目为青山绿水,故眸子清明如水晶。自然既长养她且教育她,故天真活泼,处处如一只小兽物"。在沈从文的笔下,翠翠有着自然纯真的天性,晶莹剔透,一尘不染,犹如一首优美的抒情诗,是作家理想中爱和美的极致。除了纯洁美丽的翠翠,还有为人耿直、热情、讲情义的傩送,大自然的锻炼使他健壮而豁达,他是健康、自然、力的象征;任劳任怨的老船夫五十年如一日地守着渡船,从不计较个人得失,他是"边城"的公仆,是人性善和人情美的代表。《边城》中的人物无一不纯朴、善良,蕴含美感,包含人性和人情味。在这些人物身上,沈从文所向往的理想人性得到了完美的表达,并与自然山水和谐地交融在一起,表现了作家对于人类生存环境及自然人性的理想追求。《边城》不是一个渺茫的幻景,而是一个看似现实的存在。沈从文说过,他曾经沉默过两年,这两年中,"我不写作,却在思索写作对于我们生命的意义,以及对于这个社会明天可能产生的意义"。他的写作立意高远,他不仅表现现实,也在思考人类的明天。他还说:"我觉得我应当努力来写一本《圣经》,这经典的完成,不在增加多数人对于天国的迷信,却在说明人力的可信。"[①] 他的《边城》就是他心中的"圣经"。他以写实的方法建构了一个理想的世界。

---

① 沈从文:《沉默》,《沈从文文集》第10卷,花城出版社1984年版,第64页。

3. 废名搭建的通往世外桃源的"桥"

废名对中国传统文化一向情有独钟，尤其对谢灵运、陶渊明、庾信、李商隐等人的诗文作品由衷赞赏，并屡有"虽不能至，心向往焉"的叹息。他对陶渊明的思想尤为推崇。在《陶渊明爱树》这篇文章中，他认为"陶渊明仍为孔丘之徒也"。陶渊明归田后所写的组诗《读山海经》，大量描写了缥缈奇幻的仙境。废名对于《山海经》的喜爱不亚于陶渊明，他对仙境般的和平自由的生活十分向往，在一个战乱的社会，他构筑了一个世外桃源——《桥》。当周作人看到小说时，称其是一部"有些仙境的，非人间的空气"的小说。

废名在《中国文章》中说，中国人生在世，"太重实际，少理想，好像缺少一个公共花园似的"，更不喜欢思索那"死"，因此不但在生活上就在文艺里也多是凝滞的空气。废名的社会理想是建立一个自由、美丽的公共花园，花园里有亭台楼榭、小桥流水、花红柳绿、朝夕晨昏……人们生活于其中，互相尊重，互相友爱，共同建立一个生之乐园。他在《莫须有先生传》中更加明确地说："我只愿我们这个社会是一个合理的社会，人都不自相作践，比凡百动物好看得多，权且就同北京的公园那么个样子，大家都有闲有闲，青年男女，花香鸟语，共奏一个生之悦乐。"这样一个花园式的理想世界寄托了作者对社会的美好憧憬。这一令人向往的社会理想，为仙境的营造提供了两个基本的要素，即美丽的自然环境，以及慈爱纯洁的神仙人物。

《桥》的仙境氛围首先是通过无限的自然风光来表现的。小说的结构就是一个花园式的结构，小说的章节题目都以自然景物命名，诸如金银花、落日、洲、万寿宫、芭茅、棕榈、河滩、杨柳、花红山、桥、八丈亭、枫树、梨花白、树、塔、桃林……所有这些连缀起来，不就是一个美丽的大花园吗？而且在小说的环境描写中，作者还把故事置于一个半封闭的空间中。在"沙滩"一章中，作者写道：

> 站在史家庄的田坂当中望史家庄，史家庄是一个"青庄"。三面都是坝，坝脚下竹林这里一簇，那里一簇。树则沿坝有，屋背后又格外的可以算得是茂林。草更不用说，除了踏出来的路只见它在那里绿。站在史家庄的坝上，史家庄被水包住了，而这水并不是一样的宽阔，也并不是处处靠着坝流。每家有一个后门上坝，在这里河流最深，河与坝间一带草地，是最好玩的地方，河岸尽是垂柳。迤西，河渐宽，草地连着沙滩，一架木桥，到王家湾，到老儿铺，史家庄的女

人洗衣都在此。

我们可以看到,三面都是坝,屋后是茂林,草更不用说且被水包住了,这些描写从地理位置上把史家庄封闭起来,与外界隔断,创建了一个封闭型的桃花源;后又用竹林、垂杨、沙滩、木桥、浣衣女等描写将史家庄视为与现代社会隔绝的宁静的小村庄。可见,作者有意超越现实生活,寻求一种怡然自得、无拘无束的环境。这与仙境中的洞天福地确有相通之处。

周作人评价说:"废名君的小说里的人物也是颇可爱的,这里出现的老人、少女和小孩。这些人与其说是本然的,毋宁说是当然的人物,这不是著者所见闻的实人世的,而是所梦想的幻景的写象。特别是长篇《无题》中的小儿女,似乎尤其是著者所心爱,那样慈爱的写出来,仍然充满人情,却几乎有点神光了。"的确,小说中的人物及其生活状态都与现实生活有一定距离,可以说是作者理想中的生活。中国社会封建礼教森严,男女之间授受不亲,尤其是青年男女,几乎是无法见面的。而小说中的男女关系甚为自由,甚至定了亲的男女之间都没有间离,可以亲密无间地一起玩耍、游玩、读诗。这在现实生活中是不可想象的。人物关系也很融洽,没有紧张和冲突。"灯笼"一章中这样写道:"老人,像史家奶奶这样的老人,狂风怒涛行在海上,恐怕不如我们害怕;同我们一路祭奠死人,站在坟场之中——青草也堆成了波呵,则其眼睛看见的是什么,决不是我们所能推测的。"轻轻几笔,白发苍苍、历尽沧桑但仍然慈爱豁达的史奶奶跃然纸上。再来看琴子,"我很觉得自己的不平常处,我不胆大,但大胆的绝对的反面我又决不是,我的灵魂里根本就无有畏缩的地位,人家笑我慈悲——这两个字倒很像,可信他们是一般妇人女子的意义"。"小林没有见过琴子这个面容,明眸淡月,发彩轻扬,若不可风吹。"琴子的美丽、纯净、独立、不食人间烟火跃然纸上。至于细竹,"她真好比一个春天,她一举一动总来得那么豪华,而又自然的有一个非人力的节奏"。而且,在"水上",作者借小林之口,直接说她"实在是一个仙才"。作品中人与人之间的关系,无论是史奶奶、三哑叔,还是小林、琴子、细竹,他们之间总是友善、和谐、没有纷争的。即便是写小林、琴子、细竹三者间的感情纠葛,也完全摒弃了世俗故事的铺展,而主要表现他们的纯真与朴素。

难怪20世纪30年代就有人说:"这本书没有现代味,没有写实成分,所写的是理想的人物,理想的世界。作者对现实闭起眼睛,而在幻想里构造一个乌托邦……这里的田畴，山，水，树木，村庄，阴晴，朝，夕，都有一层飘渺的色彩，似梦境又似仙境。这本书引读者走入的世界是一个'世外桃源'。"①

废名喜欢写梦。他有一首小诗《梦之使者》，诗中说："我在女人的梦里写一个善字／我在男人的梦里写一个美字／厌世诗人我画一幅好看的山水／小孩子我替他画一个世界。"这首诗可以看作废名创作的宣言。他的创作是梦。他在《说梦》一文中说："创作的时候应该是'反刍'。这样才能成为一个梦。是梦，所以与当初的现实生活隔了模糊的界。艺术的成功也都在这里。"他认为莎士比亚的戏剧就是一个梦。在废名那里，梦的含义不是虚空，而是美，是一种理想境界。格非认为："废名如此频繁地描写梦境——他的小说中充斥着各种各样的梦幻描写，有夜梦，有白日梦，有并不存在的想象之梦，甚至有梦中之梦，其目的之一，是将梦作为现实或世俗世界的否定性力量加以表现，借此弱化和虚化现实世界中的事实性因素，从而构成对现实或世俗世界存在的超越。"②《桥》正是用书中人物反复谈论着的无数短暂的梦境，超越了现实世界，表现了人类对纯美的向往，营造了一个乌托邦的世界。

《桥》从头到尾都是写梦。上部"瞳仁"一节，都是小林这个痴人在说梦。他告诉琴子，他昨夜做了一个梦，梦见了活无常。接下来的"碑"一章，开头写道："太阳远在西方，小林一个人在旷野上走。他仿佛一眼把这一块大天地吞进去了，一点也不留连，——真的，吞进去了，将来多读几句书，会在古人口中吐出，这些正是一些唐诗的境界，'白水明田外'，'天边树若荠'。远处路旁好像一只——不，是立着什么碑。这时，走来一个和尚……他顿时想起了昨夜的梦，怪不得做了那么一个梦！"在这样一个旷野中，一轮将落的太阳，一块刻着"阿弥陀佛"的碑，一个"靠菩萨吃饭"的和尚，这哪里是人间的景象？《桥》的下部更多地沉浸在梦幻中了。《桥》一节中写道："过去的灵魂愈望愈渺茫，当前的两幅后影也随着带远了，很像一个梦境。颜色还是桥上的颜色。细竹一回头，非常之惊讶于这一面了，'桥下水流呜咽'，仿佛立刻听见水响，望她而一笑。从此这个桥就以中间为彼岸，细竹在那里站住了，永瞻风采，一空倚傍。"这又是一个梦。小林、琴子与细竹三个人齐游八丈亭，八丈亭上牡丹盛开，琴子已过了桥，在桥的一头，细竹在桥中回头看向桥这头的小

---

① 灌婴：《桥》，《新月》1932年第4卷第5期。
② 格非：《废名的意义》，《塞王的歌声》，上海文艺出版社2002年版，第317页。

林,桥下流水潺潺,桥边树林郁郁葱葱,远处青山浮云……果然是人间仙境。"花红山"一节中说:"走到一处,伙颐,映山红围了她们笑,挡住她们的脚。两个古怪字样冲上琴子的唇边——下雨!"原来下的是金光灿灿、千道万道线似的太阳雨!这完全来自琴子的一个想象之梦。小说的末一节"桃林",小林告诉细竹他做了一个梦,细竹和小林都在说梦。在梦想的境界中,废名建构了他理想中的桃源世界:首先是自由王国。《桥》与其说是写人的关系,不如说是写人与自然的关系,废名去除了现实的一切关系和束缚,把人物置于自然的关系中。其次是童年情结,对童年的追忆成为他对社会和谐美好的向往和情缘,就像鲁迅在《故乡》中所表现的儿时与闰土的纯真关系。最后是中国传统文化的回归,小说中人物之间的交流都是对中国文化典籍的阅读和理解。废名的理想世界就是这样一个富有诗意和童趣的仙境。吴晓东也认为,《桥》是一部"心象小说""乌托邦幻象文本",他说:"《桥》的世界是一个镜花水月的世界。它的田园牧歌般的幻美情调正是通过女儿国、儿童乐园、乡土的日常生活与民俗世界等几个层面的诗性观照具体体现的,从总体上说,它们由此都具有了一种乌托邦属性,最终使《桥》生成为一个东方理想国的象征图式。这可以看成是废名创作《桥》的总动机。"[①] 废名《桥》以写实的方法创造了他心中的理想世界。

综上所述,周作人、沈从文、废名等京派作家的乌托邦就是桃源梦。他们与中国传统文化有着更深的精神联系。他们所创造的世外桃源,在一个纷乱的年代有其独特的意义。

[①] 吴晓东:《废名·桥》,上海书店出版社2011年版,第101页。

第五章　五四以后的人文幻想小说

五四以后的新文学提倡现实主义，晚清兴起的幻想文学思潮受到很大遏制。不过，在现实主义文学的夹缝中也有一些另类产生，它们是现实主义主潮下的潜流，虽然水流很小，而且呈现散发状态，却也曾引起过一些人的关注。夏志清在他的《现代中国文学感时忧国的精神》一文中把沈从文的《阿丽丝中国游记》、老舍的《猫城记》、张天翼的《鬼土日记》放在一起谈论。他虽然没有给这三部作品一个命名，但他注意到这三部作品的相同之处，以及与其他作品的不同之处。杨义在他的《中国现代小说史》中也把张恨水的《八十一梦》看作与《鬼土日记》《猫城记》同类的"奇书"。这个时期由于现实主义的力量和现实问题的束缚，这几部人文幻想小说仍然是以批判现实为主，并没有构建乌托邦。真正构筑起一个乌托邦的是漂泊海外的林语堂。他的长篇小说《奇岛》成为这一时期难得的乌托邦小说。

一　沈从文《阿丽丝中国游记》：西洋镜下的中国景观

沈从文的《阿丽丝中国游记》是以英国童话作家卡罗尔的《爱丽丝漫游奇境记》为蓝本创作的。这部小说内容比较驳杂，一直没有受到学术界的重视。从现实主义创作的标准来衡量，它的确不是一部成功的作品。但是如果从人文幻想小说的角度来看，这部小说具有独特的价值。在晚清幻想小说的高峰过后，人文幻想小说已经沉寂。五四以后，文坛提倡自然主义和现实主义创作方法，文学的审美风尚趋于现实。沈从文的《阿丽丝中国游记》开了五四以后人文幻想小说的先河。虽然他没有自觉意识到这一点，但他企图独辟蹊径去寻找创作的个性的目的还是清楚的。沈从文在《阿丽丝中国游记》的序言中说："我先是很随便的把这题目捉来，因为我想写一点类乎《爱丽丝漫游奇境记》的东西，给我的小妹看，让她看了好到在家病中的母亲面前去说，使老人家开开心。"他本来想写一个带点娱乐性的东西，但结果却越写越沉重。他本来是想写一点童话故事,结果却成了一个具有现实性的作品。他借用的这把西洋镜成了双面镜,一面是哈哈镜似的幻影,另一面是现实的实影。

1. 哈哈镜下的中国幻影

卡罗尔的《爱丽丝漫游奇境记》是一部童话,由一个个有趣的故事组成。它突破了西欧传统儿童读物道德训诫的刻板模式,被人们视为完全儿童化的快乐的文学作品。作品中的爱丽丝是一个七岁半的小姑娘,她天真、纯洁、浪漫,有同情心,敢对抗权威,对生活常识和人情世故似懂非懂,充满了旺盛的好奇心和求知欲。在她漫游的动物世界里,有穿背心的兔子,有口吃的渡渡鸟,有疯狂的三月兔和帽商,有只会讲枯燥故事的小老鼠,还有咧着嘴微笑并时隐时现的柴郡猫、伤心流泪的甲鱼、抽着烟管的毛毛虫、一个红心王后Q统治下的扑克牌王国,还有国王可随时杜撰法律"第四十二条,身高超过一英尺者推出法庭"来约束会场,并且在审判过程中,国王根本不知道捡到的纸片上的诗的意思,就信口开河"这是目前为止我们听到的最重要的证词了",然后又开始曲解诗句意思等滑稽可笑的故事。卡罗尔为爱丽丝编织了一个浪漫有趣的童话世界,并让可爱的小女孩在童话的王国中自由漫游。作者可以想象出公爵夫人照看的小宝宝最后竟是一头猪;柴郡猫永远都笑着,并且可以随时出现随时消失;当爱丽丝变大之后,她琢磨着如何给自己的脚买一份礼物时,她说的是"致爱丽丝的尊敬的右脚,地毯,火炉围栏边,爱你的爱丽丝"这样好玩的话。当爱丽丝被兔子误认为玛丽安,让她回家找手套和扇子时,随后发生的一系列事件:爱丽丝吃蛋糕后变大、小蜥蜴被摔等,这些都是带有戏剧性的。尤其具有游戏趣味的是:爱丽丝可随时变大变小,这就给童话增加了无穷的想象。在三月兔和帽商的茶会上,爱丽丝与他们的对话是游戏性的,他们永远不变的时间观念是滑稽的,滚烫的茶水不会烫伤睡鼠的鼻子是让人无法理解的;在王后的球场上,比赛没有规则,没有秩序,有的只是王后的命令"砍掉他的头",这一荒唐的比赛让爱丽丝觉得实在太难,想溜之大吉。在和假海龟探讨学校教育问题时,假海龟所讲的学校的状况是和现实截然相反的,假海龟学习的是旋转与滚动,还有数学的不同分支——野心、发狂、丑化、嘲弄,他们所理解的丑化就是把所有东西弄好看些。当爱丽丝在河岸边上遇到穿背心和会看表的兔子时,她便撒腿就追,穿过田野,跟着兔子就钻进了兔洞。这部童话表现了一个奇特的世界,充满幻想。它不仅成为儿童文学的经典,也为许多成人所喜爱。20世纪20年代初赵元任把它翻译了过来。周作人评价这部书时,认为这部书的特色就是它的"没有意思"。只有富于异常才能的人,才能写出这部

"没有意思"的作品,而儿童独能鉴赏这些东西。沈从文的《阿丽丝中国游记》,最早借鉴这部作品时,也是基于它的"没有意思",为了娱乐他的妹妹和病中的母亲。

如果说卡罗尔的《爱丽丝漫游奇境记》是一面魔镜,那么这面镜子到了沈从文手中,就变成了哈哈镜。哈哈镜的功能主要表现在"八哥博士的欢迎会"一章。在哈哈镜中,阿丽丝看见了许多不伦不类的鸟人。这些鸟人们在一起装腔作势,庸俗无聊,吵吵嚷嚷。主席猫头鹰喜欢向观众炫耀他的衣装,不断搔首弄姿,想表现良好的教养。他雇人为欢迎会捧场、拍手。欢迎会的主角八哥博士却迟迟不到,会场上群鸟一片混乱,争论、吵骂,甚至大打出手。八哥博士出现时,群鸟高呼万岁。八哥博士是一位语言学博士,但他讲的话让人怀疑是抄袭。群鸟哄堂大笑,会上一阵骚乱,八哥博士揪出了几只爱吵嚷的麻雀,然后在黑板上写出了一个无聊的讨论题目"恋爱的讨论"。接下来又是一阵混乱,群鸟从争论到冲突,"打倒!打倒!打倒"的呼声淹没了一切。欢迎会开到凌晨三四点,阿丽丝小姐只好由萤火虫带路回家。

除此之外,《阿丽丝中国游记》还有一些魔幻表现,如对于傩喜先生怎么由穷变富的过程的描写是富有想象的。当他穷困潦倒坐在草坪上哭泣的时候,他遇到了一个小地主,这小地主是怎么来的,傩喜先生不知道,然后就跟着小地主回家每天做些家务便可以填饱肚子,更具有戏剧性的是,小地主死后,傩喜先生继承了小地主的财产,兔子先生由此便变成了有钱的绅士。关于傩喜先生的故事,用作者自己的话来说便是:"我已把这只善良和气的有教养的兔子变成一种中国式的人物了。"第二卷中阿丽丝的漫游和独白、对话也都有游戏性,但是这种游戏式的表现不多,大部分内容是对中国现实的揭露和批判。沈从文在小说的"后序"中反省了写作存在的问题:

> 阿丽丝小姐的天真,在我笔下也失去了不少。这个坏处给我发现时,我几乎不敢写下去了。我不能把深一点的社会沉痛情形,融化到一种纯天真滑稽里,成为全无渣滓的东西,讽刺露骨乃所以成其为浅薄,我实当真想过另外起头来补救的。但不写不成。已经把这个作品的引子写好,就另外走一条路,我也不敢自信会比这个就好些。所有心上非发泄不可的一些东西,又像没有法子使它融化成圆软一点。又想就是这样办,也许那个兔子同那个牧师的女儿到中国来后,听见到的就实在只有这些东西,所以依然写下来了。写得与前书无关,我只

好在此申明一句，这书名算是借重，大致这比之要一个名人题签，稍为性质不同一点。①

在这段话里，我们看到中国作家对于文艺的观念是严肃的，想游戏一下都不成。中国作家对于文艺的社会功能极其重视，很难写出那些"没有意思"的作品。沈从文初次写作长篇小说，他不愿意让人看到浅薄，所以要写得较为深刻，表现"深一点的社会沉痛情形"。同时，作者心中的块垒也要在写作中化去，不吐不快。

2. 西洋镜下的中国现实

沈从文借用的这把镜子是个双面镜，它一面是哈哈镜，映照的是虚幻的景象。它的另一面映照实景。《阿丽丝中国游记》多用讽刺、反语、大段的议论，把自己对现实的不满、对社会的爱憎一泄无遗。在"中国旅行指南"中已把中国的许多陋习展示出来，如杀人游街示众、悬头示众，外国人可以随意拍照；辫子、小脚、不守时等。兔子在上海的一张报纸上果然看到关于中国人砍头示众的报道。文章说有些饿极了的穷人为了得到一顿饱饭吃，做出吓人样子而被拉去砍头。他"平生曾见过的将近四千个在这种情形下结果以后的血污肮脏的头。这头是在用刀砍下以后，用绳子或木笼，悬挂在那有众多人走过的地方，好让那些过路的行人昂起头来欣赏这死头。惨白的肉与紫色的血，久一点又变成蜡黄和深紫。使人看了，知道这就是法律的尊严与弱者的下场。这办法，中国各处都会作，很简便，有时还有外国人来帮忙。这样的事，以及把肚子破了，取肝，取胆，我是当真见过有四千次以上了"②。这写得让人毛骨悚然。然而这不是想象，是沈从文自己的人生经验，他在小说和散文中多次提到他看到的杀人的可怕场景。

《阿丽丝中国游记》思考着中国被殖民化、失去自信力、被奴役、贫穷落后、种族之间的隔阂、不平等的残酷现实。作者就是借阿丽丝的眼睛来批判中国现实的。第一卷描写了阿丽丝小姐在上海的游玩经历。她在上海的所见所闻没有多少可取之处，展现的都是古老中国所遭受的创伤。阿丽丝和傩喜感到好奇并加以称颂的几乎都是中国传统、落后、野蛮和迷信的一面，如傩喜先生来中国想到的地方是"那矮房子，脏身子，赤膊赤脚，抽鸦片烟，推牌九过日子的中国地方去玩玩"，表现和批判了外国人

---

① 沈从文：《阿丽丝中国游记》，《沈从文文集》第 1 卷，花城出版社 1982 年版，第 202 页。
② 同上书，第 265—266 页。

对中国的猎奇心理。在第一天漫游上海时，很令阿丽丝失望，因为她发现"走了有不知多少，也看不出多少中国来。商店所陈列的是外国人的货，房子是欧洲式样，走路的人坐车的人也有一半是欧洲人"。这情形不是中国开放了而是中国已经成了外国人的殖民地。阿丽丝小姐本想看到些中国的稀奇的东西，却看到中国完全被外国人所包围。小说通过外国人的眼，揭示了国民的愚昧和麻木，表现了现实的残酷。当傩喜先生想看热闹的事情时，茶馆老板却把中国地面打仗的热闹省份说给他听，他把自己国家的危机当作笑话来讲述。这让作者痛心，也让读者痛心。当阿丽丝和傩喜开车出去时遇到劫车的人，奇怪的是，这个人不是为了钱，而是想让外国人把他杀死以结束他的乞讨生活。这让外国的阿丽丝小姐不可理解，中国人为什么连自己结束生命的勇气都没有，反而交给外国人，中国人崇洋媚外到如今这个地步！张恨水在《八十一梦》中也有类似描述。可见此种情形具有典型性和普遍性。沈从文借小说中人物哈卜君之口说："你到中国比到这里还自由许多。中国土匪又都是先受过很好的军事训练，再去做土匪抢人的，所以国际礼貌并不缺少。你的国籍便是你的很好的护照，其他全不会为难。""革命是看哪一个打仗打赢，一时谈不到这上面的。这是中国人性格，这容易感动容易要好的性格也就是中国文化。"她听到一个瘦汉子说："我看到他们家中养的有狗，养的有雀子，我就说，让我也算一个狗，好不好……街上讨乞的又多，因为多，怕送不得许多钱，就全不送了。虽然不得钱，冬天又冷，我不明白我就活下来了。我要活，我也不明白为什么要活。后来才知道活不了时我们还可以死。"这就是中国人，就是被奴役的中国人，没有了丝毫生活的能力，没有了活下去的方法，他有的只是人生的凄凉、人生的愚昧，作者没有想象，只是描述了现实，从现实中讽刺了可悲的人生。小说第二卷，作家更是以"二哥"的身份直接参与叙事，把自己对社会的痛恨、对现实的指斥在大量议论中挥洒自如。如用破布做成的衣服穿了三年的时间，一个老太太可以认七百二十个以上的干儿女，成年人做事却不及小孩子精明，小孩子可以赌博五十种以上，作者都对这些进行了讽刺。同时也有对苗人被剥夺了读书机会的忧虑等。现实中所出现的种种弊病都遭到了作家的抨击。他的言语中充满了激愤。作家过于专注于对现实的展现，使小说由幻想走向现实。

  作家孤独忧郁的创作心理也影响了他对人物的塑造。阿丽丝除了名字以外已与原作中人物没有多少相似性了。在《阿丽丝中国游记》中阿丽丝有着成人化的冷静批判的眼光，她想看中国人过年，因为这个时候是中国大人小孩顶有趣的时候，她牢记着中国人作揖磕头的风俗，所以阿丽丝是带着这个目的来中国的，她的漫游是有目的性的。对于阿丽丝被邀参加的群鸟集会——八哥博士欢迎会，这是以阿丽丝的视角来进行描述的，群鸟的语言带有强烈的思辨色彩，这是在嘲讽当时学界的盲目崇拜，嘲讽那些矫揉造作的知识分子，这次集会有游戏的文字，也有娱乐的表现，但是更多的是嘲讽，是对现实的抨击。沈从文的这部作品一发表，有人就对号入座地指出了作品隐射的现实对象。

3. 未来幻想中的迷茫

也许作者对《阿丽丝中国游记》第一卷偏离创作意图的问题有所反思，在第二卷的前半部分又回到了幻想的轨道上。阿丽丝到了一个河边，正想洗一个澡，感觉水太凉了，自言自语的时候，河水说话了。河水友好地向阿丽丝小姐问好，很有礼貌地向她解释，河水不是温泉，所以有些凉。在自然之中，大树、螃蟹、鸭子、水车都变得很有灵性，都与阿丽丝说话，而且他们的态度都很友好。阿丽丝一个人感到寂寞的时候，她就把自己分成两个人，互相说话。可是当两个阿丽丝说话时，常常为一些不必争的事情争论。她们只好说："以后我们和和气气好了。""过于走极端了总不是事。"但是她们还是为了一些事情争吵。后来终于明白，"因为有了两个阿丽丝，则另一个的行为思想就时时刻刻被反驳"。这样不如不分的好。沈从文在这里通过一个童话故事思考世间争论、冲突的根源。争论是没有意义的。沈从文在第二卷的序言中也提到他对一些无谓争论的反感和厌倦。小说的寓意是明显的。在这部分描写中，可以看到沈从文后来在湘西题材小说中表现的对于自然与人和谐共存的思想。

但是，当时的沈从文对于中国未来的前景还感到迷茫，一方面他对城市文明感到失望，另一方面对乡村怀有深深依恋。然而，当他想到乡村还存在奴隶买卖时，他对城乡之间的文明选择感到困惑了。小说结尾时借助阿丽丝的"成熟的眼睛"，详细描绘了苗族人卖儿卖女的人间惨剧，字里行间表达出作者强烈的民族愤慨情绪。这让阿丽丝陷入深思，也让我们读者无言以对，这就是现实，这就是阿丽丝想看的中国的现实，这里没有了游戏，没有了娱乐，更多的是无奈。

关于未来如何选择，小说第二卷有过三次争论。第一次是河水与阿丽丝关于快与慢、走与不走、前进还是后退的争论。

她自己问自己，"还是在此呆，还是走？"

见到河水走，她想不如也走走好。她就沿河岸，与河水取同一方向前进。她先是这样慢慢的走，到后看到河水比起自己脚步总快许多，心中好笑，"你忙什么？"

她不防凡是河水都能说话，一个河水对阿丽丝小姐的问题，就有了下面一个答复。河水说：

"你小姐，比起我们来，你为什么就这样闲？"

"那我怎么知道？这是你觉得！"

"我哪里觉得？只有你才觉得我忙！"

……

阿丽丝想，"这不如我回头走一条路好。同到一起走要我不觉得你河水忙也不成。"她于是与河水取一相反方向，一步一步走，把手放在身后，学一个绅士的走路方法。

……

多平坦的一条路！①

作者认为，走路不一定总是向前，有时向后退着走，也能走出一条平坦的路。第二次是两个阿丽丝面对"墙"的争论。一个阿丽丝对墙的那面充满好奇，她要过去看看；另一个阿丽丝觉得前面有墙就可以后转。下面是她们的对话：

"总之前面是墙，后面是路，我们走路，所以不要墙。"

"然而在墙的另一面有另外一条新路，我们若是只图走现成路，那就不必走了。"

"然而前面不一定是路。"

"然而你这猜想也不一定准数。前面即或不是路，也许是一条比坦坦大路还要好的地方。"

"我同意你的向前主张，可是我请你记到危险以及失望。"②

她们处于两难选择的境地："明知墙的另一面会有不同的景致，可是为尽这希望比现实美观一点和平一点，爬过墙去似乎是不必的事。回头也可走路，走回头去再找一些新路也似乎可以，然而那得花费时间，且丢下现在的希望去寻找一新希望，退后似乎又不必了。"接着，她们又猜想墙后面是什么。虽然她们都猜想墙后面是海或者花园，但对海与花园的想象

---

① 沈从文：《阿丽丝中国游记》，《沈从文文集》第1卷，花城出版社1982年版，第352页。
② 同上书，第362页。

也不相同。

第三次是新、旧水车关于新与旧的争论：

> 那旧水车说，"我一切是厌倦了。我看过的日头同月亮，算不清。我经过的风霜雨雪次数太多。我工作到这样的年纪，所得到的只是骨架松动清痛，正象在不论某一种天气下都可以死去。我想我应当离开这个奇怪的世界了。"
>
> ……
>
> 我告你：（它意思是不相信在水车上生活有厌倦）第一件，作工，我们可以望到我们所帮助的禾苗出穗，是一件顶舒服的事。第二件，玩，这样地方呆下来，又永久不害口渴，看到这些苗人划船上上下下，看到这些鱼——我是常常爱从水里看这些小东西！①

旧水车上了年纪，声音是嘶哑的，颜色是灰色的，对生活感觉悲观、郁闷。而新水车充满了精力，充满了希望和对世界的欢喜。人都有喜新厌旧的心理欲望，但是更新就意味着朝前走。这又是一个悖论。在这些对话中，都是悖论。可以看到，沈从文徘徊在新与旧、前进与后退的矛盾之中。他在对于未来的幻想中也充满了迷茫与困惑。

二 老舍《猫城记》：中国现代第一部反乌托邦小说

在五四以后产生的不多的几部人文幻想小说中，《猫城记》的思想艺术成就最高，研究成果也比较多。但是以往的研究主要是把它视为讽刺小说，肯定它批判现实的力度。实际上这部小说与现实主义小说有很大不同，它首先是一部人文幻想小说，同时，它还是中国现代第一部反乌托邦小说，忽视了这一点，就遮蔽了这部小说的独特意义。

1. 揭露殖民主义神话的真相

老舍说他写《猫城记》有赫胥黎《美丽新世界》的影响。《美丽新世界》一反科幻小说对未来社会的美好预期，小说预言六百年后建立在科技高度发达的基础上的是一个极权的社会，最终导致人性和自然的毁灭性灾难，是灾难文学的先导，是一部反乌托邦小说。在这方面，《猫城记》有所借鉴，它也是一部反乌托邦小说，而且是中国现代第一部反乌托邦小

---

① 沈从文：《阿丽丝中国游记》，《沈从文文集》第 1 卷，花城出版社 1982 年版，第 437—438 页。

说。与《美丽新世界》不同的是，《美丽新世界》预言高科技最终会毁灭自然和人类，而《猫城记》预言殖民主义会导致人类灭亡。

以往的研究认为这部小说影射的是中国的现实，是对中国现实的批判。但是仔细阅读就会发现，这只是一个副主题。其创作的真正主旨是对于殖民统治的控诉，对殖民主义灭绝人类的批判。猫城不仅象征中国，同时也象征所有被殖民统治的国家和民族。猫国的灭亡也是被殖民国家和种族的灭亡、人类的灭亡。

西方殖民探险小说为了顺应殖民主义的需要，把外面世界想象成黄金遍地的天堂，以激起殖民主义者更大的扩张欲望。他们用虚拟或者夸大的事实把当地土著写成愚昧无知的动物般的恶魔，把殖民者的强盗行为写成文明举动，创造了一个又一个殖民神话。对此，有些殖民地宗主国的进步作家也持批判态度。如乔纳森·斯威夫特的《格列佛游记》就严肃地指出了这一点。他在《格列佛游记》的最后一章中说："我衷心希望能制定一项法律，即每一位旅行家必须向大法官宣誓，保证他想要发表的东西绝对是真实的，然后才准许他出版自己的游记，这样世人就不会像平常那样受到欺骗了。有些作家为了使自己的作品博得大众的欢心，硬是撒一些弥天大谎蒙骗缺乏警惕性的读者。我年轻的时候也曾以极大的兴趣仔细阅读过几本游记，但自从我走遍地球上的大部分地区，并且能够根据自己的观察反驳那许多不符合事实的叙述以后，我对这一部分读物就十分厌恶了，同时对人类那么轻易地就相信了这些东西也感到有些生气。"[①] 由此可见，西方有些殖民探险小说是以殖民主义的立场，以虚假的情节和故事来渗透其殖民主义思想的。

《猫城记》所描述的火星探险的故事与西方殖民小说中通常表现的完全相反。作者有意与此进行对比：

在地球上可以行得开的计划，似乎此地都不适用；我根本不明白我的对方，怎能决定办法呢。鲁滨孙没有像我这样困难，他可以自助自决，我是要从一群猫人手里逃命。[②]

老舍把《猫城记》中"我"的境遇与鲁滨逊的境遇做了对比，发现

[①] ［英］乔纳森·斯威夫特：《格列佛游记》，杨昊成译，译林出版社1995年版，第263—264页。
[②] 老舍：《猫城记》，《老舍全集》第二卷，人民文学出版社1999年版，第158页。

一个意外落入异域的人远没有西方探险小说讲述的那么幸运。《猫城记》讲述的殖民探险的经历是可怕的，没有西方殖民探险小说宣扬的那么有趣。地球上的中国人"我"，与朋友一起乘坐飞机到火星上探险，在着陆的时候，飞机失事，朋友丧命，只剩下"我"还活着，掉落在一个"猫人"国里。他在那里生活了一段时间，亲眼看到猫国病入膏肓的文化百态及社会情状，目睹了猫国在"矮人"国军队侵略下的亡国灭种经过。后来，他得以搭乘一架来自火星的法国飞机，返回了地球上的中国。整个探险过程犹如一场噩梦。

火星上的猫城是一个殖民地。五百年前，他们种地收粮。忽然外国人带来了迷叶，把一切都改变了。迷叶变成了国食。迷林要由外国人看护，猫国人被隔离起来，猫国的一切实际上都由外国人主宰。在这样的殖民统治之下，猫国人奴性十足，猫国国王昏庸无能，靠卖文物和图书支持财政，官场腐败，猫国的政党称为"哄"，政党斗争专为"起哄"，并且把青年学生的组织称为"大家夫斯基哄"，猫国人不是没有革命过，猫国人革命者组织起自己的哄进行革命，但国王只需几个国魂就把他们收买了，事后对这些哄们加官晋爵，于是便大事化小，小事化了了。所以猫国皇上被称为"万哄之主"。猫城西边有外国人专门居住区，猫人不得进入，"我们为什么组织这个团体呢？因为本地人的污浊习惯是无法矫正的，他们的饮食和毒药差不多，他们的医生就是——噢！他们没有医生"。猫国的一切都是让人无法忍受的。猫人极怕外国人，猫国的法律管不着外国人，外国人咳嗽一声，吓倒猫国五百兵。猫国没有经济，全国靠种植迷叶生存，迷叶贯穿整个作品，这是猫人须臾不得离开的粮食替代品，甚至迷叶高于法律，有了迷叶，打死人也不算一回事，它发挥了巨大的毒害作用，用小蝎的话说："迷叶能把'个人'救活，可是能把'国家'治死。"殖民经济是使国家和民族走向衰败的一个重要原因。"弱国无外交"，猫国内无英勇奋战的军队，外无强大的外交，国难当头，写几块"抗议"的石板，并且国王大臣张皇地预备逃跑，猫国的命运必是灭亡。这些都是老舍对一个殖民社会极深刻的写照。

本来，火星上的这个猫国国历史悠久。"猫人是有历史的，两万多年的文明，在古代他们也与外国人打过仗，也打胜过，可在最近五百年中，自相残杀的结果叫他们完全把打外国人的观念忘掉，而一致的对内，导致文明的退化，因此他们也就特别地怕外国人，猫人的敬畏外国人是天性中的一个特点。……自相残杀的本事一天比一天大，杀人的方法差不多与作诗一样巧妙了。"长期的殖民统治导致猫国人的奴性性格。猫人的人格特征之一是害怕外国人，极端不重视教育，"国民失去了人格，国便慢慢失了国格"。人格的扭曲造就了垂死的文明，恶劣的文化又会加速亡国亡种。猫国是没有教育的，原先猫国有自己的教育制度，后来学外国新制度实行得一塌糊涂，结果，自己原有的教育行不通，别人的又学不好，学校教员之间争名夺利，国王为了免去教育经费，让刚入学的学生即日毕业，并且所有人都是名牌大学第一名毕业。学校成了一个摆设，学生敢解剖校长和教员，这简直就是一个野蛮的民族、颠倒的社会。小蝎说："猫国除学校里没有教育，其余处处都是教育。"猫国没有教育，真要读书的人怎么办呢？恢复老师制度聘请家庭教师教子弟在家中念书，自然，这只有富足的人家才能办到，大多数儿童还是得到学校里去失学。教育的失败把猫国的最后希望打得连影子也没有了。猫人把新式教育定错了位，实行新教育是为了多发一点财。在猫国钱被称为"国魂"，国家之魂竟是代表私欲的钱，这样的国没有不亡的。另外，毁灭猫国教育的始作俑者是猫国的统治阶级，皇上、政客、军人等对教育经费进行瓜分。猫人是一群没有信仰的人，但他们却有各自的小聪明。

《猫城记》以猫人为主人公。"猫人"会让人联想到一个弱小的形象，而且是一个弱小的动物。"贪婪愚昧，好色，不会走自己的路，一窝蜂地学习外国人，盲目服从，麻木卑怯，糊涂自私，一盘散沙，贪财追利，圆滑世故，死要面子，习惯内斗，不讲卫生，不求科学，借外国人狐假虎威，交友仅为利用，做事情是为贪回扣"，资深学者除了自称天下第一之外，就是互相谩骂、攻讦，新式学者热衷于搬弄些别人不懂的外国名词。古物院靠卖古物给政府上缴钱财，自己也借助回扣养家糊口；妇女解放只是学会了往脸上擦更多的白粉、穿高跟鞋；政治革命变成个人捞取好处的起哄；疑虑重重，不喜合作，专好窝里斗，甚至最后的两个猫人被活捉关在大木笼里，还要相互咬死，完成了种族的灭绝。这样丑陋的猫人成为猫国失去国格的重要原因。猫国整个国家精神萎靡，猫人视野狭小、外形矮小，总之，猫人的人格特征即"小"。猫国就是一个"小人国"。

"大蝎"是猫国的重要人物，"大地主兼政客，诗人与军官"，大蝎虽然在猫国属统治者阶级，但却有着卑鄙小人的行为，他胡作非为、唯利是图，敛取钱财的手段令人惊异。"我"有一天早晨在河边洗澡，大蝎却请来参观者从每人身上赚取十块"国魂"。尤其残忍的是，每年收迷叶他都要捶死一两个猫国兵，据说来年便可丰收，把猫兵的性命视为草芥，其人格极为卑劣。当外国人入侵，大蝎及其兵将们都很卑怯懦弱，有着浓厚的失败主义情绪；在战场上，当发现有外国人，便惊慌失措往回跑，这更助长了侵略者的气焰,更加速了猫国灭亡;当外国人将要攻占猫城时,大蝎等人抢着去投降,以求自己苟活。大蝎名为"大",人格却很小。

  猫人中不是没有清醒者,小蝎是猫国中清醒的青年,也是复兴的主力。外国人入侵,他积极组织军队抵御外敌,但结局小蝎带着绝望选择了自杀。活着比死亡更痛苦。大鹰是作者塑造的一个有勇无谋的英雄形象,敢于为实现目标而勇往直前,不局限于一己得失,在必要的时候担负起一定的责任和义务。他是一个替猫人雪耻的牺牲者,但空有一腔热血,却没能给猫国指出一条救国之路,虽然他不惜性命,帮助小蝎,希望小蝎能够带领军队抵御外敌,但结果是失败的,大鹰白白送掉了性命,猫人们仍执迷不悟,愚昧到抢着去看热闹,真是"哀其不幸,怒其不争"。个人无法改变猫人弱小的民族,猫人最后还是落得个亡国灭种的结局。这种想象性描写是对殖民主义所宣扬的传播现代民主文明的乌托邦谎言的揭露。

  2. 对西方殖民探险小说的反叛

  表面看来,《猫城记》对西方殖民探险小说的叙事模式有所借鉴,但是其思想却是对西方殖民探险小说的反叛。西方殖民探险小说大多表现殖民主义的价值观,《猫城记》则以反殖民主义姿态出现。

  中国传统文化中没有扩张主义的东西,也较少有探险精神,所以这类探险文学作品很少,现代作家当中,只有老舍的《猫城记》有探险文学的特征。老舍小说《猫城记》显然受到《格列佛游记》《鲁滨逊漂流记》《金银岛》之类作品的影响,但在价值立场和主题意义上却完全相反。《鲁滨逊漂流记》《金银岛》是西方殖民文化的表现,是殖民主义者的自我张扬,表现的是殖民主义的价值观。《猫城记》则是对殖民文化的沉重控诉。作品写的是殖民地火星上的苦难,但是这种苦难的根源,老舍毫不含糊地归于殖民统治。作品中的小蝎说:

  祖父以为一切祸患都是外国人带来的,所以最恨外国人。[1]

  作品从始至终都贯穿这一主题,虽然在作品中作家没有直接写殖民者的形象,但是悲剧背后总离不开外国人的影子。西方殖民主义者打着文明进步的旗帜,以促进宗教和学术发展为手段,进行领土掠夺和文化侵略。他们把这种信念灌输到民众中去,变成他们的基本思维模式。一些作家在创作中不知不觉地表现出浓厚的殖民价值观。斯蒂文森的《金银岛》讲

---

[1] 老舍:《猫城记》,《老舍全集》第二卷,人民文学出版社1999年版,第206页。

述的是海上历险的故事。英国人的船队在海上的探险活动都伴随着残酷的掠夺。他们到达一个小岛，就是寻找宝藏，上岸以后，遇到海盗或者什么阻力，他们就用先进的武器手枪等开战，把敌人打死。然后船长拿出英国国旗，爬到屋顶，亲手把国旗系在绳子上，把它升起来。船长还在航海日志上自豪地写上：今日登岸，在藏宝的木屋顶上升起了英国国旗。升起国旗，这就是占领的标志。英国人走到哪里，就把国旗升到哪里，以示占领之意。这就是殖民者的价值观念。在笛福的《鲁滨逊漂流记》中，鲁滨逊的一切行为完全是殖民主义者的作为。他在荒岛上立足以后，就想找一个仆人。出于这一目的，他救了土人"星期五"。作品以殖民者的眼光，把土著人恶魔化。作品描述了土著吃人的恶习，部落间的战争之后，战败者做了俘虏的要被战胜者吃掉。星期五成为一个部落的俘虏，正等待被杀和被吃。鲁滨逊趁星期五逃跑之际救了他。作品写道，这个野人感激万分，一步一跪地走到鲁滨逊面前，似乎一辈子甘愿做他忠实的仆人。鲁滨逊到了一个陌生的地方，一个新的语言环境，不是向星期五学习当地语言，而是教星期五学习英语，经过一段时间，星期五学会了英语。后来，鲁滨逊和星期五配合打了几次仗，救了一个白人，还救了星期五的父亲。小岛上有了居民。小说写道："我不断地带着一种高兴的心情想到我多么像一个国王，第一，全岛都是我个人的财产，因此我具有一种毫无疑义的领土权。第二，我的百姓完全服从我，我是他们的全权统治者和立法者。"① 星期五还想把鲁滨逊带到他的家乡去，让他去教化他的同胞。这都是殖民主义者的理念。就连莫尔的《乌托邦》，一个想象的孤岛，也是通过殖民手段得来的。征服这个岛的乌托普国王一登上这个岛，就取得了胜利。他给这个岛重新命名，并且开化岛上的纯朴居民，使他们成为高度有文化和教养的人，今天高出其他所有的人。乌托普国王下令把小岛与连接大陆的一面掘开十五里，让海水流入，把岛围住，与外界隔绝。这个乌托邦也是以西方殖民主义统治为基础的。

我们对比一下老舍的《猫城记》，可以看到中西文化价值观的巨大差异，以及殖民主义和反殖民主义的尖锐对立。

《猫城记》与西方殖民探险小说在叙事上形成了一种鲜明对比。西方殖民探险小说大都把故事放在地球上的主权国家。《猫城记》则把故事发生的地点设置在无人类居住的火星上，表现了完全的虚拟性。不仅如此，他表面写的是火星，而实际隐喻的有自己的本土中国的影子。在老舍的思

---

① ［英］笛福：《鲁滨逊漂流记》，方原译，人民文学出版社 1978 年版，第 215 页。

想中没有任何的扩张欲望。《猫城记》中闯入火星的外国人与西方殖民探险小说的讲述者不同，他对猫国人持同情的态度。从一开始，地球人对偶然坠落火星，就感到恐慌，他没有殖民探险家的惊喜和占有欲。西方殖民语境中的探险小说把探险当作乐趣。老舍《猫城记》中的地球人却把坠落火星看作一场灾难。他站在殖民者应当自审的立场来描写。当他看见猫人的时候，没有掏手枪。因为他觉得自己情愿到火星上探险，被猫人害死活该，自己不应该先向猫人挑衅。被一个猫人捆绑着，拖着走，他把这个猫人当成了朋友。他想着要一步不离开这个朋友，在火星上探险，必然需要朋友的帮助。他在猫国学会了猫语，而不是像鲁滨逊那样强迫土著学习他们的语言。他们认为殖民地的语言是下等语言，只有他们的语言是高贵的。而《猫城记》中闯入猫国的地球人不仅学习猫语，而且对猫国语的特征还进行了研究，以示对猫语的尊重。地球人还描述了猫人的音乐，猫人的音乐虽然不很悦耳，但毕竟也是一个国家的音乐。这个地球人对殖民主义的价值观感觉非常陌生，对他们的种族隔离政策感觉不可思议和不可理解，坚持要与猫人一块居住。光国的两个外国人要联合地球人一块欺侮猫人，他们说："火星上还会有这么一国存在，是火星上人类的羞耻。我们根本不拿猫国的人当人待。"而地球人则说："他们不是人，我们还要是人。"言外之意是说，你们这种行为不也丧失了人味了吗？如此等等。老舍在《猫城记》中不反对民族间的正常往来，但是对于殖民者的种种作为进行了严厉的批判。同样是以探险为内容的文学，在表现的主题上却大相径庭，可见，西方殖民探险小说是以探险情节承载殖民理念的文本。而中国作家老舍的《猫城记》以探险文学的方式，举起了反殖民主义的旗帜。

3. 殖民主义毁灭人类的预言

在西方殖民探险文学中，也有少数反殖民主义的声音，但是比较微弱。《格列佛游记》就是这样的作品。格列佛通过到一些殖民地去探险，最后得出了一个结论，他对英国殖民政策产生了怀疑，他说："说老实话，对分派君主去那些地方统治的合法性我已经有些怀疑了。比方说吧，一群海盗被风暴刮到了一个不知名的地方，最后一名水手爬上主桅发现了陆地，于是他们就登陆掠抢。他们看到的是一个于人无害的民族，还受到友好招待。可是他们却给这个国家起了一新国名，为国王把它给正式占领了下来，再用树上一块烂木板或者石头当作纪念碑。他们杀害二三十个当地人，再掳走几个做样品，回国后请求国王赦免他们。于是这就开辟了一块天赐的领土。国王赶紧派船到那地方去，把当地人赶尽杀绝；为了搜刮当地人的黄金,他们的君主受尽折磨。国王还对一切惨无人道的、贪欲放荡的行为大开绿灯,整个大地于是遍染当地居民的鲜血。这一帮如此效命冒险远征的该死的屠夫,也就是被派去改造开化那些盲目崇拜偶像的野蛮民族的现代殖民者。"[1] 他还讽刺说英国开辟殖民地可能不是这样,是文明的、正义的,促进了宗教和学术的发展。但是谈到的那几个国家似乎都不愿意被殖民者征服、奴役或者赶尽杀绝。他们那里也不出产大量的黄金、白银、食糖和烟草。虽然他们的长相比英国人丑陋一些,但这件事是否可以作为我们有权占领的依据,那只有让精通殖民法的人考虑了。他还说:"如果我是国务大臣,我决不主张去冒犯和征服这些民族。我倒希望他们能够或者愿意多派些人到欧洲来开导我们,教我们学习关于荣誉、正义、真理、节制、公德、果敢、贞洁、友谊、仁慈和忠诚的基本原则。"这种反殖民主义的叙事姿态在宗主国的文学作品中是十分少见的,也是难能可贵的。

笛福在本质上是一个具有殖民主义思想的作家,但他对于殖民者在全世界疯狂掠夺也不是没有一点怀疑。他在《海盗船长》的最后对海盗辛格顿船长的掠夺行为进行了某些反思。辛格顿船长从非洲东南岸到大西洋边的黄金海岸,又从中美南美沿海到南洋群岛、阿拉伯海,还到了中国台湾一带,一路掠夺财物,贩卖黑人,成为巨富。最后他对手中的不义之财感到不安和忏悔,想做一些慈善的事情,潜回自己的国家,免受上帝的惩处。当然这种反思是极其有限的。

对殖民主义的真正反思,只有深受其害的殖民地人民才会更深刻。老舍的父亲死在八国联军的枪炮下,他对殖民主义有着切身的痛苦体验。在《猫城记》中,老舍用一个外来者的视角透视了殖民主义对殖民地所采取的种种手段。首先,在经济上,改变殖民地的经济结构,为殖民国服务。猫国的历史和文明都很悠久,他们的种植并不是像现在这么单调,可是近百年来,突然被外来的迷叶所统治。迷叶成为国食。迷叶成为猫国唯一的经济形式,不仅让外国人大赚其钱,而且摧毁了猫国人的身心健康,使他们由人变为兽。殖民主义批评家艾梅·赛萨尔在他的文章《关于殖民主义的话语》中说:"欧洲不可饶恕。"[2] 他认为殖民主义一步一步地将殖民者野蛮化,使其具有了不折不扣的兽性。猫人的兽性也正是殖民统治的结

---

[1] [英]乔纳森·斯威夫特:《格列佛游记》,杨昊成译,译林出版社1995年版,第266页。
[2] [法]艾梅·赛萨尔:《关于殖民主义的话语》,《后殖民批评》,杨乃乔等译,北京大学出版社2001年版,第140页。

果。老舍从教育上梳理了这个逐步被兽化的过程。他说："你看见了那宰杀教员的，先不用惊异。那是没人格的教育的当然的结果。教员没人格，学生自然也跟着没人格。不但是没人格，而且使人们倒退几万年，返回古代人吃人的光景。人类的进步是极慢的，可是退步极快，一时没人格，人便立刻返照野蛮。"其次在政治上，殖民主义者控制着管理权，不经外国人主持，他们的皇帝连迷叶也吃不到嘴里，他们的迷林也必须由外国人看护，猫人之所以费劲绑地球人，因为他是一个外国人，拉他来给自己壮威。猫国的主权已经丧失。而且，猫国的法律管不着外国人，外国人打死人没人管。他们看见外国人会吓个半死。地球人在无意之中吓死了两个猫人。当外国人用先进的化学武器与相似的棍子挥舞的时候，猫国无人抵挡，猫国人自认打不过外国人，他们希望的是外国人自己打起来。殖民主义者还在殖民地搞种族隔离。此地的外国人另住一个地方，在这城的西边。凡是外国人都住在那里。当地球人要与猫人一块住时，猫人说："和我们一块住，有失你的身份呀！你是外国人，为何不住在外国城里去？"猫国的教育也完全被殖民化了，学的是外国的东西，学习与现实脱节，"学工的是学外国的一点技巧，我们没给他预备下外国的工业；学商的是学外国的一些方法，我们只有些小贩子，大规模的事业只要一开张便被军人没收了；学农的是学外国的农事，我们只种迷叶；这样的教育是学校与社会完全无关，学生毕业后可干什么去"。直到今天，我们还是这样，比如经济学方面，美国有 MBA，我们也培养了很多，而中国的管理人员是国家和上级委派的，不是有个学历就能做到的。大学的经济管理专业看起来很吸引人，不少学生一进去才知道是怎么回事，学了用不上。教育的思想观念也是外国人灌输的，凡事都是外国的好，猫国已是"国将不国"了。

猫国的主权已经丧失，而且一个地球人竟然跑到了火星，看来将来有一天，星球之间的界限也会给殖民者打破。太空的争夺不可避免。光国的两个外国人说早就想与地球人联系，只是没办法。殖民主义的扩张欲望永远都填不满。老舍在 20 世纪 30 年代就预见到这星际之争，今天已成为现实。但是老舍不打算写一部科幻作品，老舍对现代文明的实质看得很透，外国人打着"文明"的旗号，欺侮殖民国的人民，说是给他们带来知识、文明、进步，实际上是掠夺他们的宝贵资源。外国人侵入的这种情况过去在中国发生过，如今在伊拉克还不是一样，在阿富汗也是一样，在很多殖民国家都是如此。在老舍看来，20 世纪人类面临的最大忧患就是殖民主义。随着全球化的进程，殖民主义已经破产，但是殖民主义的价值观却改头换面，被一些新的名词所代替，这是我们应该警惕的。

殖民主义毁灭人类！这是《猫城记》得出的结论，也是对西方殖民主义的警告。

三 张天翼《鬼土日记》：地狱旅行见闻录

在中国现代小说中，张天翼的《鬼土日记》是比较独特的一篇。他以鬼土的怪现象影射中国的现实，以怪诞、夸张的手法描写漫画式的人物形象，给现代文学提供了一幅群鬼图。不过，也有人认为，《鬼土日记》"显露了《格列佛游记》的痕迹，许多隐喻的构成，情节的铺展几乎是对后者的照搬"[1]。的确，中国现代文学的想象被国破家亡的现实所束缚，人文幻想小说很难发达。不过，作者在借鉴的基础上还是有所创新的，虽然一些表面的东西看似熟悉，但是其中所发生的故事，也只有当时的中国所有。

1. 群魔乱舞的鬼世界

《鬼土日记》借鉴了西方探险小说的叙事模式，运用旅行日记的方式展现在异邦的见闻。小说的情节是通过主人公韩士谦"走险"进入鬼国而展开的。作者采用虚构、幻设的手法，幻化出一个与现实相对应的鬼魅世界。张天翼幻想的是一个闹剧不断、群魔乱舞、鬼话连篇的"鬼国"。它不同于《聊斋志异》的鬼魂生活在人间，而是在地狱的陌生世界。韩士谦的鬼国漫游正如地狱旅行。

我们看到，鬼国中的主要角色都是一群蝇营狗苟的猥琐、卑劣之徒。他们在小说中或威风凛凛、阴险狡诈，或奔忙游走、插科打诨，在鬼国上演着群魔乱舞的狂戏，生动地绘制了一幅活生生的群丑图。在对鬼国的描摹中，作者充分发挥了他的想象，叙述了很多在现实主义文学中不可能见到的丑陋的人和事。在鬼土中，人物都是用夸张、变形的手法塑造的，某一特征极端夸张、变形。这样的人物塑造方式一方面适应了地狱之国的闹剧模式，另一方面也深化了小说人物的讽喻意义，这样的人物，形象虽然并不饱满，是人们所谓的性格单一的扁平人物，但人物形象的意义却异常丰富深刻。例如，陆乐劳和朱教士两个鬼形象，他们之间或狼狈为奸、相互勾结，或钩心斗角。陆乐劳一方面是"坐社"的后台，是一个野心勃勃惯用权术的大官僚，在政治上可以翻云覆雨，而另一方面他私下里却到妓院寻欢作乐，不仅讨价还价、强行打折，甚至还拒付小费。这样一来，

---

[1] 马兵：《想象的本邦——〈阿丽丝中国游记〉〈猫城记〉〈鬼土日记〉〈八十一梦〉合论》，《文学评论》2010年第6期。

政治上阴森恐怖的阴谋家却又是一个十足可笑的吝啬鬼。而朱教士则号称是"世界闻名的基督信徒,以虔诚出名,能和上帝耶和华,或耶和华之子直接对话"。可笑的是,这样的一位圣人不仅对支票从不拒绝,还随意扼杀他人生命,助纣为虐。他和陆乐劳在地狱之国中兴风作浪,翻手为云,覆手为雨。那种狰狞的面目和"平民""国家柱石""虔诚的基督徒"的称谓之间构成了强烈的反讽效果。除此之外,鬼土还是文化界许多自我标榜的精英人物趋炎附势的风水宝地。诸如司马吸毒、黑灵灵、朱神恩之流,都是惯于在权势变乱中投机取巧的好手,而他们的学问实则是精神虚伪、道德败坏和生活糜烂的肮脏产物。这些畸形的人和事折射了现实存在的问题。

这样的一群人的所作所为构成了一幕幕闹剧。闹剧指的是一种写作形态,这一形态专门揶揄倾覆各种形式和主题上的成规,攻击预设的价值。闹剧行为的主角是小丑。他们或以可笑的被害者姿态出现,或以喜剧的攻击者姿态出现,或者二者兼而有之。闹剧也暗示了一种精神状态甚至一种意识形态。简单地说,闹剧就是一系列戏谑行为达到的高潮,在情节意义上是以彻底的堕落方式对现实秩序和崇高性进行瓦解。在幻想小说中,闹剧模式的运用不仅丰富了小说的表现形式、表现意义,同时也产生了一种狂欢化的戏谑效果,因而在幻想小说中多出现带有荒诞、黑色幽默的闹剧场景也就不足为怪了。在《鬼土日记》中鬼国的日常生活就被作者以滑稽剧的模式一幕幕上演。例如,在鬼国中,鼻子是性器官曰"上处",要戴上套子;价值十五金的食品包裹着无数个盒子,最后打开一看却是一粒五分钱就可以买一斤的瓜子;政党是否执政要看人们是喜欢蹲着"出恭",还是坐着"出恭";而"竞选"居然是以打扑克赌博的方式来进行的;寻找爱人"乖乖"时感情与金钱挂钩,明码标价,甚至可以讨价还价;而在婚礼仪式上仪仗队齐举烟枪,新郎和新娘擎着烟灯、罂粟花;更有甚者,平民潘洛的一个不满周岁的婴儿不幸夭折却要举行国葬,出殡时断绝交通一天,沿途搭彩牌楼一百六十多座,汽车一万五千余辆,军乐两万余队,沿途各家商户,皆下半旗志哀……极尽铺张奢华之能事。另外,还有一本八百多页的传记,在学者百年祭的时候邀请专门的哭丧专家来演出哭丧。鬼国的生活就是这样以闹剧的形式来一幕幕上演的,让人在失笑的同时不禁哑然。但是,这里对闹剧模式中包含的种种悖于常理、耸人听闻的怪事奇谈的细加解释,绝非意味着对其有大加赞赏的必要,但作为对既有文学成规和读者阅读体验的一种挑战,它本身具有着解构与重建的双重效应,小说所提供的独特视角构成了幻想文学多样形态中的重要一维。

2. 鬼话与文字狂欢

张天翼的小说语言是独特的，生动活泼。杨义说，张天翼的小说语言带有初出水的鱼虾"那种活蹦乱跳的生命"。① 他的小说语言是模拟化的、戏剧性的。在《鬼土日记》中更是运用表现到极致。

在鬼魅世界中，现实语言必然让位给"鬼话"，以加强异域空间的感受。运用"鬼话"不仅能带来新奇体验，更能拓展想象空间。《鬼土日记》便是借用鬼话来展示整个鬼魅世界的。在那里形形色色的陌生语言，不仅可以使读者顾名思义，而且话语以游戏的方式出现，这种语言游戏更能体现游戏之外的深层意义。当韩士谦来到鬼国后，让我们来细数一下他所遇到的形形色色的人物："颓废派专家"司马吸毒、"极度象征派文学专家"黑灵灵、"后期印象派艺术专家兼国立文艺大学校长兼浪漫生活提倡人"赵蛇鳞、"神经系治疗专家"酱油王，还有什么"恋爱小说家兼诗人兼幸福之男人"万幸。不用深入文章的内容，仅就这些人物的头衔和名字就可以给我们带来耳目一新的感觉。这些顺手拈来的头衔与人名体现的是一种非正常人类的鬼魅世界的非正常的思维习惯，而正是这些不知所云的用语，让我们不仅看透了鬼国人物的本质，也看明了鬼土的本质。除此之外，鬼国之人还擅长表演不知所云的文字游戏。首先，在日常生活中，未婚妻被称为"乖乖"，鼻子被叫作"上处"，是性器官的象征，"卫生处"是排泄鼻涕的地方，而"轻松处"才是厕所之意。其次，便是体现在"象征派文学专家"呓语对话之中，"黑爷为什么现在才来"，"因为刚才我铅笔的灵魂浸在窈窕的牛屎堆里了"，等等。黑灵灵的话让人一头雾水，不仅增强了鬼国的神秘、荒诞，更是对当时象征派诗人依傍与模仿的尖锐讽刺。最后，"颓废派专家"的无病呻吟也是一种语言游戏，"韩爷，我昨夜失眠，我抽了一夜大烟，我写了一夜诗，我获得了神经衰弱，我伸开了双手，一天天向坟墓走去"，"我司马吸毒谨祝韩爷做个现代人，能渐渐衰弱起来，能抽烟，喝酒精，晚上整晚的失眠"。在这些文字游戏中，我们亦不难看穿鬼国的生活本质：虚弱、颓废、无望。而用这种如同游戏般的呓语、鬼话体现鬼国生活、鬼土的思维，真是再合适不过了。在张天翼的小说中，语言特征是与形象特征联系在一起的。譬如黑灵灵，他是个"极度象征派文学专家"，他的语言特征就是莫名其妙，不知所云：

---

① 杨义：《中国现代小说史》第 2 卷，人民文学出版社 1988 年版，第 376 页。

>我铅笔的灵魂浸在窈窕的牛屎堆里了。
>猫头上的萝卜是分开夜莺的精密，明白一点说，
>就是洗脸毛巾的香纹路已经刻在壁虎的肺上了。

当韩士谦准备离开鬼土回到阳世的时候，黑灵灵给韩士谦说了这样一通告别的鬼话：

>电气风扇的肝爱上钢笔头之幽灵，得不着火柴的玫瑰的蚯蚓的眼睛，只看见浪漫的金牙齿的母亲，而这些一切，全在墨水瓶里。再会。

鬼土盛行的就是这样的语言大杂烩。在作家那里，则是离开了一切语言规范的文字狂欢。

3. 开放的想象时空

《鬼土日记》虽然描写地狱，但并没有像一般乌托邦小说那样写一个封闭的时间和空间。这部小说的想象空间是开放的，更适合作家做天马行空的想象。在时间上，小说虽然用日记体形式，但是却没有具体时间，都是以"某日"记录，模糊了现实的时间，表现了鬼国的混沌的时间意识。在《鬼土日记》开篇的一封信中，也只有写信人而无写信时间。正文中，虽然写的是鬼国的种种见闻，但是这个鬼国不仅没有年号，就连选举、国葬、战争这样的大事也没有时间记录。这个鬼国始终处于虚无缥缈中。这样一来，一个看似严密、严肃的日记体的真实记录，却因为时间的缺失、模糊而消解了日记体应有的真实性，凸显了文体的荒诞性、虚幻性。在阳世人韩士谦的眼里，鬼国的生活都是陌生的，好像一场场闹剧。作者用想象的、陌生化的手段表现了鬼国的非人的生活。《鬼土日记》的想象空间自由丰富，小说叙事时间的模糊性、空间的开放性以及叙事主体的陌生化，使文本脱离了现实的时空，完全沉浸于想象空间。

《鬼土日记》中的鬼土是通过想象构造出来的明显不同于现实空间的另一类空间，这种空间是开放性的，对于这样一个想象的空间，对于现实生活中的人而言是陌生的、如梦如幻的，所以它才能带给人们荒诞的美感和自由的体验。就作品而言，故事发生的地点不在现实而在鬼土，因而没有时空限制；不在正常思维的人类中，而在鬼国中，因而思维可以完全跳跃，不受故事情节现实性的影响；由于在鬼国中用"鬼话"，因而连语言逻辑都可以不受汉语逻辑的约束，轻松自由。这种结构形式不仅开启了作

者写作的自由空间，即作者可以自由发挥想象，使故事可以天马行空、信马由缰地展开，而且由于读者在阅读时摆脱了现实空间的束缚，从而获得了一种新奇自由的体验。

作为一个陌生的叙述主体，他在鬼土与他们的生活格格不入，在他的眼里，一切都是反常怪异的。这样就能很好地把一切荒诞以一种冷静的态度呈现出来，而在这种冷静客观的叙述态度里体现的是一种更震撼人心的理性批判。《鬼土日记》用陌生的时间、开放的空间、陌生的"他者"视角，制造了一种虚幻、离奇的氛围，而且开拓了想象的空间。不同于其他小说的乌托邦想象，《鬼土日记》中的鬼国，俱是以闹剧、笑谑、荒诞的方式出现的，体现的是作者强烈的讽刺和否定精神。

《鬼土日记》是张天翼面对20世纪30年代劳资矛盾激化的现实而创作的超现实的作品。在作品中作者用"鬼土"来影射"人间"；用"群魔"来象征阴险狡诈、贪婪无耻、卖国求荣、争权夺利、反动残忍的上层官僚和一些只会投机取巧、溜须拍马、趋炎附势的所谓"精英"人物；用"闹剧"来解构国家、社会以及人的权威、尊严及其神圣性。由此，我们不难看出，作者的那种焦虑感以及对现实社会深恶痛绝的否定——传统文化的痼疾根深蒂固，旧有的价值已丧失了生机和活力，必须建立新的价值和现代人格。虽然《鬼土日记》着重刻画了一个赤裸裸的"恶托邦"，但是文中也表现了期许世界更美好的愿望，小说中对法律条例条规的呈现，就饱含了作者对现代文明、对反抗外部侵略的爱国精神的期许，甚至还出现了废除死刑的主张，这在当时也是超前的。综上所述，幻想不仅使作品摆脱现实的沉重飞翔起来，更可以增添作品丰富的意义。在中国现代特殊的环境中，当飞腾的想象与批判的本质相结合时，就会给小说带来别样的魅力，拓展了小说的想象空间和叙事张力。

《鬼土日记》是幻想的，但是作者却反复声称自己"所记没有一点夸张，过火，不忠实的地方"。在韩士谦鬼国的漫游中，每当他对鬼国出现的怪现象感到奇怪时，鬼国的人就说："阳世不是这样吗？"小说不断把鬼国与阳世联系起来。并且说："鬼土社会和阳世社会虽然看去似乎不同，但不同的只是表面，只是形式，而其实这两个社会的一切一切，无论人，无论事，都是建立在同一原则之上的。这两个社会是一样的，没什么差别。"[1] 由此可见，中国现代作家的现实主义观念的根深蒂固，对幻想

---

[1] 张天翼：《鬼土日记》，《中国现代小说精品·张天翼卷》，陕西人民出版社1995年版，第16页。

性作品的偏见。他们在创作幻想性作品的时候,时时要关注到现实。这样,在一定程度上削弱了幻想小说的想象力。

四 张恨水《八十一梦》——国破家亡的噩梦

张恨水《八十一梦》写于抗日战争时期,寄寓了作家的爱国情怀和民族义愤。小说以幻想的形式批判了国民性,揭露了日本法西斯的暴行。《八十一梦》借助梦境表现现实生活,声讨和批判日本侵略者和汉奸政府的罪恶,因此有人说这是一部谴责小说。的确,这部小说也有谴责小说的意味。张恨水通过小说批判了国民性,揭示了中华民族沦落的内在原因。陈铭德在小说的序言中说:"《八十一梦》是恨水先生一切杰作中的杰作。"[①] 为什么这么说呢?他说因为"《春明外史》和《啼笑因缘》是恨水先生于承平之日写的,而这篇《八十一梦》却是写作于国破家离的今日"。他认为《八十一梦》与作者其他作品不同的杰出的地方在于他写作的心情和环境。其实这部小说与张恨水其他小说的最大区别在于,他的其他小说是写实的,这部小说是幻想的。

1. 令人心碎的残梦

张恨水《八十一梦》,题为"八十一梦",实际没有这么多,只是梦的片段。作者在小说的"楔子·鼠齿下的剩余"中说,他本来写了八十一梦,因为老鼠咬了他的书稿,只剩余一些梦的片段。我们可以当作戏言。但是作者在"尾声"中再次强调这一点,并且声称"我是现代人,我做的是现代人所能做的梦"。仔细想来,其中可能大有深意。这些剩余的梦是零碎的,不是一个完整的梦。首先,《八十一梦》虽然是长篇小说,但并不是一个完整的故事。它由许多短篇连缀而成,每一个故事都是独立的,故事中的人与事没有关联,所以梦自然没有连贯性。其次,张恨水利用中国古代幻想文学的元素,把中国的幻想文学连缀在一起,组织建构了这部小说。张恨水在"自序"中声明,小说"取材于《儒林外史》、《西游》、《封神》之间"[②]。他广泛汲取了中国古代幻想小说的材料,梦的内容自然显得驳杂零散。古代人的幻想如何能够容纳现代人的生活呢,所以只能是残梦。最后,在国破家亡的时代背景下,也容不得一个圆满的梦境产生,只能是时断时续的破碎的梦。

小说只有十四梦。在这十四梦中,有些梦只是说作者打了个盹,所写

[①] 陈铭德:《八十一梦·序言》,《八十一梦》,团结出版社2007年版,第1页。
[②] 张恨水:《八十一梦·自序》,团结出版社2007年版,第1页。

的都是现实生活,故事结尾的时候说梦醒了,表示故事只是一个梦。其中只有第十梦"狗头国之一瞥"、第三十六梦"天堂之游"、第四十八梦"在钟馗帐下"、第七十二梦"我是孙悟空"几篇是比较明显的幻想叙事。"狗头国之一瞥"中写狗头国的阔人崇洋媚外。他们都有一种毛病,不用外国货就会咳嗽,而咳嗽的声音就像狗叫。还有一位药商,有一个毛病,心口疼起来时,必须有人来给他捶背,但是本岛的人给他捶没有效,只有洋人揍他才见效。他专门在家里请了一位西洋拳师。狗国盛行拜金主义,街上行走的人根据颜色分别走不同的路,"凡是穿着黄衣服戴着黄帽子的人,在街中心走。穿白衣服的人,在街两边,其余的人却必须闪到人家屋檐下"。这些穿不同颜色衣服的人,身份不同。穿黄衣服的是官商,穿白衣服的是商人,其余是老百姓。黄代表金子,白代表银子。社会完全按财富划分等级。"在钟馗帐下"讲的还是钟馗打鬼的故事,但这个鬼是现实生活中的"鬼"。此人叫钱维重,一看名字就知道这是个什么样的人。他本来不姓钱,但他相信有钱能使鬼推磨,所以改为现在的名字。他守住一个关卡,叫"阿堵关"。大批的生意买卖人都要经过这个关卡,受尽他的宰割。钟馗决心要除掉这个魔鬼。于是他派"我"假扮商家进城,在阿堵关里住一夜。在入关的过程中,"我"见识了阿堵关各种巧立名目的敲诈。回来后向钟馗报告,钟馗道:"这世界是贿赂胜于一切。"他把长、短兵器装了几百辆货车,神兵都扮成挑夫,前面一辆车装满金子,由"我"引路。到了关口,稽查"看到了一车子的金子,恨不得将身子钻入车厢,和金子化成一块才好"。钟馗的神兵趁机拿下了第一道关,而钱维重守护着第二道关。如何捉拿钱维重?钟馗的含冤参谋说:"凡是贪财的人,还只有以财来治他。"他出了一个主意,用一串大金钱去引诱钱维重上钩。果然他一看到大放金光的金钱,就钻到钱眼里去了,最终被捉拿。钟馗把金子都化作金汁,给钱维重及其家人都灌瓢金汁。他们都外套金钱内饮金汁,一命归天了。钟馗收复了阿堵关。进关以后,城里的情形更是腐败不堪。外边已兵临城下,官僚们还在空谈,"成天成夜的开会,成立'临渴掘井讨论委员会',召开'求水设计委员会小组会议'等等"。此时城里人都已渴死了。"我是孙悟空"讲的是孙悟空降妖的故事。这个妖怪就是日本侵略者。土地向齐天大圣报告说:"这附近,来了三位妖怪,甚是凶恶,每天要吃三千人的脑髓和心血,他手下那些小妖,不只专门吃人,连带把飞禽走兽,蛇虫蚂蚁,不论肥瘦,见着便要吃。这里本叫黄金谷百宝山,自从来了这群妖怪之后,不但把老百姓吃光,连地面上生物也都弄个干净。现在渐渐弄到挖开地皮三尺,去寻树皮草根。"小说揭露和控诉了日本侵略者在中国疯狂的罪恶行径。孙悟空施展了法术却治不了妖，不断陷入困境。当他向太白金星求援时，太白金星却不让他管闲事，说道："大圣，你取你的经，她吃她的人，你何必管这闲事？我看你不是她的对手，算了吧。她要弄大油水，你这么一个瘦和尚，她也不放在眼里。你走了，她也不会来追究你的。"孙悟空问他为什么不打抱不平，他说是因为没有打抱不平的力量。小说深刻地揭示了国民的软弱，才是导致民族危亡的根源。"天堂之游"是以天堂折射现实，天堂犹如地狱，乱七八糟各色人等。猪八戒成了看守南天门的督办，囤积居奇。他说："你们凡人，究竟是凡人，死心眼儿，一点不活动。这南天门归我管，货运到了我这里，就可以囤在堆栈里，把龙宫商标撕了，从从容容的换一套土产品商标。天上的货在天上销行，不但不要纳税，运费还可以减价呢。"这揭露了奸商大发国难财的丑陋嘴脸。小说表现了作者梦难圆、心已碎的悲凉心境。

2. 对古代幻想文学的借鉴

张恨水在小说中总是首先提到某部幻想文学作品，想象自己进入此情境中。在情节发展过程中，也往往借助某部作品的人物或者情节，以故事演义的形式叙事。在第十梦"狗头国之一瞥"中，开头就提到故事的蓝本："小时读《山海经》，总觉得过于荒唐。后来看《镜花缘》小说，作者居然根据《山海经》大游其另一世界，便有些疑信参半了。别的不说，单提这狗头国，仿佛就不近情理。人身上都长全了，何以这个脑袋还滞留在四腿畜生的境界里呢？"他因为受《山海经》和《镜花缘》的影响，就想到一个狗头国的幻境。没想到，有一天他还真见到了狗头国。那里的人虽然西装革履，但是从长相看，额头和下巴凸出，有些像狗。在第三十六梦"天堂之游"中，开头就说自己看《西游记》学会了腾云驾雾："身子飘飘荡荡的，我不知是坐着船还是坐汽车？然而我定睛细看，全不是，脚下踏着一块云，不由自主的，尽管向前直飞。我想起来，仿佛八九岁的时候，瞒着先生看《西游记》，我学会了驾云，多年没有使用这道术，现在竟是不招自来了。"叙事者说他本来准备向欧洲一行，没想到失去了航向，却跑到南天门去了。南天门的守门人正是天蓬元帅猪八戒。于是，他与猪八戒打开了交道，在猪八戒那里了解到天上的许多怪现象。在第四十八梦"在钟馗帐下"中，提到了《钟馗斩鬼传》，小说以钟馗为主角，揭露了鬼蜮世界的乱象。第七十二梦"我是孙悟空"，作者想象变作孙悟空，借助他那千变万化的本领，用金箍棒把东洋那个小小的岛国搅个粉碎。小说的人物都是古人。"天堂之游"中的角色除了猪八戒，还有子路、梁山泊的义士、孔明、墨翟，甚至还有李师师。各色人等都是死魂灵,好像是一个地狱。这从根本上隐喻着当时中国的现状:一座人间地狱。可见,张恨水借助古代幻想文学的元素,不仅出于艺术上的需要,也是出于思想内容的考虑。

在运用这些传统文化的元素时,张恨水对其进行了改造和变形。西门庆成了为人敬仰的十大银行行长,潘金莲成了贵妇,猪八戒变成了见利忘义的奸商,廉颇成了靠拉狗屎对付狗群的王牌。张恨水写的是通俗小说,他利用这些老百姓耳熟能详的人物表现他的梦,容易被读者接受。

五 林语堂《奇岛》:漂泊的理想国

林语堂的小说《奇岛》,又译《远景》,是对人类远景的想象。小说英文原名 Looking Beyond,最早出版于 1955 年。小说叙述的故事发生于 2004 年。《奇岛》的故事发生在太平洋上的一个小岛上,岛上大部分居民出自希腊祖系。女主人公芭芭拉·梅瑞克和她的男友保罗,是地学测量工作者,在民主世界联邦工作,也就是在联合国工作。她有一块民主世界联邦赠予的手表,钟表上的时间是 2004 年 9 月 18 日,星期一。芭芭拉和她的男友保罗在智利村庄的一个孤立的前哨工作。他们乘飞机进行测量工作时,偶然发现了一个地图没有标出的小岛。但是飞机不幸坠落在小岛上,岛上的居民把飞机毁掉了,保罗打死了岛上的一个人,保罗也被岛上的居民打死了。岛上的人不愿意任何到岛上的人离开,他们害怕这世外桃源传出去以后,人们会蜂拥而至,破坏这里的环境和安宁。他们为了不让外人进来,还用羊血涂在假人身上,以千奇百怪的姿态躺在沙地上,让人一看好像这里正在发生血腥的屠杀。芭芭拉因飞机坠落闯入此地,只好被迫留下,并被改名叫尤瑞黛。作者以尤瑞黛的观察为线索,描述了小岛上方方面面的生活。其中寄寓着作者的乌托邦幻想。

林语堂的《奇岛》创作于 20 世纪 50 年代,是在美国完成的,我们在这里之所以提到它,是因为小说表现的思想仍然与林语堂 20 世纪二三十年代的思想一脉相承。这部小说可以说是林语堂社会理想的集大成者。

1. 林语堂的政治理想

林语堂在 20 世纪二三十年代是一个热心社会改革的人,他写了很多政治意味很浓的文章,如《论政治病》《贤能政府》《特权与平等》《中国何以没有民治》《半部韩非治天下》等。林语堂与胡适的国家思想有共同之处,他们往往是谈抽象的政府。对国家的更新改造,他们看重的是法治,而不是某阶级、某政党、某人。但是林语堂又与胡适不同,胡适提倡好政府主义,林语堂认为不存在好政府或者坏政府,一切都是政治制度决定的。林语堂在《贤能政府》一文中开篇就直截了当地说："以一个国家为标准，我们的政治生命中最显著的特点，为缺乏宪法，并缺乏公民权利之观念。"他反对所谓的"好人政府""贤能政府"的说法。中国传统观念中往往把道德与政治混在一起，把当权者都看作贤者，把政府看作贤能政府，称官吏为"父母官"，把国家的权力放心地交给他们，给以无限的信任，从不过问国家资产的状况，也不问其开支报告，只把统治者当作贤能君子看待。林语堂认为这种意识真是大错特错。西方民主国家是把统治者当作坏人看待，为防止他们滥用权力而损害公民的权利，所以才制定宪法，捍卫公民权利，限制统治者的权力。这是制宪的基本概念。他批评说："现在许多人在议论着建立中国的廉洁政府，以道德的感化和改进作为政治罪恶的解决手段，适足以说明他们思想之幼稚，和他们的领悟正确的政治问题之低能。他们应该明了吾人已经继续不断的谈道德的腐论历二千年之久，卒未能用道德之力量改进国家，或使她有一个比较贤明廉洁的政府。中国人民应该明了，倘令道德感化真能有何裨益，中国今日早已成为天使圣哲的乐园了。"林语堂无情地宣告了道德治国的失败。

  林语堂特别推崇韩非子的法治思想，韩非子认为官吏的腐败源于法律保障的缺乏，他不赞成改进道德效力。他说一切的祸患，起于无公正之法。他坚决主张建立一种神圣不可侵犯的法律，上不避权贵，下不欺庶民。林语堂也认为："中国所需要者，是以非为增进道德而为增加牢狱以待政客。"

  在此基础上林语堂强调公民权利。林语堂对于中国人的爱面子、讲脸面是深恶痛绝的，他把这上升到践踏法律的层面来认识。他在《脸与法治》一文中用现实生活的现象说明中国法治观念的欠缺，公民权利难以保障。比如，一个有脸的人，在马路上轧死了人，巡警过来，贵人便掏出一张名片，优游而去，这时他的脸便变大了；倘若巡警不识好歹，硬不放人，贵人开口一骂"不识你的老子"，喝叫车夫开行，于是脸更大了；若有真傻的巡警，动手把车夫扣住，贵人愤愤而去，电话一打到警察厅去，半小时内车夫即刻放回，巡警即刻被免职，局长亲自道歉，这时贵人的脸，真大得不可形容了。可怕的是，中国人往往以能够违规违法为荣，以为有本事，别人办不到的事他能办到，这就是本事。在这样的情况下，即使有法律条文也等于废纸一张。林语堂在《特权与平等》一文中说："特权是以平等为对照，而官僚为民主主义的天然敌人。无论何时，只消官僚肯放弃他们的阶级特权，享受较少一些的行动自由，而肯上法庭答辩人家的纠缠，中国真可一夜之间迅速转变成真正共和政体。可惜至今此时机犹未成熟也。因为倘若人民获享自由,那么官僚和军阀的自由将从何而来呢?倘若人民享有不可侵犯的民权,则军阀从何而随意逮捕报馆编辑,封闭报馆,甚至砍戮人头以疗自己的头痛。"

当时的中国连年战争,社会动乱不安。林语堂所希望的法制社会根本无从建立。他带着政治上的失意,转而变成了嬉皮士,提倡幽默和闲适。他办《宇宙风》和《人间世》倡导他的闲适文学。但是中国的现实使他的思想显得不合时宜。他受到了以鲁迅为代表的现实主义作家的批判。林语堂在中国已感到很不适应。他在《东方病夫》一文中带着深深的失望,反复问自己:"我能够跟这民族做什么事呢?""我能够跟这民族做什么大事呢?""我能够同这民族做什么大事呢?"一个张扬个性主义和自由主义的作家在当时的确感到无奈。就这样,带着对中国的眷恋和怨恨,林语堂逃离了中国,踏上了向西方的寻梦之旅。

2. 林语堂对中西方社会的希望与失望

林语堂对中国社会感到失望。于是他去了美国,在那里寻找他的理想。林语堂初到美国,的确对一切感到新鲜和欣喜。他在《我爱美国的什么》一文中对美国的方方面面都感到喜欢。中央公园的花岗石,丰满的、响亮的美国人的声调,女人和小孩子的响亮的笑声,少女的微笑,好脾气的脚夫、信差,中年主妇的快适。林语堂欣赏的是美国人和平的生活。在政治上,他说:"对于美国的民主政体和信仰自由感到尊敬,我对于美国报纸批评他们的官吏那种自由感到欣悦,同时对美国官吏以良好的幽默意识对付舆论的批评感到万分钦佩。"但是林语堂开始就埋了一个伏笔,他说:"这一切的爱和憎也许都是错的,说不定住得久一点,我们的见解便会改变了,或甚至爱起以前所憎的,而本来喜爱的都要憎恶了。"果然,美国并不是林语堂期望的理想国。他又一次对西方文明感到失望。我们从他的小说《奇岛》中就可以看出。小说预言 1975 年爆发第三次世界大战。芝加哥和曼哈顿毁于第三次世界大战。意大利变成共产党国家了。苏联在第三次世界大战中垮台了。苏联废除了无产阶级专政,改称为"衙门阶级专政",中产阶级和资本家都消失了,社会上只有两种人,一种是坐在办公桌后面的人,另一种是其他人。苏联的国旗也不再是镰刀和铁锤,而换了在一个红色背景下,两边各放一个有两脚、四抽屉的办公桌。到 2004 年,第四次世界大战已经结束了。可见两次世界大战对人类心灵的影响之深。战争始终是笼罩在西方国家中的阴影。同时,林语堂还发现,美国式的和平在民主世界同盟时代成为一种痛苦。他们的扩张欲望不仅给别国带来灾难,也给美国人民带来巨大压力和负担。因为要供养苏联,美国人的税收不断增加。他说:"每个人都在谈高水准的生活,每个人都付出很高的代价。所以你拉高薪水,增加购买力来配合高物价,然后又拉高价格,来补足增加的高薪水,然后再拉高税收和薪水,以弥补物质上的上涨压力增大,所以你一直工作,工作。所以你付安全税来保障老年的安全。"这就是现代社会给人们带来的压力。我们已经充分感受到了。在政治上,美国总统连任四届,于1998年被暗杀。美国人疲惫不堪,他们要重新开始。的确,林语堂所说的这种情况,今天在美国有增无减。美国在伊拉克的战争不仅死了大量的士兵,而且耗费了大量的财力,美国经济正在走向衰落。

林语堂认为,所有的社会学家的实验都失败了,有些计划根本无法实现。原因是这些社会改革对人性的假设太多,包括柏拉图的《理想国》也是如此。

我们看到,沈从文从乡村跑到城市,希望找到他的理想国,他失望了。最后他的灵魂又回归到乡村。但是林语堂没有在故国安置他的理想国。这一次他没有了归宿,虽然他总在谈"人生的归宿"。他把理想国安置在南太平洋的一个漂浮着的小岛上。这是为什么呢?一方面,他对旧中国的印象不好;另一方面,西方对社会主义的抵制,对极权主义的渲染,使他不愿魂归故国。加上两次世界大战的惨痛记忆,他找不到一块安宁的处所,只得把他的理想寄托在乌有之乡。

3. 世界文化融合的乌托邦

在林语堂看来,任何一种文化都有优长,也都有缺陷。只有世界文化的融合才能建立一个理想社会。林语堂认为一个理想社会应该具有承传性,承传过去社会的所有遗迹。所以,在他的理想国里,既有王子,又有伯爵夫人,这是封建社会的遗迹。奇岛的创始人劳思具有决策权,还有某些专制的迹象。在国家公民的组成上,他主张一个多民族的融合,有希腊人、意大利人、美国人、法国人、英国人,还有中国血统的人等。在信仰上,实行多元化,各种宗教自由讨论,信仰自由。我们看到,在《奇岛》中,有世界不同种族的人,也有各种各样不同身份和职业的人,哲学家、人类学家、伯爵夫人、王子等。男主人公劳思是一位哲学家,也是林语堂的代言人,从他的思想可以看出林语堂的社会理想。劳思原来是一位希腊退休外交官,为了远离战争,在第三次世界大战爆发的前一年,即1974年,带领一群希腊人和意大利人,移民来到这个名叫泰诺斯的小岛,建立了泰诺斯共和国。这个共和国,与世隔绝,移民和土著加起来,不过数千人。共和国实行民主制,设有议会和总统。有法官和警察,但无军队。劳思认为:"简单的法律,微弱的政府,低税率,三者是快乐共和国的三大基石。"关于简单的法律,劳思认为,人们制定了很多法律,又常常违犯法律。法律像一个蜘蛛网,小虫子被抓住,大个儿虫子却破网而逃。他主张废除复杂的法律,制定简单的法律。这简单的法律神圣不可侵犯,对任何人都不例外。劳思认为,政府充其量不过是一种必要的罪恶。强大的政府永远会破坏民主形象。相反,对统治者潜藏的怀疑却是保持自由精神活跃的最佳保证。一个强大政府的建立,是人民自由被毁灭和破坏所造成的。因此,政府越弱,越受大众轻视,自由、平等、博爱的明灯就燃烧得越灿烂。大众对政府持健康的怀疑态度,是民主政治的基石。这一观点也是他在《贤能政府》一文中表述过的。岛上的政治生活最核心的是集体责任原则。有事就要由委员会协商,不让个人单独决定。泰诺斯共和国由于没有军队,没有庞大的政府,所以不需要高税率,税率永远不超过10%。税收主要用于支持教育和宗教机构,以及公共福利和贫民救济。行政开支仅占税收的10%。

在这部作品中,对社会制度没有特别的见解,基本上还是以美国的现行制度为基础,主要倾向表现为对现代性的反思、对回归自然的向往、对他一直倡导的艺术人生的建构。可以说,这部小说是林语堂社会思想的集大成者。劳思认为,工业革命两个世纪以来,物质进步了,但是人类失去的和得到的一样多。物质越来越进步,人类受到的关注就越来越少。人类个性改变了,他们的信仰也改变了;人类与大自然的关系也改变了;人类自我在社会上扮演的角色也不同了。汽车和高速公路多了,可是车祸也跟踪而至,每年死八万人,超过一场战争。林语堂看到物质对人性的危害,但并不简单主张回到过去,应该坚持思索和怀疑的精神,在意识中保持对物质的超越。

林语堂认为,哲学应该适应人类,不是人类去适应哲学。20世纪的哲学家和服装设计师没有两样,设计服装,却不觉得对穿用衣服的女人有什么义务。并且他说:"哲学应该明白易懂。应该有一种法律,规定哲学教授要对女佣说明他的思想。如果他办不到,就应取消教授的资格和权利。——我常怀疑,如果剥夺了他的学术语,他对常人就没有什么好说的了。外交官可以含糊其辞,教授却不行,看看希腊思想的清晰,和他们表达的方式!像爱欧尼亚的阳光,唯有如此,人类精神才能达到甜美和光明的境界。"小说关于自然风光的描写很多,自然环境非常美。岛上的人们都在河里游泳,少女们都是赤裸着在水里游玩,全是自然的姿态,所有的裸露是自然的单纯,妇女像森林仙子,身上毫无遮掩。医生用土方治病,甚至有些病会自然痊愈。岛上的时间好像永远停滞不前，似乎每个人都在早上十点起床。迟起真是一种感官的享受，懒洋洋的，无牵无挂。岛上的艺术生活非常丰富，有博物馆、图书馆和剧场，每年还有一个持续三天的古希腊式的节日——艾恩尼基节。节日期间，要表演古希腊名剧，还有诗歌朗诵、体育竞赛和盛大游行。艺术家靠国家资助，即使一个雕刻家十年完成一件作品，也无人干预。音乐歌曲税占全部税收的30%，是公共行政开支的三倍。甚至在葬礼上，伴着音乐舞蹈，让人感到死亡并不可怕。

这部小说虽然是在美国创作的，但是林语堂的思想仍然是一贯的，是中国人的思想。其中也多次提及孔子等人。劳思引用孔夫子的孙子的话说："凡是上苍所给予的就是自然，实现自然就是道德的法律；培养这种法律，就是文化。"孔夫子的孙子是谁，他在哪里说过此话？听起来倒像是老子的孙子所言。关于《奇岛》的思想主旨，小说通过劳思之口道出了。他说："没有国王，也没有打击人性的半痴空想家设计的乌托邦的理想国。我们是很保守的。我们并不排斥进步——只想在进步的溪流中停下来，找出我们的方向，就像在奔流而过的急流中找块石头站稳脚跟，就叫它是避难所吧！——如果你高兴。一个避难所，一个你能休息、思想、和平生活的地方。你会承认，在二十世纪急速的进展中，思考是不可能的。人动得太快了。巨大的改变，物质的发现影响了我们的生活，航空缩短了交通，消除了国际界限！——这些改变发生得太快了，人只好被拖着走。"小说提供了一个供人们思考的平台。整个叙事过程就是对话和谈话，是一种沙龙闲话似的叙事，没有情节和故事，只有闲谈。

海外华人一般都有漂泊感。他们说即使你拥有了住房、汽车、绿卡，但是你仍然感到缺乏归宿感。人是需要有根的，但是林语堂找不到理想国的根基。《奇岛》充满了漂泊感，给人的感觉比沈从文的《边城》更加虚幻。小说第一句话就是："尤瑞黛有种漂浮的感觉。"这句话非常重要，统领全篇。尤瑞黛不能没有这种漂浮的感觉，因为她所处的太平洋小岛在地图上都没有标出过，作为一个测量员，她从来没有见过，也没有听人们说过有这个小岛。她的灵魂好像无处寄托。她看到林中的橄榄树和自然沐浴的女人，首先想到的是古希腊，这个古代文明的发源地、理想国的源头。然而不是，这是一个欧洲人的殖民地。这里又是一个漂浮的小岛，殖民地对宗主国和外国移民来说，永远是漂泊的。林语堂感到了双重的困惑，他没有把理想国放到没有经过文明浸染的自然原始的地方，而是放到一个经过欧洲文明洗礼的殖民地上。林语堂对自然充满向往，但是他对西方殖民主义者所宣传的原始部落的食人现象感到真实而恐慌。尤瑞黛说她如果在这里发现野蛮人和食人族都不会感到意外，而现在这里却是快乐、知足、文化程度高，没有战争的干扰。

但是在这个理想国中也有隐忧。主要是在物质生活上缺乏保障，他们移民的时候带去了大量的食品和药品。在船到达以后，又让船长返回，让他再带些东西过来。因此我们看到，他们不像是在一个地方定居，把小岛当作永久的居住地，倒像是一次长时间的旅游。林语堂既不想放弃文明的物质生活，又不愿见到现代化带来的负面影响。林语堂的理想国与周作人提倡的"新村"理想具有某种共性，都具有传统的中国文化的隐逸色彩。尤瑞黛曾经问过劳思："你为什么建立这个殖民地，逃避眼前的战争吗？"劳思说："我不想逃避什么，更不想逃避人性。"人性是什么，在林语堂看来，就是幸福快乐、安逸闲适。这看起来是一种生活方式，其实也是一种治国理念。所谓人本主义，就是以人为本，而不是像现代社会以物为本，人为物役，人们都做了房奴、车奴。林语堂发现，世界大战不是贫穷的国家挑起的，而是富裕国家挑起的。这使他想到了抑制现代化的进程，抑制发达国家永无止境的发展欲望。人的幸福指数不是由工业生产指数决定的，而是由和谐自由决定的。岛上的居民把尤瑞黛坠落在小岛上的飞机给毁了，表现了他们对现代化的恐慌。林语堂在小说中思考了人类的终极理想问题。

人类的问题永远不可能一劳永逸地全部解决，一个时代有一个时代的问题，一个国家有一个国家的问题。人类对于未来的探讨也不会停止。思想者永远都在路上，这一点决定了他们都是永远的流浪汉。梁遇春在他的散文《谈"流浪汉"》中就把西方文学作品中的不安分者、追求自由闲适的幻想家称为"流浪汉"。梁遇春说："流浪汉在无限地享受当前生活之外，他还有丰富的幻想做他的伴侣。"林语堂就是这样的一个人。

第六章　新时期的人文幻想小说

经历了"文革"创痛的新时期文学，一开始就带着历史沉思的品格。晚清时期的幻想文学是展望前景与未来；五四以后的幻想文学也是在理想的烛照下反射现实；而新时期的幻想文学则是在对历史的检视中质疑虚妄的理想。20世纪中国人文幻想小说走过了一条从乌托邦建构到解构的道路。这个时期的作家还没有意识到人文幻想小说的创作，他们的创作主要是从改革开放的立场出发，反思历史，想象未来，表现出一种对未来的危机感。这个时期的人文幻想小说成为"盛世危言"。

一　人文幻想小说的复苏

1949年以后，文学以理想主义的精神表现民族革命时期的历史，产生了不少红色经典作品。这些历史题材小说都是歌颂英雄人物的现实主义的作品。"文革"前后，有一些利用"三突出"原则创作的，塑造"高""大""全"人物形象的作品，虽然有空想的成分，但仍然是一种伪现实主义的东西。真正的人文幻想小说却是缺失的。

新时期以来，文学带着一种沉思的品格，作家在对历史的反思中重新思考社会体制的建构等问题，产生了少数带有乌托邦倾向的作品。1981年，孟伟哉的《访问失踪者》，把故事的时间推到2026年，有九名各种职业和身份的人失踪。他们是在1976年追悼周总理的时候乘坐飞碟失踪的，被带向宇宙中的种种乌托邦和恶托邦世界，为了寻访这些失踪者，作者见识了这些人所经历的不同的社会形式。这部作品在当时有一定影响，但是人们都没有从幻想小说的角度去评价其价值所在。后来，柯云路的《孤岛》，在当时和后来几乎没有引起人们的关注。这种文学创作的势头也未能延续。

20世纪80年代，拉美魔幻现实主义文学对中国当代文学产生了深远的影响。从"寻根文学"到"先锋文学"，都表现出某种荒诞性和魔幻色彩。小说开始由写实层面向虚化层面转移，由象征化向寓言化写作过渡。

这其中影响较大的是韩少功的《爸爸爸》《女女女》，小说中的人物都是现实生活中的异类，或者说是一个寓言存在。《爸爸爸》中的主人公丙崽从生理到心理都是病态的，不像现实生活中的真实的人，而是作家对历史和现实的一种复杂感受。人物的畸形特征带有隐喻性和暗示性。丙崽对事物的简单化判断、他的机械性思维方式似乎象征着一个僵化的时代。相对而言，陈村的一些小说更符合人文幻想小说的特征。他的中篇小说《美女岛》就是一篇典型的现代乌托邦小说。小说中的丑女 ABC 因为相貌丑陋而无人问津，心里非常郁闷。于是，她乘坐"乌托邦"号渡船出海散心，在太平洋中的一个新生岛上的水潭里游了一次泳，竟然变身为一个绝世佳人。当她旅游回来时，她的奇特变化成为人们关注和议论的焦点，甚至成为国家科学研究的攻关项目。最后终于找到了她变美的原因，于是全市的妇女都被送到美女岛上的美女潭，经过洗浴包装，全部变成了标准统一的大美女。这座城市因此成为世界的美女市。随后发生了世界范围内的对于美女岛的争夺。然而想不到的是，经过了一段喧闹以后，人们对千篇一律的美女产生了审美疲劳，男人们一个个离家出走，宣称"看够了"。女人们只好寻求恢复原来容貌的方法，与科学家们再次合作变容。由于美女岛带来的纷扰不断，联合国决定炸毁美女岛。作者陈村说《美女岛》"是和女性开了一个不乏善意的玩笑"[①]。实际上他是对历史和现实生活中模式化问题的厌倦和批判，对个性化的标示。

  中国当代的魔幻小说不仅来自拉美的魔幻现实主义，同时也受到西方现代主义文学甚至绘画的影响，表现出各种各样的抽象性和荒诞色彩。王蒙有一些小说如《致爱丽丝》《来劲》《球星奇遇记》等以抽象的形式表现社会的变幻莫测，甚至以立体主义的方式表现人和社会的多棱和变异。我们发现，他的长篇小说《活动变人形》就有些毕加索立体主义的味道，他也要像毕加索那样"解剖有形的世界，剥下它的皮，掏出五脏六腑"。如果我们仔细看一看毕加索那些分析立体主义时期的绘画，如《女人与梨》《弹吉他的女子》等，我们就会自然联想到王蒙的小说《活动变人形》，毕加索对于人体结构的深度解剖，很大程度上启发了王蒙，毕加索对人体结构的自由想象、破坏和移位，把王蒙对于人的演变的思考引向深入。马克思讲人的异化，那是在理论上而言，而毕加索绘画中表现的人的异化更加形象。王蒙的《活动变人形》在创作主旨和精神上是与毕加索的本质对话。他的短篇小说《组接》在结构上借鉴了立体主义绘画拼贴

[①] 陈村：《美女岛·序》，《陈村中篇小说卷·他们》，江苏文艺出版社1996年版，第1页。

技巧，通过"头部""腰部""足部""尾部"几大块的组接，呈现了一个随着时代变迁也在不断变化的立体主义人物形象。他的实验文本《来劲》是一篇更为典型的立体主义小说，那篇让文坛震惊的《来劲》，正是对"熟能生厌"的反动，也是对立体主义的实验。我们先看看小说主人公的面貌：

> 您可以将我们小说的主人公叫做向明，或者项铭、响鸣、香茗、乡名、湘冥、祥命或者向明向铭向鸣向茗向名向冥向命，以此类推。

这位主人公形象与毕加索的那些五官错位、面貌模糊、脸孔多棱、影像叠加的画中人物何其相似！他们的面孔有无限个存在，可以同时性视像，他们中的一个可以分裂出无数个、延伸出无数个。他们是一种可能性存在、或然性存在、想象性存在。毕加索画中人物的眼睛、鼻子和嘴巴都能从既定的位置上分离开，"自在游走于任何想到的地方，就像缸里的游鱼，移动时，与其他的鱼建立新的关系，并创造新的意涵"[①]。如《抱着洋娃娃与玩具的玛亚》《黄毛衣（朵拉）》《沙巴特的画像》《斜倚着肘的玛丽》等，充分表现了移动和变位的意趣。《来劲》中的人物亦然。我们再看看他们存在的状态：

> 三天以前，也就是五天以前一年以前两个月以后，他也就是她它得了颈椎病也就是脊椎病、龋齿病、拉痢疾、白癜风、乳腺癌也就是身体健康益寿延年什么病也没有。

> 他她它正在结结巴巴一泻千里地发问的时候就被静电棒追出被客气地引出恭敬地被请上了主席台手术室贵宾室太平间化妆后台。被授予一九八二至三八国际地球生物年歇里贝尔庚当奖，列入世界名人录黑名单成为最佳男女煮脚……

王蒙在这里完全解构了人物，用的是一种毕加索式的"破坏精神"。那些人和物若有若无、似是而非。

[①] 何政广主编：《世界名画家全集·现代艺术的魔术师毕加索》，河北教育出版社2003年版，第188页。

毕加索在分析立体主义阶段，使形象突破了轮廓的限定，分解成一些相互叠映在一起的几何图形。如《玩纸牌者》，那些"叠卡片"一样的图形使实体结构变得漂移不定。这个时期，毕加索的设想就是"不断破坏"，直到它们变得似是而非。《来劲》借鉴了这种"叠卡片"的游戏：

> 向明出差、旅游、外调、采购、推销、探亲、参观、学习、取经、参加笔会、展销、领奖、避暑、冬休、横向联系、观摩、比赛、访旧、怀古、私访、逃避追捕、随便转一转、随便看一看、住宾馆住招待所住小学教室住人民防空工事住地下洞住浴池住候车室住桥洞下面住拘留所住笼子。然后她到达了找到了误会了迷失了错过了他要去的地方。

毕加索在他的《立体主义声明》中说："在我这里，一幅画是多次破坏的总结果。"这种"叠卡片"的方法正是一个对另一个的覆盖和否定。《来劲》中人物的行为一个个叠加，最后都被覆盖住了，被破坏掉了。就是说向明可能做了一切事情，也可能什么都没做。

毕加索和勃拉克在完成了形体的分解以后，又尝试将形体重新整合，这个时期，人们称为综合的立体主义。他们采用"拼贴法"恢复与具体形象的联系。王蒙在小说《一嚏千娇》中曾说他尝试过这种拼贴式创作方法："本篇小说作者本来是努力制造间离效果的，笔者无意集中写几个活生生的人物，宁可去写一些群体的片断，搞一些拼贴，边缀一些鳞鳞爪爪，唤起内心的自由驰骋。笔者试验的是伞式结构性现实主义。"[①] 王蒙在这篇小说中集创作、评论于一体，在叙事过程中不断插入关于小说写法、构思过程的思考，同时人物也不断被拆解、重构。《来劲》则以大量的疑问句把社会万象拼贴在一起：

> 鸡蛋黄究竟会诱发心脏病还是有益健康？过去了的时光能不能重新倒流？新的形态与旧的形态哪个更朽速朽？大学文凭多了是说明教育事业前进、人们的文化素质提高还是相反？一个人说得最多的话是否便于工作是最喜欢说最想说的话？吸烟与吃名贵中药与看电视连续剧哪一样更催人早死？骂倒别人是不是就证明自己聪明？有人说他走得过快有人说过慢能不能证明他走得不快不慢正合适？会说英语的

---

① 王蒙：《一嚏千娇》，《王蒙文存》第十卷，人民文学出版社2003年版，第105页。

人究竟是不是一定找个洋配偶然后把小舅子也接过去？个体、集体、全民哪个更积极主动？高谈阔论的人有几个人不是骗子？四合院与摩天大楼哪一个更现代化？区分离休与退休、改正与平反的语言学家为什么没有得金奖？古人与今人拔河谁能取胜？蜈蚣金龙大风筝与波音747飞机哪个更伟大？做事的人与指手画脚的人哪个更聪明？冬天与夏天哪个季节更容易发生上呼吸道感染？追悼会与生活会上的发言哪个更可靠？……

有人说"毕加索一向是个语言幽默大师"，他常常利用拼贴画开玩笑，如他在1913年所作的拼贴画《吉他》，利用旧报纸和金属贴片，很有层次感地拼贴出一个似吉他又不是吉他的东西，其中充满了隐喻：据说是表现了男女的交合，同时"吉他的圆圆的声孔也隐藏着坚持'自由原则'演说者所得到的'长时间鼓掌欢呼'字面上的反映"[①]。毕加索充分利用拼贴艺术的想象空间自由展示他无穷的想象力。王蒙《来劲》所表现的精神畅想与毕加索的精神如出一辙，从中既可看到毕加索式的拼贴艺术风格中内在的恶作剧因素，也可看到王蒙式的幽默。他把这些看似毫无关联的事情拼贴在一起，呈现了一个多元时代的自由多变、浮躁嘈杂而又令人困惑的社会特征，表现了作家对那个充满探索和疑问的社会既爱又恨、说不清道不明的复杂情感。

残雪的小说具有梦幻感，但她写的不是未来，而是时代性很强的"文革"。她的小说人物语言往往是典型的"文革"语言，时代的指示性很强。她的小说可以说受魔幻现实主义影响很大，同时也有卡夫卡《变形记》的影响。陈晓明认为荒诞在残雪那里被当成梦幻的形式来体验。因此，生活的原生态对于残雪来说，实际上是被体验过的梦幻境界。在残雪的小说中，人都是飘忽不定的，幽灵似的。在《污水中的肥皂泡》中，"我的母亲化作一木盆肥皂水"。在《天堂里的对话》中，"我很能飞"，"只要双脚一踮，就到了电线杆之上"。彩照可以不断变幻不同的人。在《山上的小屋》中，家里的人都是莫名其妙的。"小妹的目光是直勾勾的，左边的那只眼睛变成了绿色。父亲用第一只眼迅速地盯了我一下，我感觉到那是一只狼眼。母亲一只胖手搭在我的肩上，我感到那是一只用水镇过一样的冷手。"残雪将父母姐妹之间的亲情关系一一化解，在这种关系

---

① ［美］约翰·拉塞尔：《现代艺术的意义》，常宁生译，中国人民大学出版社2003年版，第153页。

中，亲人之间要么猥琐、乖戾，要么丑陋、呆傻，他们永远处于生活的他处，成为衰败境遇中的苟活者，呈现出可能性生存境遇的荒诞图景。在这种关系中，主人公"我"与家庭其他成员之间始终是一种紧张的敌对关系，她时时感觉自己处于敌意的包围之中。残雪用这种荒诞的手法来表现"文革"时期人性的压抑和扭曲，展露了残雪对工具性时代虚伪的人际关系和日益恶化的生存环境的深沉思考。

此外，用梦幻替代符合逻辑理性的情节是荒诞表现方式不可或缺的一种。弗洛伊德说，当人被现实生活所压抑又受理性道德的控制时，他只能在梦中表现一种超验的真实。残雪摒弃了传统小说的写作手法，以超现实物化赋予了自己的小说一种形而上的魅力。在《山上的小屋》中，梦已经成为人生存的重要组成部分，根据弗洛伊德的说法，梦中的真实才是真正的超验的潜意识的真实。文本中的"梦"不仅有受他人的威胁而害怕的梦，而且还梦到发出惨烈呻吟的人生痛苦的梦，以及下流不可告知的梦。总而言之，这里的梦"不仅占据和破坏着个人生存空间，也在影响和侵蚀着他人的存在"。残雪用"梦"道出了人类生存本身是为利益而相互敌对的关系，这就是人类生存形而上之恐惧。可以说，《山上的小屋》中的梦与故事的情节和逻辑没有什么联系，作者这样写正是用梦表现了现代人所感受到的不同程度的厌倦，甚至是痛苦、莫名的恐惧、内心挥之不去的焦虑、人在无形之手控制下痛苦的折磨及其挣扎的惨烈，以及人与人之间彼此隔膜的状态等。所有这些又恰恰是人在常态下需要压抑并愿意忽略或者遗忘的生存之痛。《山上的小屋》没有故事情节，从人物形象上看，只有角色而没有人物。即使有人物称谓"母亲""父亲""妹妹"和"我"，也不过是一些没有确切与实在个性意义的人的共性标志的符号而已。它所代表的正是现代现实社会中的人，它所揭示的正是人与人之间那种疏远与敌对的关系。北岛有句诗写的也正是这样："我和有形的人握手，我的手倏地缩回。我和无形的人握手，我的手倏地缩回。"《山上的小屋》所要揭示的内涵正是如此：除了人的形而上的生存的孤独与恐惧外，更加突出的是，人孤独脆弱的灵魂以及无力面对又无从躲避的"他人即地狱"的主题。在作家的眼里，整个世界都是荒诞的、混乱的。家庭内部的人与人之间老是作对，而"我"的抽屉呢？"我每天都在家中清理抽屉"，但"抽屉永生永世也清理不好"。"我"越是想把它整理好，便越是受到阻遏。永远都在清理抽屉里的东西，但抽屉里永远都很乱。这一意象象征了什么？不正说明了我们面前这一混乱不管怎样治理依然混乱的生活吗？不正揭示了世界存在的荒诞性与人的精神存在的虚无性这样深刻的"荒诞与虚无"的主题吗？也许残雪正是用这种命题来体现对社会的另一种反抗。曹文轩认为，20 世纪的文学，由于其与哲学的亲近，作家们在面对世界时，表现出越来越强烈的追问意识——溯根求源已成为一种普遍心仪的风气。许多作家不再为社会性的、现实性的问题所纠缠，而企图穿过一道道的"背后"，窥其基本的存在状态。这种抽象的哲思，无法用传统的方式呈现，便选择了梦幻、象征。残雪自己也说："我觉得关于这十年，我可以说一些话，而这些话，是一般人不愿意识到，不曾说过的，我想用文学，用梦幻的形式说出这些话，一股抽象的，又是纯情的东西，在我的内部慢慢凝聚起来。"《山上的小屋》所要表达的正是人与人之间的形而上的生存孤独与焦虑，作者所要追寻的正是山上的小屋——人的精神家园。而现实世界却是人类所无法摆脱的敌意状况。所以，当人的本真生活被非本真的现实遮蔽时，人的境遇只存在一个维度，即荒诞。所以作者要用这种荒诞来折射现实，揭示超验的真实。所以其作品将我们引入似是而非、似非而是的境况。残雪的小说并不是在现实的经验世界里建构自己的小说世界，而是在梦幻中寻求描写的题材；所展示的根本不是视觉领域里的客观世界，而是幻觉视像中客体实在性被改造和破坏的主观现实。

这一时期出现了一些关注现实、警示未来的小说，如柯云路的《孤岛》，探索社会改革和未来发展的方向；王小波的《未来世界》等对集权主义对未来社会的影响和危害的预见；梁晓声的《浮城》对现代性的弊端以及城市和人性沦陷的警告；刘震云的《故乡面和花朵》是 20 世纪末人文幻想小说的压轴之作，以非凡的想象力创作了一部超幻想的长篇巨著，映照着万花筒般的荒诞的人类生活。

二 柯云路《孤岛》的社会改革想象

柯云路早期是一位具有社会理想的改革文学作家。20 世纪 80 年代中期，由他的小说改编的电视连续剧《新星》，曾经创造了万人空巷的轰动效应。他的另一部长篇小说《孤岛》也是他社会改革文学理想的体现，表现了某种人文幻想小说的特征。作者以一列被洪水围困的火车为故事发生的背景，对人类社会生活的政治、经济、文化、人性、权威、爱情、暴力、秩序等问题进行了想象和探寻。作者在小说中反复强调的火车就是一个浓缩的社会，火车上的人员组合完全符合社会的自然组织结构，各种人都有。他就是要通过这一列火车被洪水围困时的绝境，想象人类社会在危机时刻的各种需要。小说具有一定的时代性，表现了 20 世纪 80 年代知识分子的理想和激情。但是小说的很多想象和思考是超越时空的，是对人类社会未来的构想。

1. 社会系统重构的可能性

柯云路的《孤岛》发表于1986年。在改革文学的大潮中，柯云路的《新星》曾名噪一时，由《新星》改编的电视连续剧创造了万人空巷的收视奇迹，但作者并没有沿着这条道路走下去，而是进行了一个乌托邦式的转向。《孤岛》的出现提供了一种新的文学叙事模式，作者一改传统现实主义的表现方式，在封闭性的叙事时空中对社会管理体制进行了现实与理想比照和乌托邦式的构想，以带有幻想色彩的风格创造了一个独特的小说文本。这部作品在当时没有引起文学评论界的关注，但是随着时间的流逝，它的思想价值将会受到人们的重视。

小说的主人公孙策是一个哲学家，他不断进行哲学思考。小说的风格是警句和格言式的。小说第一章表现现实生活的矛盾和冲突：火车上首长的特权、等级制度、"文革"期间身份标签的残留等。小说第二章开始进入幻想叙事，描写火车被大水围困以后的乱局和治理过程。水统治着一切，现实社会秩序被打乱了，就像人类初期面临的洪荒。为了生存，火车上出现了哄抢食物的现象。人类是需要秩序的，旧的秩序被破坏了，就要建立起新的秩序。20世纪80年代中期的中国还是一个崇尚英雄主义的时代。主人公孙策临危受命，毛遂自荐，担当起了总指挥的重任，他与列车长一起，把乘客转移到一个山冈上。山冈四面都是水，而且水还在不断上涨。山冈成了一个危险的孤岛。人们刚刚转移到山冈上，火车就倾覆了。孙策为了寻找最后一个滞留在火车上的乘客，差点丢了性命，最后总算回来了。孙策成了人们心中的英雄。人们转移到孤岛上以后，列车长开始发放不多的食品。因为食品不够分发，爆发了哄乱和冲突，人群一时处于无政府状态。骚乱发生了，列车长受到人们的围攻。孙策在危急之中，又一次利用自己的权威来维持混乱局面。他用手铐铐住了几个带头闹事的人，号召自己带食品的人把领到的食品送回来，发给那些没带食物的人。

水在上涨，孤岛面积在缩小。

孙策让以车厢为单位，选出正副队长，负责本车厢的工作。社会组织和社会秩序重新建立起来。孙策在自然的状态下，成为总指挥，但是有人不服。古伟民就是孙策的竞争对手。在"文革"期间，古伟民的父亲就整过孙策。这次在火车上又狭路相逢，古伟民和父亲都在这趟火车上。小说用了很多巧合构思情节。古伟民是一个十分老练的政客，三十岁左右就混到了厅局级。他有很多政治手腕。在一次指挥部会议上，古伟民在乘客中拉了很多关系，同乡、战友、同事，建立了群众基础，让自己成为中心人物，扩大自己的影响。他要打倒孙策，贬低孙策，清除孙策在人们心中的威信。但是当孙策在总指挥部的会议上一出现，孙策的人格力量就显现出来了，他在危难时表现的素质建立了巨大的权威，古伟民感到了一种压力，但是他还是提出了要进行民主选举的要求。孙策自然同意。面对当前的危难，几个候选人对此进行述职，讲自己解决当前危机的方案。孤岛被淹了怎么办，孙策的方案看起来是没有办法的办法，但是很实际。通过投票选举产生了新的指挥部，孙策仍然被选为总指挥，这次是通过民主选举的。孙策在组阁的时候，把古伟民任命为副总指挥，这大大出乎古伟民的意料。孙策想："我们这孤岛上一千多人，其实是一个小社会，一个社会应该怎样建设民主，怎样使社会的组织，人与人的关系更健康，更文明，更合理，或者说更合乎理想……"民主、宽容、互助终于使人们渡过了难关。小说结尾雨过天晴，洪水消退，孤岛获救了。小说是政治寓言，是对社会改革的整体思考。同时也承载着时代的重要信息：对于"文革"创伤的弥合、人性的完善、社会组织建构的合理性等问题的严肃思考。

2. 社会危机与英雄救世

柯云路的《孤岛》初看上去很容易被人忽略其幻想性。小说的叙事，幻想与历史的恩怨互相纠结。第一章完全是现实主义的描写。在火车上的大部分内容也与现实联系在一起。直到火车被洪水侵袭成为孤岛，幻想小说的性质才得以表现出来。这是一部思考社会危机的小说。火车只是一个缩影。当社会危机出现时，我们应该如何应对，社会才不至于出现像"文革"那样的劫难，小说的寓意在此。解救危机需要英雄。危机与英雄救世就成为这部小说的关键词。

孤岛危机是全书的总意象，意在唤醒人们对人类未来的危机意识，也象征着人类生存危机的现实处境。孤岛危机是对人性的大考验，小说假设了各种危局，洪水、饥饿、犯罪、暴力、疾病等，在紧急情况下，考验人类如何应对，社会组织和权力机构如何产生和运作。作者思考了关于宽容、团结、正义等人类社会需要的优良品质。作者对于未来的思考并非宗教精神，对此，他说："一切宗教都让人为未来活着。而一切为未来的生活、理想难道都是宗教吗？当然不是。"他认为，人类应该计划未来，小说不仅应该关注现实，更应该想象未来。

现在，火车陷入困境，孤岛上的人们危在旦夕，受命于危难之际的孙策有着英雄主义的性格特征。正如小说中所说，"人类中的任何一个成员，当他（她）觉得自己对另一些同类承担着某种责任的时候，他（她）就会生出一种可以称之为豪迈的情感来"，而豪迈往往又和责任感相联系。对于主人公来说，一千多人的生命安危需要运筹帷幄、临危不惧，暴徒的武力威胁、孤注一掷的疯狂行为也需要个体处乱不惊、果敢决断的气度。在面对人类生存困境时，个体作为解放人类的精神领袖承担着更多的道义和责任。在洪水围困的封闭性叙事空间中，带有救世精神的英雄形象成为孤岛上人们集体的情感诉求，对英雄的服从与尊重，即是对生存信仰的坚守与超越。就像美国思想家夏勒在20世纪初指出的那样："首要地说，英雄主义是对死亡恐惧的反映。我们最为赞赏面对死亡的勇气，我们给这样的勇敢以最高最忠诚的尊敬。"这样的英雄中国传统文化中被称为"虽死犹生"，从而获得不朽的价值和意义。事实上，英雄主义就是要战胜生之困境，把人从对死的恐惧中解救出来，赢得永恒。与以往被神化的、超离凡人的英雄形象不同，柯云路在对英雄主义的阐释中，一方面，延续了当时文学思潮中关于英雄形象塑造的叙事惯性，将人物摆在种种矛盾冲突中进行刻画，从多角度描写人物性格的复杂性、情感的流动性，符合历史演进的规律；另一方面，柯云路在《孤岛》中以超前的叙述视角阐释了英雄主义存在的深层心理内涵。在传统的幻想小说中，英雄形象是被奉为神龛顶礼膜拜的，是以自我为中心达到救世的心理愿景的。《孤岛》在远离现实的空间中对人物关系进行重构，首先表现在对英雄主义的重新解读上。文本中这样描述："人这种动物很怪，环境需要他坚强，他就能坚强，环境需要他不垮，他就会不垮。他不光自己活着，还为环境——周围的人、社会活着。"《孤岛》中的英雄主义形象更多地带有人性化的色彩，是常人视野中人道主义的超拔。英雄主义是通过朝向他人内部的自我扩张而获得拯救和达到完善的，人必须向外投射自身的价值意义，投射他的逻辑。在带有虚拟色彩的叙事语境中，孙策在应对餐车争执时，在古伟民面前赢得心理优势的关键一点，是赵大满等其他乘客的群体认同、支持与回应；在兰秋的丈夫——朱江等人谋划的改组指挥部的行动中，孙策作为权力既定的拥有者，受到异己力量的否定与排斥，他的英雄行为最终是被年轻演员燕儿所支持、肯定的。由此，英雄主义被赋予更广阔的意义内涵，英雄主义不再是以英雄自我为中心，而是通过英雄精神的高蹈、他者力量的认同，达到思想和行为上的高度统一，在他者的肯定中来证明英雄个体的自我存在，是需要自我与他者的相互映射来完成其情感超越及其内在的价值期许的。另外，在封闭性的叙事空间中，个体行为具有了一定的局限性，在有限的选择中人物关系被重新定义。孤岛中个体自我只有在与外在他者相互映射中才能寻找到人类共同的生存基点，在肯定他者认同作用的同时也肯定了常人的价值所在，使《孤岛》在这一层面上被赋予了一定的现代意味。米兰·昆德拉曾经指出："小说审视的不是现实，而是存在。而存在并非已经发生的，存在属于人类可能性的领域，所有人类可能成为的，所有人类做得出来的。小说画出存在地图，从而发现这样或那样一种人类可能性。"在《孤岛》中面对灾难来袭时的生存地图上，爱情与生死、战争与和平等人类的重大命题，都呈现出了无限的可能性。以崔天宝为首的五名犯罪分子划界而治，在逃避权力空间的制裁与规约的同时，面对死亡不可避免地有着犹疑与动摇，对恶的舍弃，向善的追寻，与暴力、罪恶进行着殊死搏斗。《孤岛》将灾难侵袭一次次推向叙事的制高点，当年曾挟嫌报复将孙策送进监狱的古雪峰在弥留之际对他说的一番话，预示着灾难面前新旧事物达成谅解。一直与孙策处于敌对状态的古伟民说："灾难有时会改变人们相互间的关系和看法。"柯云路在灾难性的叙事背景下，为小说的叙事可能性打开了一扇门，人们可以为孤岛上新生的婴儿抛弃个人私利，将美好的祝福与仅存的物品赠了这个代表生存希望的孩子，被集体所孤立的金丝边眼镜也拿出了自己仅有的两个鸡蛋。"未知生，焉知死"，人是向死而生的。柯云路在《孤岛》中以超前的审美视域书写灾难、正视死亡。当人意识到死亡和灾难不可避免时，人们也便意识到自己存在的真正价值，从死亡中解脱出来，人们反而在恐惧的同时有了一种正视死亡后的宁静。《孤岛》以远离现实的空间建构将社会历史中潜隐性的问题进行深入挖掘，以灾难碰撞后的人性反思为精神旨归，在生命不能承受之重时，灾难和死亡告诉人们，灵魂需要一种更为轻盈张扬的姿态去对抗消弭欲望之重。

3. "孤岛意象"与人文幻想小说的空间标识

在中西方人文幻想小说中，往往会有一个"孤岛意象"出现，孤岛意象成为乌托邦小说的一个重要标志。从莫尔的《乌托邦》、康帕内拉的《太阳城》、约翰·凡·安德里亚的《基督城》、詹姆士·哈林顿的《大洋国》到笛福的《鲁滨逊漂流记》再到林语堂的《奇岛》，乃至中国古代的桃花源，都是孤立的空间，与世隔绝。不同的是，柯云路的《孤岛》不是真正的孤岛。他构筑了一个具有象征意义的远离现实的意义空间——被洪水围困的火车。这一方面表明现代社会的发展，地球上人迹罕至的地方越来越少，孤岛难觅；另一方面也表明作者还没有意识去构筑世外桃源。他只是用一个瞬时性的空间来完成他对社会结构的一个假想。这个空间是现实的折射，在建构过程中融入了作者对现实中不可知的问题的思考与探寻。小说叙述以曾经相爱的恋人——孙策与兰秋的意外重逢为开端，列车上的每一位成员面对未知的境遇，每个人在经历了或人为或自然原因的空间位移后，都潜藏了各种丰富的可能性。现代文化批评理论赋予空间无限的意义触点，小说中的人物都经历了从熟悉世界到陌生世界的空间转换，都在向一个不确定的、陌生的、有待于自我构建的空间转换。空间的转换和构建过程也是主体性的自我塑造的过程。作者在文本叙述开始设置了各种矛盾冲突，孙策与狱友崔天宝的相遇、同兰秋丈夫朱江的暗中角逐以及孙策与当年挟嫌报复的古雪峰父子的恩怨情仇，在新的叙述空间中人物关系被重新阐释加以解读。"空间总是社会性的空间"，孤岛虽远离现实却是社会生活的完整折射，列车上的乘客们是来自现实社会的意义个体，他们的空间感知、空间意识必定是以他们在原来世界中形成的文化代码为依据的。以孙策为代表的权力主体建构起一个映射现实的秩序空间，一千多人的孤岛上，临时组建的指挥部代表正义、法制、文明，为空间的建构搭建了强力基石。以崔天宝为首的犯罪集团挑衅着权力空间的正义性，暴徒们以劫持的手段威胁空间的生存安全并要求孙策划界、分发食物。可以说，划界是孤岛空间建构的标志性行为，有了与暴徒们的划界，便有了安全、秩序、文明和理性的合理存在，同时也承认了危险、混乱、野蛮、暴力的隐形构成，于是远离现实的空间秩序在具有现代性的主体自我构建过程中完整呈现，孤岛的存在与现实相互映射，疏离而又清晰地构筑着新的意义生成空间。

《孤岛》的出版有其特殊的历史语境，20世纪80年代初的思想地图，伤痕、反思、改革文学的相继兴起，给当代小说园地吹进了一股新鲜气息。《孤岛》延续了作者改革小说的审美品格，运用"孤岛"这一虚拟空间，对时代气氛的强化与历史的纵深感进行开掘与追问，以大胆、细腻的笔触描写了新旧事物斗争的激烈性、尖锐性。柯云路说："中国有其特殊的出版环境，这需要特别训练作家讲真话的技巧，从另一方面说也保持着某种作品的张力。"暴雨造成的洪水冲断了铁路，火车被迫在大雨中停住，洪水的围困使得列车上的成员必须转移到几千米远的一个小山冈上，主人公孙策带领乘客向孤岛迈进并开始了新的空间选择。虚拟空间的建构为作家对现实讲真话提供了可能，《孤岛》直指人类趋利避害的生物本能和天性中自私、短视、怯懦、怕死的弱点，对欲望的自由书写凸显了作品的内在张力。莱维纳斯说："欲望是一种向外的超越性，其特点是不断地追求，是外在性、陌生性、他性。""确切地讲，只有无法满足的欲望才能理解他者的远离、他性和外在性。""欲望指向无限，以此来超越我的自我中心。"《孤岛》中关于人类的欲望书写，在即将被洪水淹没的时候，人们求生的欲望作为生物的本能反应强烈而执拗，每个人以压倒他人的优势来得到欲望的实现与满足，为了活下去人们可以将自己的食物藏起去冒领分发的公共配给，也可以自我为中心构筑起欲望主体的小世界，戴金丝边眼镜的广东人在自己搭建的小空间内对物品严加防范。当更大的威胁人类生命安全的洪水灾难愈加凸显时，饥渴、寒冷已不再是迫切要满足的人类欲望。面对生存欲望的无限，严酷的现实使人类意识到："个体须依靠群体而存在，个体的生存就系于群体的安危之中。"欲望空间的无限延伸，使孤岛上的人们意识到他者的重要性，人只有超越自己的欲念，超越自我中心，才能战胜孤独、绝境以及死亡的恐惧。小说基本割裂了个人化的情感诉求，其后的伤痕、反思、改革小说中也未曾对人性欲望进行正面、纵深笔触的描写。《孤岛》以充满幻想色彩的虚拟空间，对欲望进行自由书写，并对人类生存欲望的无限性、超越性进行了哲学层面的理性思辨。此外，也为人文幻想小说的叙述可能性提供了新的视域。

三 梁晓声《浮城》对社会危机的预言

西方幻想小说往往虚构一个与世隔绝的孤岛，据此可以为作家提供一个自由想象的独立空间。乌托邦小说的孤岛是一个重建的社会，它是有序的，也是安宁的，使人向往。柯云路的《孤岛》还带着理想主义的激情和乌托邦的幻想，小说的主题致力于危机的解决。梁晓声的《浮城》，故事也发生在孤岛上，但它却是漂浮无根的、混乱不堪的，浮城是一种灾难的结果，小说是一部反乌托邦的灾难叙事。

1."浮"想联翩

我们人类赖以生存的地球是无数星体中的一个，从人类现在的科技所探寻到的外太空来看，到目前为止还没有发现有生命迹象的星球。人类只是栖息在地球一小块的陆地上，大片的海洋包围着我们。萦绕在我们心头的是：既然我们的陆地被大片的海洋包围，会不会有一天陆地被海洋淹没而漂浮在海洋之上，就如同融化了的冰川一样最终和海洋融为一体，从而导致人类的灭亡？面对这种忧思，生长在上海的梁晓声为我们展开了自然的联想，一个未来可能发生的事件，一座城市在一夜之间与大陆发生了断裂，成为孤岛，漂浮在大海之上。作家的想象建立在一个"浮"字上，一个"浮"字包括了相当多的社会信息和容量。

中国在社会转型过程中，传统的价值观解体了，新的价值观还没有建立起来，社会处于一种无序和盲目的运行之中，"跟着感觉走"成为那个时代的主题歌。人们的行为体现出一个"浮"字。浮躁、浮浅是社会呈现出的通病，物欲横流、一夜暴富的思想主宰着人们的行为。小说一开始就是一场妓女与嫖客的交易,这个时代的妓女也不似从前的妓女,她们把一切都看成"玩儿"。因为社会也把一切都看成玩:"玩深沉,玩思想,玩责任感,玩忧患意识,玩斯文,玩粗野,玩高雅,玩低俗,玩文学,玩音乐,玩电影,玩感情,玩海誓山盟,玩真挚,玩友谊,统起来就是玩人生,玩现实。"① 妓女就是玩爱,她们的一场交易就变成了一场闹剧。在价值观念混乱的情况下,一种人是灵魂空虚,他们空虚的灵魂渴望着一种大刺激,就是不顾生死,不管后果,只要刺激就好,城塌了也好。另一种人是无所谓,什么都"懒得"做。"他们的口头禅是'懒得'怎样怎样。他们的精神状态是一切一切都'懒得'去想'懒得'去做。直至'懒得'恋爱,'懒得'结婚,'懒得'活着。他们之所以还一个个活得好好儿的,在数量上有增无减形成绝不容忽视的一类,乃是因为'懒得'自杀。"② 当城市塌陷的时候,他们欢天喜地地唱着《一无所有》,向人们昭示他们的人生宣言:"懒得恐惧!懒得惊慌失措!懒得绝望!"这就是一堆行尸走肉!其中典型的一位是马国祥,他是一个"酒精免疫"者,在这个"醉醺醺的年代",他成了时代的宠儿,陪酒成了他的第二职业,连市长与外国人谈判也要带上他,以酒量大小比拼双方实力。当他们玩过、醉过之后,他们发现了城市的崩塌。

在知道了自己还处在落后国家的地位后,国人崇洋媚外的心理日益强盛,向往日、美等发达国家达于极致,甚至渴望自己的国土漂向日本和美国,自己也好成为日本人和美国人。在城市崩塌之际,市长还向全体市民喊话说:"浮城是非常稳固的,好比是世界上最大的航空母舰,浮动将成为常态,而且它正朝着日本九州漂去。"人群中发出了欢呼声:"日本!日本!!日本!!!""挣日元!挣日元!!挣日元!!!""他们欣喜若狂。冒雨涌上街头,敲锣打鼓,载歌载舞。就在这时,一个惊天动地的狂涛巨浪吞没了许多市民,活着的人仍然在做着去日本的发财梦。"作者对国民精神萎缩的批判可见一斑。他警示人们:社会价值观念的扭曲和漂浮不定将会导致国将不国。据此,作者不禁想到,如果有一天城市也整个"浮"起来会怎样?小说的想象完全建立在现实的逻辑和推断之上。

2. 城市与环境的崩塌

随着现代化进程的加快,其中的弊端逐渐显现出来。环境的恶化、资源的耗竭,人类可持续发展受到严重挑战。在这样的背景下,梁晓声用他

---

① 梁晓声:《浮城》,文化艺术出版社2006年版,第5页。
② 同上书,第61页。

敏锐的观察和想象给我们构思了一个幻想的城市——浮城,并通过城中令人惊惧的状况向我们展示了他对未来沉重的思考和深深的忧虑。小说主要思考了城市和环境的问题。首先是自然环境的恶化导致城市的崩塌。自然环境是人们周围的各种自然因素的总和,如大气、水、植物、土壤、岩石矿物、太阳辐射等,这些都是人类赖以生存的物质基础。人类是自然的产物,而人类的活动又影响着自然环境。从自然环境方面来讲,虽然人类一直害怕大陆有一天会被海洋吞没,但在现实中从来就没有出现过。作者现在把这一极端的恶果展现出来,把人推到了极度的恐惧当中。四周是海,而生存的这一块陆地在海上漂浮,又不知何时会沉没。正如小说所描述的那样:"这一座城市,从陆地上断裂下来了!如同瓜从蒂上掉了,滚到了海里!它四面皆海。它的负面,到处呈现着狰狞可怕的情形,令他触目惊心。断裂到处造成悬崖峭壁。""这时他脚下的地开始断裂。那是一种无声的断裂。接着是无声的坍塌……他惶惶然跑到家门口,跑到老婆和女儿跟前。回头一望,刚才那一大块陆地,也已不复存在。"①"他以为已是世界末日降临,连城市也没有了,这世界只剩他一家三口人和托着他不知究竟还剩下多大的一块陆地。"小说向人们发出了严重的警告:如果这样发展下去,总有一天,地球会把我们抛向可怕的境地。城市处于海上漂浮状态,所以一直在旋转,东西街成了南北街了。"辉煌的炎日几乎垂直照射着这座浮城,如同照射着一艘巨舰的甲板。'甲板'上一切物体的影子,比陆地上的物体移动得快多了。浮城一刻也没有停止自转。建筑物、街道、人都随着浮城而自转,似乎是一个像太阳、地球、月亮一样可以自转的星球,但人们在上面却不像在正常的陆地一样,人们在上面走不稳。""但是城市所有走着的人全都像酒醉七分的样子。一个个摇摇晃晃的。有人走一段路奔过去,搂住树干或电线杆子什么的定定心,稳稳神儿,再扑奔向另一个看准的目标。行路变得近乎游戏,这反而使所有人都觉得怪好玩儿的。"作者对于自然环境的幻想正是出于对人的生存环境的幻想。人与动物的和谐相处是地球存在的基础,也是人类生存的基础,但是现代工业污染了环境,破坏了动物的生存空间。海鸥本是大海上常见的鸟类,以海滨的昆虫、软体动物、甲壳类动物以及耕地里的蠕虫为食,也捕捉岸边的小鱼。有些大型鸥类掠食其他鸟的卵和幼鸟。它们性情温顺,不攻击人。但是在浮城中的海鸥却主动攻击人类,抢占人类的生存空间,并且更触目惊心的是,它们啄食人肉。以至于在浮城中上演了一幕惊心动魄的

---

① 梁晓声:《浮城》,文化艺术出版社2006年版,第38页。

人、鸥大战。"这些海鸥这些随着漂移的城市,从内陆海远征到大洋上的海鸥,一厢情愿地将这座城市当成了一座岛屿。他们同仇敌忾企图占领整个岛屿。""它们不打算和这座城市里的人和平共处。它们不信任人。它们断定人不可能不伤害它们。"① 这种描写是站在海鸥的立场上描写海鸥的心理。在人类的生存空间被海鸥侵占之后,人类开始了残酷的反攻,结果使海鸥更加疯狂。"海鸥以它们凌厉的闪电般迅速的使人根本来不及躲避的进攻,阴险地将人驱赶向海里。并绝不允许落水之人再游向那岸。"② 最终导致海鸥攻击人并且吃人肉现象的产生。这正是出于对人与动物之间的关系的思考而产生的幻想。这种幻想本身就是沉重的。人和动物本来生活在同一个世界当中,应该和谐相处才能共同发展,可当人类变得越来越聪明、越来越强大时,人类的活动范围也变得越来越大,这无疑抢占了一些动物的生存空间。当动物生存的空间变得越来越小时,人与动物之间会不会为了各自的生存而展开一场大战呢?当它们的生存空间受到威胁时,即使最温顺的动物也会变得疯狂,这无疑是一个值得我们去深思的话题。万物之灵的人们凭借着高科技,如坦克、飞机、枪、化学药剂而赢得了这场战争,消灭了海鸥。人与动物的对峙,人类的最终胜利说明了人类是不可战胜的,自然是不能够毁灭人类的,能够毁灭人类的只有人类自己而已。对于动物来说,无论从现实出发还是从幻想出发,它最有力的武器是牙齿和爪子,还有的是毒液,但是这种力量是有限的,人类却发明了可以毁灭地球几百次的武器,人类正在自掘坟墓。梁晓声对现代性发出了严重的质疑。

3. 人的沉沦

随着环境的恶化而来的是人性的改变。现代性的刺激使人的欲望恶性膨胀。资源的匮乏导致人们恶性竞争,人性变异。梁晓声以犀利的笔锋描写了浮城中的人心理的扭曲和行动的变异。梁晓声给我们提出了一个深刻的问题:在世界末日来临的时候,人将会变成什么样子?小说从很多方面展示了人的沉沦。

第一是众人制造并参与恶作剧的变态心理。人们恐惧灾难,但是又似乎在盼望灾难,因为对灾难也怀着不可思议的"好奇心"。人们争相购买和阅读《1999年世界大劫难》,书店忙得数不过来钱,着实发了一笔劫难财。在预感劫难即将到来时,人们一改平日的压抑和克制,变得声嘶力竭,不顾一切。赵宝刚是一位普通的市民,在街上遇到了从前开除他的处

---

① 梁晓声:《浮城》,文化艺术出版社 2006 年版,第 56 页。
② 同上书,第 58 页。

长，两人发生争吵，赵宝刚一怒之下把这个处长举了起来，周围都是看热闹的人，边看边乐，就是没人劝解。从赵宝刚的立场来看，如果在平常情况下他会考虑自己的工作、对家庭的影响，决不会鲁莽做事得罪人，一方面是权力的压制；另一方面是出于对自己生存的考虑。但是在浮城的这种环境之下，这一切在成为浮城的那一夜就不复存在了。周围的人现在不但有时间看，而且为了打发沉闷的无聊的时间而看。这一出戏满足了人们这种变态的不健康的心理，更何况老百姓有几个没有受过当官的气，所以人们已被恶作剧下的快感所围，在这种浮城情境下，人们解除了一切规矩、道德的束缚，从而发生了人格的、人性的变异。

第二是游戏式的残忍。由于社会的混乱、金钱的诱惑，人们不可能预知未来。社会价值观的丧失把一个不太坏的人变成了残忍的人。小说描写了这样三个强盗，他们本来不是强盗，只是想发点灾难之财，去推销假的"推背图"，被人识破之后来到了商场。他们知道商场一楼只有一个教授和一个昏迷的导购小姐。当发现柜台中都是金银珠宝时，他们产生了邪念。他们就用玻璃片把教授的头割了下来，用碎玻璃把昏迷的导购小姐毁了容。这种猖狂的行为在正常的秩序之下很快就可以破案了。但浮城现在一团糟，法律失去了其威慑力，一个普通人就这样变成了残忍的杀人犯。人们漠视他人的生死，一心只为自己。社会混乱使一个个普通人都失去了自我，失去了忍耐力，变成了野兽。

第三是邪佞的报复。当人所身处的环境、地位发生了可怕的变化时，一个好人就变成了一个杀人犯。广智本来是一个乡下的富人，他善良、乐善好施。因为逃难从乡下来到市里后，失去了一切。当邻居婉儿为了报答他的岳父——孟祥大爷的恩情，而要求他与"哥"一起生活时，他拒绝了。并且为了一支烟与人拼命，把那个有烟之人掀到了水里。他在其中不仅体验到了报复的快感，而且也体验到了掠夺的兴奋。在这种恶劣的环境中，他已经失去了自我，并且当得知"哥"有几十万美元时，为了侵吞那一笔钱而残忍地杀害了"哥"。这时他已由一个好人、一个善人，变成了一个杀人犯，一个以自我为中心的功利主义者。这种忌恨别人比自己富有之心使他完全地发生了变化，变得不再是一个正常人。

第四是同胞互憎的丑恶。这集中体现在了救生圈事件中。当人们得知商场卖救生圈之后，人们抢劫了商场，但这只不过是一小部分人拥有罢了，大部分人仍处于一无所有的状态。于是这些没有救生圈的人自觉形成了一个组织，堵截一切有救生圈的人，并且挨家挨户去搜查，相互揭发。最后把这些救生圈堆在街头全部销毁，这充分体现了同胞之间的相互忌恨，这种忌恨之心，使每一个人都变成了报复的对象。"要死大家一块死，我死了，你活着不行，我非得把你整得和我一样才甘心。凭什么你活着我死，凭什么你有救生圈我没有"，这种变态的心理导致人的行为变态、人的异化。人们已经疯狂了，变成了野兽，为了生存而处处带有攻击性。

第五是无政府状态的心理病毒。一切社会体制彻底坍塌，使人类从文明时代返回到了野蛮时代，人异化成了原始人。当浮城中的人们得知浮城要漂向日本时，人们兴奋了，但也就在此时，有人绑架了市长，并且出现了三个派别：一是"五星红旗派"，主张浮城是中国的，永远属于中国，应该按照原来的体系来生活。二是"太阳旗派"，认为应该允许人们去日本，过着和日本人一样的生活，他们甚至把城市漂移到日本九州看作一趟免费旅游和出国观光，"在黑夜时好像见到了太阳！欢呼着要去挣资本主义的钱"。真是国格丢尽！作者不禁哀叹道："灵魂已别躯壳去，阴曹空有望乡台。"三是"公社派"，认为要实行共产主义。于是这三派为了捍卫自己的利益而展开了一场大战，市长也在这次大战中意外自杀死去。浮城更是一片混乱，没有了领导，没有了政府，浮城因为这一次械斗而几乎成为一片废墟。斗争的结果是这三派最终达成一致，任何人想怎么生活就怎么生活，想干什么就干什么。可日本却设置了高科技电子墙，阻止浮城进入日本，浮城中的一部分人经受不了这种打击而选择了自杀，另一部分人为了食物而争斗。男人们肆意侮辱妇女，一些女人则冷眼旁观。人们都为了自我的生存而大打出手，男人们完全不掩饰对女人的欲望，凭着强壮的优势强奸妇女。人们变得如野兽一般生活，为了捍卫自我的生存权利不惜以牺牲他人的利益为代价。几千年来建立的文明没有了，秩序没有了，法律没有了，道德没有了，尊重没有了。有的只是为了自我生存而争斗的野蛮行径。这是人们异化的高潮。人退化成了动物。文章的结局也是悲哀的。人们又幻想着浮城向美国漂浮，"人们高呼美国！美国！自由女神万岁"，为此甚至拒绝中国营救船的营救。后来一部分人平静了，上了救援的军舰，另一部分人则随着浮城不知消失在何方，归国的人们又开始了新一轮的互相揭发的大战。小说中无论是个人的沉沦，还是群体的沉沦，都告诉人们人类的生存危机时时存在，我们应该警醒。

4. 小说的危机意识及意义

《浮城》写于1991年，正是20世纪末。对于中国来讲，正是改革开放初见成效、人们的物质生活水平大大提高的时候，但是人们的精神却出现了危机，环境也出现了恶化。环境污染，动物、植物的数量每年以惊人的速度在减少，人们的生存环境面临威胁。在高度发展的背后，我们也付出了惨重的代价,如果未来如此发展会出现什么情况,这是个值得思考的问题。当代文坛出现了一个"生态文学"创作的思潮,梁晓声以他大胆的想象,把生存空间极度恶化,向我们展现出了他深深的忧思。然而,《浮城》已远远超出了"生态文学",作者对于人类未来生存危机的思考更加深远。无论是对于过去、现在还是将来,这种事情会不会发生,都还只是一个未知数,他以他的幻想给我们展示了未来的可能性,而这种可能性本身就是有意义的。生活在现实中的人们往往带有很大的盲目性,犹如"文革"期间,人们拼命在山上开荒种地,还以为在改造大自然、战胜大自然,其实是在破坏自然。经济的发展以环境的恶化为代价,已经显示了它的恶果,大气污染已经到了让人窒息和无法容忍的地步。人类社会向何处去,我们需要人类社会发展的战略家来思考这些问题,否则,灾难真正到来的时候就悔之晚矣!

梁晓声在谈到《浮城》的创作时说:"我想说的意思其实是,所谓荒谬主义对于作家的创作,无非是两种引力的作用满足想象意趣,好玩。时而娱己,时而娱人。或者其实并不着迷于想象力,只不过面对现实胸结块垒,却又没法用现实主义的小说去消解它,遂乞灵于荒诞……在我,当然是后一种情况。"[1] 这说明他选择这种幻想的形式,是由于心中那沉重的思考不能用现实主义的形式来表现。他也许还没有意识到人文幻想小说的创作,但是他感觉有些思想和情感是现实主义小说无法表现的。

作者希望他的创作能够引人关注,给后世以警醒和启迪作用。他说:"我的《浮城》使我像猫头鹰、乌鸦一类的叫声惊悚的枭鸟,像道出可怖危言的巫婆。"[2] 的确,看到小说中呈现的问题真是触目惊心,似乎有些过于夸张,情节和人物也十分混乱,完全没有诗意和美感。然而仔细想来,似乎非如此不足以让人警醒!这种灾难小说将与现代化进程相伴随,不断提醒人们的行为要为未来着想,不要仅为眼前利益而牺牲人类未来的生存希望,未来人类将会面临怎样的环境?人将会变成什么样?文明社会是不是会消失?人与自然的关系应如何处理?这种对于未来的忧虑不是多余的,是值得我们去认真思考的。但这类小说并不多,对此,梁晓声呼吁:"我愿看到中国出版更多的荒诞小说。"在当代人文幻想小说的复苏中,梁晓声走在了前面。

---

[1] 梁晓声:《浮城·序言》,文化艺术出版社2006年版,第2页。
[2] 梁晓声:《关于〈浮城〉的补白》,《光明日报》1994年3月2日。

四 王小波小说对未来世界的警示

王小波认为小说应该多一些想象。他说:"我总觉得一门心思写单位里那些烂事,或者写些不愉快的人际冲突,不是唯一可做的事情。举例来说,可以写《爱丽丝漫游奇境记》这样的作品,或者,像卡尔维诺《我们的祖先》那样的小说。文学事业可以像科学事业那样,成为无边界的领域,人在其中可以投入澎湃的想象力。"[①] 他的小说创作目的之一就是追踪卡尔维诺的想象,但他对乌托邦却持怀疑态度。

1. 王小波对乌托邦的质疑

王小波主张小说的想象力,但他反对政治上的虚妄,反对乌托邦强权。他在《〈代价论〉、乌托邦与圣贤》一文中说:"乌托邦是前人犯下的一个错误。不管哪种乌托邦,总是从一个人的头脑里想象出来的一个人类社会,包括一个虚拟的政治制度、意识形态、生活方式,而非自然形成的人类社会。假如它是本小说,那倒没什么说的。要让后世的人都到其中去生活,就是一种极其猖狂的狂妄。现代独裁者的狂妄无非是自己一颗头脑代天下苍生思想,而乌托邦的缔造者是用自己的一次的思想,代替千秋万代后世人的思想,假如不把后世人变得愚蠢,这就无论如何也不可能成功。现代社会的实践证明,不要说至善至美的社会,就是个稍微过得去的社会,也少不了亿万智人的推动。无论构思乌托邦,还是实现乌托邦,都是一种错误,所以我就不明白它怎能激励人们向上。"[②] 王小波反对乌托邦的一个重要原因就是不满历史与权力的强加。他又说:"从柏拉图到马克思,有太多的人为全世界和人类生活设计一个理想社会。对这些人我表示尊重。但我痛恨这些想法——如果有人变得幸福,未必是通过他人的努力。一个人只能为自己创造幸福。有人为我们的世界找到一个新的救世主:儒家思想。可他们为什么要强加于人呢?这正是惹恼我的原因。"王小波是一个怀疑论者,他有一部小说集叫《怀疑三部曲》,收集了《寻找无双》《红拂夜奔》《革命时期的爱情》三部长篇小说。他的小说就是对乌托邦思想的解构。他写未来,不是对未来怀有什么希望,而是认为未来不比现在好,过去不好,未来也不会好到哪去。王小波自己及其友人、评论家都曾提及奥威尔的《一九八四》对王小波的影响。他的早期作品

[①] 王小波:《关于幽闭型小说》,《一只特立独行的猪》,北方文艺出版社 2006 年版,第 88—89 页。

[②] 王小波:《〈代价论〉、乌托邦与圣贤》,《一只特立独行的猪》,北方文艺出版社 2006 年版,第 54 页。

《二零一零》就有明显的《一九八四》的痕迹。此篇小说后来被改写成为《二零一五》，并与《白银时代》《未来世界》形成《白银时代》系列。正如艾晓明所言："由这个作品开始，他在一九九五年完成了《二零一五》，在一九九六年写了《白银时代》，这三个作品构成了他的反乌托邦未来叙事系列。作品都是以未来时间为舞台，以我们这个时代的乌托邦逻辑为经纬，推展演变。"其逻辑推理的关系是：如果现在这样子，走到未来会更糟。

王小波《革命时期的爱情》，从题目上看应该是一个温馨浪漫的爱情故事，一个革命和爱情的乌托邦。长期意识形态的灌输，使我们一想到《革命时期的爱情》，就是《青春之歌》等经典作品中表现的模式。然而，王小波的这部小说不是对革命时期的爱情的怀念和向往，而是对所谓的革命时期的爱情的讽刺。在革命时期的爱情是荒诞的。在这部小说中，王小波多次提到他受梦幻式画家达利绘画的影响，以达利式的狂放姿态嘲讽了革命时期的荒诞行为。王小波说他常常"自以为是毕加索或者是别的什么画家，在画廊里展出我画面杂沓的画"。的确，我们看到，他在小说中不断展出一些达利式或者毕加索式的荒诞不经的图像。

王小波从厕所的淫画中找到达利荒诞性绘画的源头。在《革命时期的爱情》这部小说中，主人公王二在豆腐厂当工人的时候，他经常用碳素笔画素描，后来在厕所的墙上画了裸体女人，开始只是一幅白描，后来有人在裸体女人身上添加了一个毛扎扎的器官，并且写了一个女人的真名实姓，人们都以为是王二画的。从此王二的厄运就产生了。小说写道：

> 厕所里的那个女人画在尿池子上方，跪坐着手扬在脑后，有几分像丹麦那个纪念安徒生的美人鱼。但是手又扬在脑后，呈梳妆的姿势。

这幅画就像达利的恶作剧，给蒙娜丽莎画个小胡子。小说中的美人鱼却跪坐在尿池子上方，肚脐上还画了个毛扎扎的性器官。王小波在这里形象地表明：肮脏的社会行为才是荒诞文学产生的根源。

王二画了许多荒诞画，其中有一幅叫"磨屁股"。所谓磨屁股，作者解释说："或者是有人把你按到那个椅子上，单磨你的屁股，或者是一大群人一起磨，后一种情形叫开会。"总而言之，你根本不想坐在那里却不得不坐，这就叫磨屁股。王二画的磨屁股是这样的：

一张太师椅，椅面光洁如镜，上面画一张人脸，就如倒影一样。椅子总是越磨越光，但是屁股却不是这样，我的屁股上有两片地方粗糙如砂纸。

　　因为讨厌开会，坐在椅子上如坐针毡，这种磨屁股的功夫和感觉恐怕中国人民都不会陌生。

　　王二在卢浮宫里看到了蒙娜丽莎，她的微笑让王二产生了许多怪诞之感。他觉得"这娘儿们笑起来的样子着实有点难拿，我也不知道怎样形容才好"。他说，这种微笑挂在我脸上，某些时候讨人喜欢，某些时候很得罪人。他记起了几件事，都是微笑惹出的祸。"在评职称的会上这么笑起来，就是笑别人没水平；在分房子的会上笑起来，就是笑大家没房住。"当然得罪人。所以王二希望有人发明一种检测微笑的仪器，将其植入脸上，在他准备微笑的时候，就放出强脉冲来，把微笑电回去。试想一下，微笑竟然惹祸，一个人连微笑的权利都没有，这是何其荒诞的社会！

　　在《革命时期的爱情》中，有个人物脸上经常挂着一种古怪的笑，她就是×海鹰。×海鹰是一个团支书，是对王二进行"帮教"的头头。但在王二的心中，经常生出对她大不敬的念头，认为×海鹰带着一个面具，很虚伪。王二在心里为她画过几幅像，充满了对她的嘲讽甚至亵渎：

　　　　如果让我画出×海鹰，我就把她画成埃及墓葬里壁画上的模样，叉开脚，叉开手，像个绘画用的两脚规。这是因为她的相貌和古埃及的墓画人物十分相像。

　　　　×海鹰也有一种古怪的笑容，皮笑肉不笑，好像一张老牛皮做的面具，到了在大会上讲话时，就把它拿了上来。像这样的笑容我就做不出来。

　　王二的"荒诞"行径使他成为一个受"帮教"的人。×海鹰不断对他进行帮助教育，他内心是十分抵触的、反抗的。他画了一幅自己受"帮教"的画：

　　　　就把自己画成个拳头的模样，这个拳头要画成大拇指从中指和食指伸出的模样。这种拳在某些地方是个猥亵的手势。但是对我来说没有这个意味。我小时候流行握这种拳头打人，大家都认为这种拳头打人最痛。

后来王二当了大学生、研究生,直到当上了讲师、副教授,还是经常被按在椅子上接受"帮教"。王二的脑子里不断地翻滚,画着一些荒诞的图画。他说:"假如头顶上有彩色电视,气死的就不只是一个×海鹰,还有党委书记、院长、主任等等,其中包括不少名人。"在《革命时期的爱情》中,这样的图像比比皆是。他用达利的方式表现了革命时期各种各样的怪诞相。他说因为看到各种怪诞景象,于是开始学画,打算做个画家,"因为不如此就不足以表达我心中的怪诞——我不知达利是不是因为同样的原因当了画家"①。他从达利的绘画中找到了自己创作的方向和灵感。他小说创作的黑色幽默风格也由此形成。

2. 想象未来世界的可怖

《白银时代》系列可以称为王小波的反乌托邦小说。《白银时代》的故事时间是 2020 年;《未来世界》的故事时间是 21 世纪;《二零一五》的故事时间已经很清楚了。这几部小说都是写未来世界的。

《白银时代》的中心就是回答未来是什么样的问题。因为老师说将来的世界是银子的。这是老师给学生描摹的未来世界,一个乌托邦。小说解释说:"希腊神话里说,白银时代的人蒙神的恩宠,终生不会衰老,也不会为生计所困。他们没有痛苦,没有忧虑,一直到死,相貌和心境都像儿童。死掉以后,他们的幽灵还会在尘世上游荡。"② 而"我"认为未来世界是未知的,是一个谜,自己很不想进入谜底。

现在当"我"真正进入未来——2020 年的时候,世界却不是银色的,而是灰色的,甚至是黑色的。"我"一直生活在老师的阴影中,感到的是一个令人压抑和窒息的社会。"我"写的小说就是对学生生活的回忆,老师给学生留下的都是可怕的记忆。"我"带着黑色的眼晕,看到老师穿着黑色的衣服,她打了个手势,就有两个高大的黑奴朝他扑来,把他从教室里拖出去。老师带来一罐蜜糖刷在他身上,让蚂蚁在他身上云集。老师的虐待导致"我"日后的抑郁。在他的记忆中,老师都是"茫茫黑夜里的一个灰色影子"。她用尖尖的手指掐他的皮肤,让他一定要记住,将来的世界是银色的。这种乌托邦观念几乎像魔咒一样包围着他。"我"在未来世界里参加了工作,在写作公

---

① 王小波:《王小波小说全集·黄金时代》,长江文艺出版社 2010 年版,第 147 页。
② 王小波:《白银时代》,北方文艺出版社 2006 年版,第 52 页。

司，人们在写作公司工作只有两件事可做：枪毙别人的稿子或者自己写出的稿子供别人枪毙。公司里有一个漂亮女人爱穿棕色的衣服，被叫作"棕色的"。她因为下乡体验生活，一天晚上走在路上被四个壮汉轮奸，精神变得有些不正常，经常像祥林嫂一样向人们讲述她的不幸遭遇。在"我"的想象中，"棕色的"被关在一个竹笼子里了。笼子非常小，她在里面蜷成了一团，手脚都被竹篾条拴在笼栅上。就像菲律宾的一些原始部落搬迁时对待猪一样。他们甚至还把"棕色的"嘴巴也拴住，防止她胡说。这就是白银时代。

在《未来世界》中，小说的时间是21世纪，但其生活完全是现实生活的延续。小说一开始就说："我舅舅20世纪末生活在世界上。"接下来还说："现在和那时大不一样了，我们的社会发生了重大转折，走向了光明。"这是我们意识形态的主流话语，告诉人们明天会更好。对于这种乌托邦的承诺，王小波给予了解构性的叙事。小说的第一部分是写"我舅舅"的那个时代，那个时代最大的特征是对人的蔑视，是对人的尊严的践踏。比如，舅舅在1999年的某一天去北京的西山公园散步，时间有些晚了，被公园管理人员叫去询问，问他带没带证件，舅舅给她看了身份证。管理员又问他是干什么的。他说不上班，在家里写作。管理员问有没有会员证，舅舅说没有会员证，就是无业人员。管理员把门关上，让他把衣服脱光，赤身裸体地站在鞋子上。而且说要打电话问问有没有你这个人。接下来有一句议论很有意味："我认为这种说法很怪。上上下下都看到了，有这个人还有什么问题吗？"这就是社会问题，人被遮蔽了，被一堆外在的东西替代了，人本身却被忽略了。一个大活人站在面前，却要打电话去求证有没有这个人，这不是很荒唐的事情吗？而我们社会的管理人员却习以为常，理所当然，他们是认证不认人。王小波就是通过这些方面发现和讽刺专制社会的荒谬。

小说的下篇是写"我自己"。我自己到了21世纪又会生活得怎样呢？"我"因为犯了直露和影射的错误被取消了身份，取消了身份证、信用卡、住房、汽车、两张学术执照，连两个博士学位都被取消了。然后被重新安置，胆子大的人迟早都要被重新安置。所有的问题都由公司安排。在这些被重新安置的人里，有一位怀疑主义者被安置在屠宰厂里，让他往传送带上赶猪，结果他把自己送上去了，被碾得粉碎，表现了专制时代的残酷可怕。

在小说《二零一五》中，我舅舅是个无照画家，因为无照画画、卖画而犯了罪，被逮住关在派出所。警察说，骑辆自行车都有执照，更何况是画画。舅舅时常被派出所抓去,"我"的一个任务就是时常去派出所把舅舅领回来。后来,舅舅被送到习艺所。在习艺所里有各种各样的新潮艺术家,他们每天早上都要演示学员的作品,小说、诗歌或者电影什么的,然后让作者解释作品的意思,开始他们都说这是艺术,不是外人能懂的。但是有人就会在他们头上敲两棍。然后他就说自己是为了哗众取宠,以博得虚名。反正他们都学会自我保护,避重就轻。舅舅只一味装傻,积极举手,回答总是不会。后来,教员给舅舅穿上紧身衣,举不起手来了。舅舅还是多嘴多舌,教员又给他嘴上贴上膏药,下课才揭下来,把满嘴的胡子都拔光了。舅舅的错误就是因为画出的画没人懂,仅此还不要紧,那些画看上去还像是可以懂的,这就让人起疑,觉得他包藏了祸心。习艺所对学员非常残酷,其中有一个测智商的仪器,是测试学员忍受能力的,非常残酷,测试之后,学员往往瘫倒,教员把他们背出来。食堂里遇到毛没有去干净的猪头、猪肘子,也会送来测测智商,测得的结果是猪头的智商比艺术家高,猪肘的智商比他们低些。小说无情讽刺了专制主义的非人道。王小波对于象征权力的各种证照深恶痛绝,极力加以讽刺。小说中的知识分子,不管从事什么职业,都得纳入一个管理体系中来。在王小波看来,专制主义最终导致人性的泯灭。在专制主义如此根深蒂固的前提下,对于人类未来世界的前景,王小波是悲观的。

五 刘震云《故乡面和花朵》:一部超级幻想小说

1998 年,刘震云发表了他历时八年的心血之作《故乡面和花朵》,长达四卷,近两百万字。作品发表以后,评论界却感觉茫然和无语。这是一部什么小说呢?无故事,无结构,胡言乱语,颠三倒四,完全颠覆了惯常的阅读和审美经验。评论界从新奇到冷淡,"使得这部作品已经濒临被忘却的边缘"[1]。陈晓明认为,《故乡面和花朵》"要么是 20 世纪末最大的骗局,要么是当今时代最伟大的著作;如果不是刘震云和文学界开的最大玩笑,那么我们只有承认它是划时代的作品"[2]。的确,这是一部极其庞杂的作品,不是一句先锋与反先锋、现代与后现代、乌托邦与反乌托邦所能概括的。它不仅超现实,而且超幻想。陈晓明说他对《故乡面和花朵》的解读是以"对经典的哀悼而告终"。笔者也不敢说这部小说的经典性如

---

[1] 陈晓明:《故乡面与后现代的恶之花——重读刘震云的〈故乡面和花朵〉》,《解放军艺术学院学报》2004 年第 3 期。

[2] 同上。

何,但是在人文幻想小说的历史上,它是一部超级幻想小说,一部不可多得的奇书。

1. 无界幻想:童年游戏与乌托邦

这是一部荒诞不经的作品,你可以说它胡说八道、胡编乱造、闹剧、胡闹……作者在题记中就已经明确告诉读者,他是在开玩笑:"为什么我眼中常含着泪水,是因为这玩笑开得过分。"他在"部分写作资料来源"中列举了荒诞的现实和历史,还有一些书籍如《聊斋志异》。小说描写的不是人与人的关系,而是人与动物、植物、无有的关系,还有乡村中童年朋友的游戏。根据传统的现实主义阅读方法和审美习惯自然看不下去,不忍卒读。如果换一种角度,用幻想甚至是超幻想的角度去看,就觉得妙趣横生,有一种不可思议的魅力。用"天马行空""自由驰骋"这样的词来形容还欠准确,可以说是无稽的幻想,无理性,无逻辑,无边际。陈晓明说:"前面三卷也可能是一个梦境,这一切完全没有现实的真实的逻辑。"他称刘震云是一个"胡闹的先知"[1]。

小说的前两卷是前言,第三卷是结局,第四卷是正文。对于这样建构小说的目的,作者明确地说出了他的创作意图:"我要在这张扬的《故乡面和花朵》飞舞和飘动了三卷之后——你是三个大气球吗?现在要坠一个现实的对故乡一个固定年份的规定性考察为铅铊。……不使它们像成年之后的人一样过于张扬和飞向天外或魂飞天外,自作主张或装腔作势——那就不知道自己吃几碗干饭或家里和狗窝里还剩下几块干馍喽。"[2] 从这段创作谈来看,正文的主人公是一个十一岁的孩子。作者说前三卷是飞翔的"气球",第四卷是一个"铅铊",要把这个"气球"拽住。说明前三卷正是这个十一岁的孩子放飞的"气球",它是童年的游戏和梦想。作者在卷三中讨论了前两卷的实质就是孩子的游戏,他们正玩着跳方格或是跳皮筋:

> 我们旁若无人,我们突然明白了谁是精神上的不撤退者呢?就是自我时代的永远长不大的童年。我们多像一个固执的优秀的中学生呀。我们就是要用这种文体、固执和尖锐来操作我们的情感。什么时候玩累了,觉得这个游戏没有意思了,我们才将这个游戏的谜底揭给

---

[1] 陈晓明:《故乡面与后现代的恶之花——重读刘震云的〈故乡面和花朵〉》,《解放军艺术学院学报》2004 年第 3 期。
[2] 刘震云:《故乡面和花朵》卷四,华艺出版社 1998 年版,第 1629 页。

你们看呢。①

表面看起来，小说有很多理性的思考，但在细节叙述中却充满了儿童的情趣和游戏。有一天，六指无意中给小麻子理了个"一头鸡毛"的发型，马上在世界上风行起来。这是一个什么样的发型呢？

> 我的天，红眉绿眼再配上这种一头直冲云霄的杂草、铁丝和类似监狱墙上扎的玻璃碴子，里面还乱爬着蚯蚓、屎壳郎和泥鳅，这是多么的抽象和后现代啊。②

不仅如此，人们对六指创造的这种发型还有发展：

> 不但在头发里藏蚯蚓、屎壳郎和泥鳅，而且开始往里藏毒蛇。人在街上走，头发里突然站立起一只毒蛇，以迅雷不及掩耳之势，向前吐出一尺多长的游丝般的血红的舌信子，又转瞬即逝，一切都不见了，人仍在街上走，其景观也蔚为壮观。有时几个贵族在街上走，相互不注意，大家的蛇突然都站起来，都吐蛇信子，几条蛇信子碰到一起，晴空中便响起一个霹雳。③

最后蛇和蚯蚓都找不到了，人们只好找些苍蝇和臭虫往头发里放。苍蝇和臭虫哼的小曲也很快在街头巷尾流行起来。小说的想象就这样无稽地飞翔。这种游戏和胡闹在孩子之间是司空见惯的，我们小时候谁没有经历过类似被吓和吓唬别人的恶作剧呢！

在作者看来，别看孩子的幻想很不靠谱，成年人的幻想更是不切实际。实际上，童年的游戏和梦想是对成人世界的戏仿。不知为什么，在刘震云的小说中，笔者往往想起康有为的《大同书》。康有为《大同书》的理想目标就是消除一切界限，"去国界合大地""去级界平民族""去种界同人类""去形界保独立""去家界为大民""去产界公生业""去乱界治太平""去类界爱众生""去苦界至极乐"。④《大同书》企图抹去宇宙中的一切界限，甚至生死界限，造就一个大同世界。对于康有为的想象，没

---

① 刘震云：《故乡面和花朵》卷三，华艺出版社1998年版，第1214页。
② 刘震云：《故乡面和花朵》卷一，华艺出版社1998年版，第122页。
③ 同上书，第123页。
④ 参见康有为《大同书》，中华书局2012年版。

有人说他是胡闹,只能说他的大同世界是空想和乌托邦。而在《故乡面和花朵》中,也是一个乌托邦。小说的时间是 22 世纪,人们已经返璞归真,骑小毛驴成为时尚。小毛驴的后面挂一个粪兜,粪兜的好坏成为判断一个人身份的标志。"大款们娶新娘,过去是一溜车队,现在是一溜小毛驴,毛驴后面是一溜金灿灿的粪兜。"

小说的时间是无界的。不要说一个世纪,一千年也是可以跨越的。一个人似乎能活一千年。孬舅一千年前是屠夫,打着赤脚,扛着红缨枪,在曹成部队里当"新军"。后来他当上了世界恢复礼仪与廉耻委员会的秘书长。小刘与影帝瞎鹿也是千年的朋友。

> 我与瞎鹿认识了一千年了,在他没出道之前,我们在一起摸爬滚打,相互的底细都知道;从山西大槐树下出发的迁徙路上,还互相捉过虱子。所以他在我面前一时还不好摆架子。平时我对别人吹嘘我们是哥们儿,他知道了也是一笑了之。这时见我提出这么尴尬的问题,他有些不好意思,忙假装有事,抄起自己的全球通,撳号打了几个电话;接电话的当然都是名人,一个是福克纳,一个是王朔,言语之中,似乎都趴在家里给他写本子。[①]

小说中的空间是无界的。从世界上任何一个地方到河南延津县王楼乡老庄村的牛屋,都是来去自由。

小说中的性别是无界的,22 世纪到了同性时代。退休总统基挺·米恩和带引号的女人袁哨(三国时期的袁绍)成了夫妻,他们的夫妻生活过得有滋有味。世界没有性别界限。

小说中人与动物是无界的。人类到了生灵时代,人与动物是一体的。小蛤蟆与紫花公羊、郭老三与一头小公驴、曹小娥与一头小母猪、女兔唇与一头小母兔具有历史的遗传关系,吕伯奢与一只骨瘦如柴的猴子,也是互相转化的。

小说中人物的生死是无界的。千年以前的鬼魂与现世的活人一起开会。

小说中人与人的关系是无界的。乡村剃头匠六指与大资产阶级小麻子从小一起长大,现在小麻子发达了,成了大资产阶级;而六指仍在田头捣大粪,但是两人的关系没有出现鲁迅《故乡》中闰土与老爷之间的隔膜。不管小麻子现在的生活如何奢侈,他都离不开童年的伙伴剃头匠六指,一

[①] 刘震云:《故乡面和花朵》卷一,华艺出版社 1998 年版,第 10 页。

到理发的时候,他就要用豪华的私人专机到地头接六指。六指在京城里给小麻子理完发染完眉眼,就回到田头捣大粪。

有人认为这部小说具有反乌托邦倾向,郭宝亮在《反乌托邦:〈故乡面和花朵〉试解》一文中认为,刘震云这部小说"同奥威尔的《1984》、赫胥黎的《美丽新世界》和扎米亚京的《我们》,有着某种相似性"[①]。的确,小说不时在解构历史乌托邦。然而,从前面的分析中我们又可以看到刘震云的乌托邦,就是儿童游戏,他通过儿童的戏仿表现乌托邦,而且每当说到"花朵"和老娘的时候,就会出现乌托邦情境。在小说第三卷第四章"非梦与花朵"中,人们一边讨论关于生与死的问题,一边还在怀念三国时期那种杀人如杀鸡的时代,一边还有人说"我想念草丛""我想念花朵"。这时候,奇迹出现了:

> 随着突然而至的开天辟地的宏大的整个山谷山野广场和打麦场都被钢琴大号小号和提琴占领的震耳欲聋的音乐响起(指挥竟是村丁小路),桃花开了,杏花开了,红艳艳的杜鹃花也开了,工资涨了,房子分了,老婆由无理取闹的泼妇变成了温文尔雅的大家闺秀,丈夫由瘦驴拉硬屎的穷酸变成了挥金如土的阿拉伯王子,草丛闪开了一条路,花儿急速地向后退,这时眼前出现了一湾一望无际烟波浩渺的大湖。[②]

这个湖就是慈湖,她就是老娘。老娘就是刘震云的乌托邦,老娘就是他的童年记忆和故乡情结。作者以儿童游戏的姿态理解乌托邦的性质和理想,这究竟是建构乌托邦还是在消解乌托邦?在孩子的心中和眼中,幻想无界,成年人世界的空想无异于孩子的本真,原来乌托邦世界是要回到人的童年!童年的游戏是乌托邦的本源。这一发现是一个令人深思的有趣的问题。

2. 把古今中外的人物"和"在一起

《故乡面和花朵》不是正常的结构秩序,它的前两卷是前言,第三卷是结局,第四卷是正文。有的评论家先读第四卷正文,笔者的读法是先读第一卷的第八章,从第329页开始,这一章的题目是"牛屋理论研讨会之

---

① 郭宝亮:《反乌托邦:〈故乡面和花朵〉试解》,《语言、审美、文化》,花山文艺出版社2013年版,第223页。
② 刘震云:《故乡面和花朵》卷三,华艺出版社1998年版,第1169页。

一"。这一章是一个人物表，小说中几乎所有的人物都在这里做了介绍，抓住了重点，自然也就容易读解了。这些人物虽然都聚集在一个乡村的牛屋，媒体的摄像机都架在牛粪上，但是他们的来头可不一般。从古至今，从西方到东方，从大总统到村民都集中在一起，还有各种动物也参与其中。以下是经过笔者简化的人物表，可以一目了然地看到全书的主要人物。

会议主持人：

猪蛋，村长、屠夫。

冯·大美眼儿，秘书长刘老孬之妻、世界名模、"同性关系者回故乡"之领队。

会议出席人：

小刘儿，潦倒文人。特长：会给人捏脚，爱掺和和自己无关的事。

六指，已经过时的著名理发师。爱站在街上对人的新头型评头论足，还爱往过路人头上扔蛇和蚯蚓。

白蚂蚁，没有任何特长的村民，爱小偷小摸。

白石头，白蚂蚁之子。刚与人打完架，脸上还挂着一道道血痕。

曹成，村民。历史上的英雄，曾任魏公、魏王、白脸、丞相等，后落魄流浪。

袁哨，村民。历史上的英雄，情况与曹成类似。

曹小娥，曹成之养女。花容月貌，绯闻较多。

前孬妗，鬼魂。生前大贤大德，死后反悔，现卷土重来，要为上一辈子报仇。

俺爹，村民。见利忘义。

路村丁，村丁。村里开会时，敲着大锣从村里穿过，喊着"开会了"。

郭老三，鬼魂。前村民，生前是一个光棍，死后将自己打扮得光彩照人。

刘全玉，俺姥爷。欧洲教授，留着山羊胡子，纯粹为了让欧洲女孩看着性感。

女兔唇，村民。兔唇，露齿，村里的风流娘儿们之一。

牛根，鬼魂。生前是村民，现在是人脚下的一条狗。

女地包天，村民。牙齿和女兔唇正相反，看起来面相凶，其实心地善良。

老吕伯奢，鬼魂。历史上曹成的朋友，因为误会被曹成所杀。

柿饼脸姑娘，村民。早年贫穷，后来显达。

沈姓小寡妇，历史上的美人，现在迟暮。

县官韩，村民。历史上当过县官，他当县官时贪腐，退出历史舞台后变廉洁。

小蛤蟆，蛤蟆，村民。世界上吊时，显得最可爱的一个。

孬舅，现在在座的魂灵，人并没有到场。

小麻子，过去的村民，历史上的人类叛徒，人没有到场，派魂灵参加。

呵丝·温布林，同性关系者，女，美国黑歌星。

巴尔·巴巴，同性关系者，男，南美的球星。

卡尔·莫勒丽，同性关系者，女，欧洲某王室公主，心狠手辣。

基挺·米恩，南太平洋资深政治家。当过某国副总统，现已离休。

会议出席者还有：

牛蝇·随人，男，同性关系者，一个苏格兰的混子。

横行·无道，男，同性关系者，一个瑞士的要饭花子。

另外还有：

列席者若干。

记者若干。

闲人若干。

不明身份和不怀好意者若干。

公鸡若干。

癞蛤蟆若干。

花猪若干。

……

这是一个人物的大拼盘、大杂烩。刘震云说他的《故乡面和花朵》中的"和"不是连词，而是动词，是搅和的意思。他把这些八竿子打不着的人"和"在了一起。为什么把他们"和"在一起？原来这是孬舅的一个阴谋，孬舅发给小刘儿的传真透露了他的思想。西方的名流、大腕儿们吃饱了撑的在搞同性关系运动，但又找不到理由阻止他们。他们的口号是"要家园，就让他们回到家园"。我们的家园就是他们的家园。家园都是那么可爱吗？想想故乡中的那些人"一千多年来，他们上蹿下跳，无风三尺浪，有风搅得满天尘；窝里斗，起反，当面一盆火，背后一把刀"。孬舅不愧是一个世界组织的秘书长，他对自己的故乡真的是了如指掌。稍微有点历史常识的人，对于中国历史的演变与混战都会记忆犹新。孬舅认为："把他们赶到这样一个地方，让他们跟着我们家乡这些杂拌、无赖、泼妇、魔鬼和性虐待者待在一起，不是也一箭双雕、一石双鸟吗？……一边是异性关系还没有搞够的同胞，光棍的光棍，寡妇的寡妇，见了异性就口渴、就眼中带血;一边是代表西方文明,决定社会和我人发展方向和我们精神想象能力的世界级大腕儿——世界名模、黑歌星、时装大师、电影大明星、球星——要搞同性关系;一边穷,穷得临死时想吃口干的;一边富,富得搞同性恋之前都用牛奶和椰子汁洗身子。"把他们搅到一锅里"和"起来,不就热闹了吗?在古今中外文化的大碰撞中就有好戏看了。

　　同时,爱搅和也是这群人物的性格特征,他们个个都是唯恐天下不乱的搅屎棍。小刘儿是一个"爱掺和和自己无关的事"的人,还喜欢抢座位,因为抢座位与白石头大打出手;乡村理发师六指爱对别人的发型评头论足,因为无聊,还爱往过路人头上扔蛇和蚯蚓;白石头经常与人打架,脸上总是挂着彩;前孬妗变成鬼魂以后,想要为自己的上一辈子报仇;俺爹是一个见利忘义之人,唯一要干的就是给别人添堵;沈姓小寡妇爱招惹是非,她一到哪里,哪里就一片混乱;另外还有西方的一些混混子、要饭花子;此外,更有热衷于报道热门事件的媒体,如 BBD 和 NHD 等的推波助澜。因为有了这些人,一个本来还算平静的世界被搅得天翻地覆,各种思潮和运动一个接着一个,各种动乱也随之而来。人们在打打杀杀中浪得虚名,死后的鬼魂也不得安宁。作者用一个"乱"字概括了中国历史的真相,也深刻地揭示了人性的本质。

　　3. 杜撰荒诞不经的人类演变史

　　《故乡面和花朵》的叙事逻辑看似杂乱无章,可以正看,也可以倒看,可以随便抽出一章当作开头,或者结局。然而在作者的心里有一个清晰的叙事逻辑,这就是他杜撰的人类发展史:异性时代—同性时代—生灵时代—自我时代—头颅时代—合体时代。

　　小说一开始,异性时代已悄然向同性时代演化。西方社会的一些名流、贵族、大腕儿就掀起了一个"同性关系者运动",这让世界恢复礼仪与廉耻委员会秘书长他孬舅很头痛,他让外甥小刘儿给他出个主意,小刘儿说"研究研究",他孬舅认为不妥。他担心"同性关系者们的倒行逆施,就有可能合理合法出现在地球的东方之巅,就可能成为一个王国。他们恶性膨胀下去,总有一天,我们都会成为他的臣民。同性关系的洪流就会席卷我们的社会、国家、家庭、男女老少和我们养的猫和狗、兔和鸡。上到国会、下到煎饼摊,大家都在搞同性关系,我们不就国将不国、家将不家,彻底地成了一个不男不女的社会了吗?"[①] 为了阻止这场运动或者使这场运动为他所用,他孬舅想出了一个计谋,他在给小刘儿发的传真中

[①] 刘震云:《故乡面和花朵》卷一,华艺出版社 1998 年版,第 66 页。

透露了他的想法。同性关系者的诉求就是"要家园",那么,给你们家园,我们的家园就是你们的家园。他孬舅批准了同性关系者返故乡,他们选择了孬舅的故乡,也就是小刘儿的故乡。同性关系者们不知道在他们返故乡的运动背后充满着算计、阴谋和危机。小麻子是故乡的大资产阶级,他在大会上报告,以绝密的方式透露了同性关系者开发与大资产阶级的关系。原来,小麻子承包了同性关系返家园工程,他把同性关系者与资产阶级的关系说得十分透彻:"他们作为同性关系者,固然在这次活动上面,增添了许多理想色彩和人生目的,他们从此要开拓一个新的世界和新的理想国;但我们不是他们同性关系的同伙,他们的理想与我们无关,不错,他们是些世界级的大腕,但就是说他们是大腕,可他们在我们大资产阶级面前,又算个什么呢?也就是些供我们取乐的玩物,就是些优伶,就是些模特、唱歌的、演戏的和打球的罢了。世界级的明星,不也在我们大资产阶级手中握着吗?他们的转会,转场,上不上这部片子,有没有这场服装表演,不也是我们相互取乐和赌气的一个骨牌和筹码吗?谁是球队的老板?谁在模特走台下面坐着?谁是制片人?不还是我们这些人吗?"① 小麻子说:"我们才是世界上真正的大腕!"不仅小麻子不拿同性关系者当回事,而且当同性关系者来到了小刘儿的故乡以后,故乡的人并不觉得他们新潮。故乡的曹成和老吕的故事让小刘儿大吃一惊!原来,三国时期,老曹杀老吕的原因是他们在搞同性关系。老吕说:"那时的男人好到一定份上,还特别讲究同榻而眠。纵论天下大事,白天论不完,晚上睡在一起再论。连老婆都赶走了,这才叫好客,这才叫英雄惜英雄、惺惺惜惺惺呢。如此这般,时间一长,你想这里面还能不出毛病吗?这里有青梅煮酒的好处,谁知也有发展现代派的弊端呢。最后在一个夏天的夜晚,我俩先是纵论天下大事,纵论天下英雄,论着论着,最后的天下英雄就剩下我们俩,我们俩那个兴奋;紧接着,自然而然,事情就出来了。现在刘老孬和小麻子在张罗同性关系者回故乡,还当作一个时髦,岂不知故乡早就有了同性关系,比他们要早一千多年呢。"② 同性关系者来到故乡,在牛屋召开理论研讨会。与此同时,刘老孬给小刘儿发了一份密令,要他杀掉同性关系者的领队,他的二婚头冯·大美眼儿。一时间,同性关系者大军占领了整个村庄,人们以同性关系进行优化组合和重新分配。基挺·米恩与袁哨组成了家庭,袁哨成了"女人"。同性关系改良了人性,把狼变成了

---

① 刘震云:《故乡面和花朵》卷一,华艺出版社1998年版,第200页。
② 同上书,第261页。

羊。巴尔·巴巴这位南美球星,过去是一匹野马,现在变成了一头温顺的小羊。但是好景不长,同性关系中也不断发生婚变,出现分裂和分化,并且产生了骚乱,同性关系的发起人冯·大美眼儿成了肉酱。瑞士的要饭花子横行·无道振臂一呼,站了出来,成为同性关系者返故乡运动的领袖,他用牛刀对男女进行移植和换防,但他在接触女人的时候却发生了精神迷乱,暴露了他其实是一个同性关系中的异己分子。

在同性关系者发生混乱之际,故乡出现了生灵不分的生灵运动。村民小蛤蟆怀抱一头紫花公羊;郭老三怀抱一头小公驴;曹小娥怀抱一头小母猪;女兔唇怀抱一头小母兔。这些人与动物,分别说明他们之间的历史关系和因缘。他们四人在台上展示生灵的重要性,郭老三说猪尾巴就是一面旗帜,羊尾巴、兔尾巴也一样。他们开始比较和谐,讲着讲着就发生分歧了,比较谁比谁大了,驴比猪大,猪比兔大。这时,台上又挤上来一个吕伯奢,他怀中抱着一只骨瘦如柴的猴子,他说他被老曹杀了以后一直就是这么一只瘦猴。吕伯奢的起哄让郭老三很恼火。郭老三说:"生灵运动的方向是什么呀?就是为了和人之间的关系区别开来的一种新形式,可是猴子是什么呀?人是由猴儿变来的,那么现在人和猴儿放到一起还有什么新鲜意义?吕伯奢不仅是搞破坏,简直是倒退几万年!"不知是人性本来的爆发,还是人和生灵接触之后兽性的复归,几个钟头以后,打麦场上尸横遍野。生灵运动以一场闹剧而告终。

在男女不分、生灵不分的时代过后出现了自我时代,自我时代很短暂,是人类在上吊之前的觉醒。

综上所述,任何一个时代都是由统一逐渐走向混乱,那么,在头颅时代,应该是整齐一致了。"当一群骷髅共同坐在会议桌上或是摆在会议桌上的时候,我们看到这会场多么庄严肃穆呀,头颅的摆法和口型的张法,是多么的整齐划一呀。生前的情结没有共同,到了头颅的时代心事和心声一下就统一了,虽然我们不知道这心事和心声是什么。"[1] 然而,在对头颅的法庭调查中发现并非想象的那样。法庭调查员是小刘儿的儿子小小刘儿,他调查的是刘氏家族的过去,头颅们都在诉说着自己的委屈,主要是日常生活,各有各的烦恼,小刘儿的爹爹说他是对世界放心不下,他的心总悬着。小刘儿感觉总是被压抑着,心里的话无处诉说。追寻其原因,就是心口一体。现在是头颅时代,日常生活中断了,心口错位,骷髅们为什么还有烦恼呢?这是令人大惑不解的事情。

---

[1] 刘震云:《故乡面和花朵》卷三,华艺出版社1998年版,第1237页。

在合体时代，同性人可以成为合体，这是小刘儿在观看四只小天鹅舞蹈的时候生发的奇思妙想："当他看着四只合体的小天鹅在舞台上旋转和跳舞的时候，单单因为一只只小天鹅恰好和正巧都是同性也就是过去女性的合体，他就一边在台下看舞一边好像突然悟出什么重大发现一样对临座说，原来他们都是同性的合体——什么是同性关系的最佳境界？这也是同性关系的最佳境界了；最佳就是合体。"① 因此，冯·大美眼儿和兔唇成为合体，名叫美眼·兔唇；欧洲某王室公主卡尔·莫勒丽和故乡的曹小娥成为合体，名叫莫勒丽·小娥；美国黑人歌星呵丝·温布林与前孬舅成为合体，名叫呵丝·前孬妗；沈姓小寡妇和女地包天成为合体，名叫寡妇·包天。这四个合体人跳起了欢乐的四只小天鹅舞，欢乐颂才是人类的基调，但是合体人的步调也不完全一致，他们体内有一个他人存在，想法也常常相左。谁是主体？谁是客体？谁是合体中的基因？一个南太平洋某国的前副总统和故乡的美容师六指成为一个合体基挺·六指，他们能想到一起，说到一块吗？可见，要想统一人类的思想和行动是多么困难！

4. 对细节的无限放大

一般而言，人文幻想小说往往是粗线条勾勒，细节描写较少。不同的是，刘震云擅长细节描写，他喜欢描写"一地鸡毛"似的琐碎。在《故乡面和花朵》中，他把这种琐碎叙事的功夫用到极致，把一个道具或者细节无限放大。郭宝亮把这种语言的"高度膨胀"称为"语言过剩"。② 在第二卷第二章"基挺·米恩与袁哨"中，他以"夜壶风波"为核心，围绕夜壶反复叙说，产生一种让人忍俊不禁的幽默效果。基挺·米恩在农舍里，感觉夜晚上茅房不便，觉得需要买一个夜壶。同性关系者需要不需要买夜壶，引起了争论。小刘儿的爹不要夜壶，他心里是想找一个媳妇。他一听卖夜壶的叫卖声就浑身哆嗦，于是，小刘儿的家人一听到卖夜壶的叫声，就拿大棒子打他们，卖夜壶的只好丢下夜壶逃跑，小刘儿家留下了一堆堆的夜壶。外人都以为他们家特别喜欢夜壶，其实他们最讨厌夜壶。后来这一点成为小刘儿观察社会和人生的一个角度，如果看到谁家挂满了一个人的照片，说明他们就是特别讨厌这个人。同性关系运动来到故乡以后，小刘儿的爹非常高兴，他觉得故乡可以天天不再有夜壶了，他把自己的人生目标定为在故乡消灭夜壶。谁知道基挺·米恩又要买夜壶，消失的

---

① 刘震云：《故乡面和花朵》卷三，华艺出版社1998年版，第1297页。
② 郭宝亮：《反乌托邦：〈故乡面和花朵〉试解》，《语言、审美、文化》，花山文艺出版社2013年版，第232页。

夜壶又重新回来了，这是复辟呀！小刘儿他爹在集市上要阻止夜壶的蔓延，他发疯似的喊叫，可是白石头却冷静地说：

知道这是什么吗？这是我们民族的夜壶。

夜壶被无限放大，变成了贫穷落后的象征，也变成了贫穷落后的民族的象征。村长牛蝇·随人不明白小刘儿他爹的意思，他的"女人"白石头解释说："他的意思就是让在这个世界上都打碎这样的夜壶。"村长不明白一个小小的夜壶，为什么会影响同性关系者运动呢，太夸张了吧！这个夜壶究竟是打碎还是保留，是拥护还是反对？白石头以保留艺术为借口主张不要打碎夜壶，村长随之宣布保留夜壶，不要打碎夜壶。于是，集市上又掀起了一个大买特买夜壶的热潮，好像不买夜壶就是不爱国、不爱家一样。但是，已经变成狗和猪的鬼魂牛根和猪蛋村长却看得更远："看他们现在正猖狂，家家门口都挂着夜壶，一副不可一世的样子，但这只是看到眼前利益而没有看到长远，只看到眼前的两粒米而没有看到天空中就要起来的乌云；所以他们转眼之间，要被淋成落汤鸡，就一点也不奇怪了。什么夜壶，等到了世界上吊日的时候，这就是铁证如山的罪证啊！"没完没了的关于夜壶的话题使无意义的叙事变得生趣盎然。

瞎鹿和巴尔·巴巴是一个盒饭定终身。这个"盒饭"又成为故事的关键词，围绕盒饭又是一通无际的联想。影帝瞎鹿用一个盒饭就把一个"女人"搞定了。他与南美球星巴尔·巴巴的关系传遍了全世界，成了勤俭节约办喜事、增强民族和全世界人民团结的佳话，全世界政治家处心积虑办不到的事，瞎鹿用一个盒饭就解决了。世界上的著名媒体BBD和NHD，以及《纽约时报》和《基督教箴言报》都发了消息。《纽约时报》的文章题目是"过去的著名影帝，现在的婚事新办"，煞有介事。当故乡同性关系者的新闻发言人基挺·米恩把这件事当作同性关系返故乡的成功典型大肆宣传的时候，故乡的人们却把盒饭吃出了不同的味道。"世界上盒饭相似，但盒饭却又个个不同，人家吃盒饭吃出一个媳妇，我们吃盒饭也就是蹲在大街上充当一个民工罢了。"他们感到"盒饭对我们是一种虐待"。于是，对于盒饭的质疑声音不绝于耳。最后，瞎鹿与巴尔·巴巴还是分了手。瞎鹿也道出了所谓一个盒饭定终身的内幕，承认当初也是为了挽救同性关系者返故乡运动找到的一个由头，生生吃了这么多年的盒饭。

《故乡面和花朵》的第四卷，话题就没有离开那辆自行车，自行车就是作者内心深处的记忆，他把记忆中的细节无限放大，成为个人历史的里程碑。

"细节决定成败"，细节也决定历史。这就是刘震云热衷于琐碎叙事的原因。郭宝亮认为："刘震云这一代人不是在重构历史的宏伟大厦，而是拆解历史叙事的合法性机制。这样历史就成了一堆支离破碎、扑朔迷离的偶然性、非确定性和虚构性叙事，由此带来的是他们在叙事上的重复、神秘、亦真亦幻、似梦非梦的独特的叙事方式。"[1] 内容决定形式，迷茫的历史观决定了他写作的梦幻性。他以放大的历史细节还原历史或者解构历史的崇高。

---

[1] 郭宝亮：《文化断裂的回声——论刘震云"故乡"系列小说中的历史意识》，《语言、审美、文化》，花山文艺出版社2013年版，第172页。

第七章 21世纪的人文幻想小说

似乎有一种世纪情结，20世纪初的时候，出现了幻想小说蜂起的状况。在21世纪前后，又呈现了人文幻想小说创作的自觉与兴盛。可以说，人文幻想小说又一次蜂起。不同的是，晚清幻想小说是对于未来的瞻望；21世纪的幻想小说则是对于历史的回顾。阎连科、格非、莫言的人文幻想小说无不如此。由此可见文艺思潮的力量。

一 人文幻想小说创作的自觉

在20世纪，社会动荡、革命、改革是其主要的社会表现形式，文学始终关注的是民族和阶级的解放、社会革命、改革的现实等宏大命题。到20世纪90年代中期，文学创作出现了个人化写作，开始关注个人的生理和心理问题。关于文学要体现人文关怀的呼声此起彼伏。国家在政策上也力倡以人为本。经过了一百年的喧嚣之后，人们开始静下来思考，历史是如何走过的，一切是为了什么，什么才是人类的需要、人的需要。21世纪以后，出现了一些新的创作倾向——反思文学。这种反思文学与20世纪80年代不同，那个时候的反思文学主要是对"文革"浩劫的反思。21世纪以后的反思文学是对百年历史的反思。阎连科的《受活》思考了什么是受活，如何让百姓受活的问题。几十年的革命、改革给百姓带来了什么福音，受活庄的百姓为什么要重返受活庄？莫言的《生死疲劳》表现的是20世纪50年代以来中国农村的历史变迁和时代风貌，思考了历次政治运动给人们带来的困扰甚至灾难。历史以循回的方式揭示了历史的谬误。格非的《江南三部曲》以史诗般的规模追踪百年来中国知识分子对桃源梦不倦追求的心路历程，反思了乌托邦精神的实质和乌托邦实践中存在的问题。这些实力派作家对于幻想文学不约而同的创作兴趣，使21世纪小说产生了人文幻想小说中兴的意味。

当代作家不像以往那样，在不经意间创作了一篇幻想作品，具有某种偶然性。他们正朝着人文幻想小说的方向进行执着不倦的追求。莫言在

20世纪80年代初一登上文坛就带着魔幻的色彩,而且这种魔幻手法一直贯穿在他的创作之中。评论界往往把他视为中国魔幻现实主义的代表作家。诺贝尔文学奖评审委员会给莫言的颁奖词也认为莫言"将魔幻现实主义与民间故事、历史与当代社会融合在一起"。从《酒国》《丰乳肥臀》到《生死疲劳》,他的写作也越来越魔幻。《酒国》虽然写于20世纪80年代末到90年代初,但直到1999年还在修改。小说幻想的内容主要表现在主人公李一斗寄给莫言的小说中,好像是他酒后的梦幻、幻觉和梦魇,表现的却是对于社会腐败和官僚们鱼肉百姓的血泪控诉。李一斗写作的《肉孩》揭露酒国市建立烹饪学院特别收购部和肉孩饲养室,把活生生的孩子当动物饲养,用来烹饪一道名菜"麒麟送子"招待外宾和官员,让人感觉毛骨悚然。制作这道名菜的金刚钻向宴席上的官员介绍:

> 这是男孩的胳膊,是用月亮湖里的肥藕做原料,加上十六种佐料,用特殊工艺精制而成。这是男孩的腿,实际上是一种特殊的火腿肠。男孩的身躯,是在一只烤乳猪的基础上特别加工而成。

虽然金刚钻言之凿凿地说:"我们酒国市是文明城市,又不是野人国,谁忍心吃孩子?"否认烹饪孩子的事。但是李一斗说此事千真万确。这种描述显然具有魔幻色彩。除此之外,小说也有很多现实的表现,如李一斗写信给莫言,请他帮助发表作品等。《丰乳肥臀》是莫言献给母亲的歌,写的是一个母亲生育的史诗。最后,小说中的母亲幻化成一个神话般的丰产女神的形象。在叙述者上官金童幸福的注视下,一只巨大的乳房充实宇宙,比日、月还要大:

> 那些飞乳渐渐聚合起来,膨胀成一只巨大的乳房,膨胀膨胀不休止地膨胀,矗立在天地间成为世界第一高峰,乳头上挂着皑皑白雪,太阳和月亮围绕着它团团旋转,宛若两只明亮的小甲虫。

在诺贝尔颁奖台上,莫言讲述的都是母亲的故事。在莫言的心中,母亲是一切之源。天公地母,母亲的形象浩大无边。不过,这部小说给人的感觉还是现实主义的东西多一些。《生死疲劳》则完全是一种超验的表现,描写一个鬼魂的不断轮回转世变成驴、牛、猪、狗的动物世界,小说的幻想具有更大程度的系统性和整体性。莫言获得诺贝尔文学奖以后,他的示范效应很可能会带动中国幻想文学的进一步发展。

20 世纪中国文学史往往把文学分为现实主义和浪漫主义两种，现实主义是主潮。一些非现实的文学往往被视为浪漫主义。在一个相当长的历史时期，现实主义和浪漫主义就成为我们评判文学的方法。在"文革"前后，又有现实主义和浪漫主义相结合一说。20 世纪 80 年代以来，由于西方现代主义和拉美魔幻现实主义的引入，现实主义文学的一统天下局面开始被打破，出现了各种现代主义表现的文学。评论界把带有幻想性的作品又放在现代主义和魔幻现实主义的语境下加以评价。同时，一些作家也开始质疑和挑战现实主义。阎连科多年以来，一直在寻找对于现实主义的突破。阎连科在他的长篇小说《受活》的后记中对现实主义进行了无情的控诉和批判：

> 越来越感到，真正阻碍文学成就与发展的最大敌人，不是别的，而是过于粗壮，过于根深叶茂，粗壮到不可动摇，根深叶茂到早已成为参天大树的现实主义。现实主义像小浪底工程和三峡大坝样横断在文学的黄河与长江之上，割断了激流，淹没了风景，而且成为拯救黄河与长江的英雄。
> 从今天的情况来说，现实主义，是谋杀文学的最大罪魁祸首。
> 至少说，我们几十年所提倡的那种现实主义，是谋杀文学的最大元凶。
> ……
> 也许，现实主义是文学真正的鲜花。
> 也许，现实主义是文学真正的墓地。
> 我们已经把它当作鲜花看了几十年，现在，就让我们把它当作写作的最大墓地吧。如果我们不能为摆脱墓地而活着，只能为摆脱墓地而死亡，那就让我的写作，成为墓地的葬品好了。[1]

阎连科的这番话自然有情绪上的宣泄，但也说出了某些道理。他先后创作了《年月日》《日光流年》《坚硬如水》《丁庄梦》等一系列与传统现实主义不同的作品，以梦幻的形式表现农民的幻想与破灭。在这个创作过程中，我们可以看到突破现实主义的艰难。虽然阎连科一直希望自己的想象能够飞翔起来，但是他所面对的都是现实沉重的题材。农村的贫困导致的悲剧一代代重演。《日光流年》讲的是三姓村的百姓因贫穷而卖人皮

---

[1] 阎连科：《受活》，北京十月文艺出版社 2009 年版，第 391 页。

的悲惨故事。三姓村不知从什么时候开始，人的寿命不断缩短，四十岁成为他们的大限。一种喉堵症（也许是喉癌）困扰着三姓村，死亡的恐惧时时笼罩着他们。为了延长三姓村人的寿命，需要开渠引来活命的水。引水需要用钱，于是人们只有用人皮卖钱。小说以荒诞的形式讲述了一个中国农民的生命救赎史。《丁庄梦》讲的是河南乡村百姓因卖血而染上艾滋病的悲剧，沉重的话题使小说的创作异常凝重。《坚硬如水》表现得要灵动一些，小说用那个时代人们耳熟能详的宏大的革命话语，编织着革命的神话。狂乱的时代激荡着人们的灵魂，使他们产生了革命的魔怔和革命的幻觉。那些口号般的语言成为人们的日常口语，甚至是情人间的密语。小说人物给革命领袖马克思、恩格斯、列宁、毛主席写的诗，对长征路线图的研究，主人公以革命家和伟人自居等，显示出那个乌托邦时代的不可思议。小说表现得既荒诞又熟悉。《坚硬如水》是《受活》的前导，看了这部小说以后再看《受活》就觉得顺理成章。阎连科经过一系列的铺垫和准备，直到创作出《受活》这样让文坛震惊和称奇的小说。评论家在评论阎连科的创作时都是用惊异的眼光和语词。王尧认为阎连科的小说是"一个人的文学史或从文学史的盲点出发"，认为他的创作呈现出全新的面貌，给人以全新的感受。刘再复说阎连科的《受活》是中国的一部奇小说。陈晓明说阎连科"他引来鬼火，他横扫一切"。《受活》是当代中国最杰出的一部人文幻想小说。

格非用了十余年的时间构思写作了系列作品《江南三部曲》——《人面桃花》《山河入梦》《春尽江南》。以史诗般的历史画面，呈现了中华民族百年的梦想与追求，思考和探索了关于桃花源的精神。小说把历史、现实和幻想相交织，寻踪桃花源，表现了当代中国对于现实与理想关系的精神困惑。就此来看，人文幻想小说有进一步绵延发展之势。2014年，一位建筑设计师刘家琨创作了一部长篇小说《明月构想》，封面标举它是"中国当代独一无二的反乌托邦小说"。小说中的主人公欧阳江山是一位建筑设计师，他计划建设一座新城，用建筑重塑一代人的灵魂。他认为改变地平线的任务是艰巨的，改变人性的任务则更为艰巨，意义也更深远。在新城建设的墙壁上到处都是"加速建设明月新城，突击培养一代新人""一言一行都符合新世界公民的标准"等口号。明月构想的纲要被传播到全世界。新城在与世隔绝的状态下动工，在最短的时间内竣工。公共食堂、洗衣房、浴场、中小学等一应俱全，人们仿佛进入了人间天堂。但是一场不可思议的特大暴雨，彻底摧毁了明月新城。欧阳江山的理想主义在不可违抗的自然和人力面前不堪一击。留下的只有那一代人的集体隐私。

二 阎连科《受活》的乌托邦叙事

阎连科的长篇小说《受活》被誉为"中国当代最富想象力"的作品之一。在小说的扉页上，他的题词表现了对一直统治中国文坛的现实主义的纠结情绪：

> 现实主义——
> 我的兄弟姐妹哦，
> 请你离我再近些。
>
> 现实主义——
> 我的墓地哦，
> 请你离我再远些。

他在小说的后记中更是以反现实主义的姿态标示了《受活》创作的幻想性。这部小说以其思想内容的复杂性和艺术表现的独特性引起了广泛争议。作者在《受活》的再版"自序"中说："说好的，到了天上，不好的，到了脚下。关于现实和现实主义，关于我们的社会和乌托邦生存，关于现代和后现代，关于猜想和寓言，关于魔幻和想象，关于方言和结构，关于黑色幽默和历史疼痛，关于文学和阎连科的写作；究竟该是何样一个合适的评说，如此等等。"[1]

从理论上讲，乌托邦是一种理想，它是美好的，但不一定符合现实社会发展阶段。从思想上去想象是可以的，在现实生活中可以慢慢朝着那个方向走。如果以国家意志去实现乌托邦想象，可能就会出现不切实际的问题，给人们现实生活带来干扰甚至灾难。这是中国近几十年来用血的教训换来的共识，也是作家反思的问题。《受活》对乌托邦的追问，就是以此为出发点。

1. 一个狂想巨人形象的产生

《受活》的成功之处在于它塑造了一个中国式的高康大，一个妄想狂，一个巨人形象柳鹰雀。读着这部小说，我们不由得联想到拉伯雷《巨人传》中的高康大和塞万提斯《堂·吉诃德》中的堂·吉诃德先生。在柳鹰雀身上似乎可以感受到这些人物形象表现的妄想和狂欢情绪。柳鹰雀

---

[1] 阎连科：《念求平静》，《受活·自序》，北京十月文艺出版社 2009 年版，第 1 页。

本来是一个弃子,被党校的柳老师收养。他是在党校长大的,是听着党课长大的。他后来一级一级往上升,当了双槐县的副县长。但是双槐县是一个顶级的穷县,地委书记要求县长让双槐县富起来。柳鹰雀为了升迁,他给地委书记出了一个惊人的主意,就是购买列宁遗体建纪念堂吸引游客旅游参观收门票,使双槐县富裕起来,过上天堂的日子。虽然地委书记对于柳鹰雀比较赏识,但还是被惊着了。他考问柳鹰雀许多关于列宁的问题,诸如列宁的全名,哪年死的,活了多大年纪,写过啥书。这些问题对于一个在党校长大的"社娃"当然不难。地委书记被说服了。柳鹰雀升为双槐县的县长。在此之前,柳鹰雀还是一个现实的人,虽然他一直做着伟人梦。柳鹰雀将伟人们的成长历程理解为"伟人们原也都是普通人,只要有努力,有奋斗,他也会成为和伟人们一样的伟人呢"。他在家里建着敬仰堂,供奉着马克思、恩格斯、列宁、斯大林、毛主席、铁托、胡志明、金日成等十位领袖的像,也供奉着朱德等十大元帅的像,同时也供奉着自己的父亲。在敬仰堂里,"迎面是伟人们的像,身后是养父的像",他给自己也留了一个位子,他的梦想就是死后把遗体放在纪念堂里。但他在行动上还是一步一步地走。他把气泡吹大以后,自己也跟着气泡飞腾起来,上升到云端里去了。从此,柳县长的内心不断进行着狂欢化的想象,他也不断向人们宣读狂欢化的假想。这种个人的政治野心与市场经济条件下对人欲望的激发合拍,与改革开放时代人的发财梦合拍。因此,才会有人天真地相信柳鹰雀讲述的神话。以为建好了所谓的列宁纪念堂就会有数以万计的游客蜂拥而至,才会一厢情愿地要去购买列宁遗体,并将其视为与赶集买东西性质相似的交易。认为购买列宁遗体的"所谓谈判,也就是讨价还价,你说我买列宁遗体最多给你一个亿的钱,人家说给十个亿我们也不卖。你说一个半亿就够了;人家说少了十个亿你就别提茬事。你说两亿咋样哩?人家说你要百分之百地实心买,就说一个实实在在、实实在在的价钱吧"。柳鹰雀的乌托邦代表了农民在既往生存经验的基础上对现代社会生活进行的一次大胆"狂想"。

  柳县长的构想是荒诞不经的,可以说是疯子的梦话,也可以说是一个人一拍脑瓜子产生的荒唐念想。然而就是这样一个荒唐念想,因为出自一个有权势的人的头脑里,他竟然把它变成了一个集体的意志、全民的行动。他的想法就是准备从俄罗斯买回列宁的遗体安放在双槐县魂魄山,专门修建纪念堂来安放列宁遗体,以此来吸引游客,借此开发魂魄山森林公园的旅游资源,用旅游业带动双槐县经济的发展。柳鹰雀要把自己的想象传播出去,做到家喻户晓,人人皆知。他首先对地委牛书记讲:

我们出一大笔钱去俄罗斯把列宁遗体买回来,把列宁的遗体安置在双槐县的魂魄山。……把列宁的遗体安放在那山上,顶儿重要的,是全国、全世界的人都要疯了一样去那山上游乐哩。一张门票五块钱,一万人就是五万块哩;一张门票十几块,一万人就十几万哩;要一张门票五十几块,一万人就是五十几万块哩;一张门票就是一张大票,一万游客是多少的大票呀!全县人一年种地能种到一万元大票吗?……一天何止一万游客哟。九都的人、河南的人、湖北的人、山东的人、湖南的人、上海的人、中国的人和外国的人。

他在县委常委会上对着常委们讲:

一天一百万,十天一千万,三个月就是一个亿,一年就是三点七亿。三点七亿,可这三点七亿说的都是去参观列宁遗体的门票哩。……可要到了春天那旅乐的旺季,一天不只是来一万游乐客,而是来了一点五万游客呢?来了二点五万、来了三万个游客呢?

他对双槐县的百姓讲:

花钱成了最困难的事情呀!……人能吃多少?人能花多少?全县农民不种地,每个月你都坐在田头上发工资,可到末了你还是有花不完的钱;不种地你着急,你着急你就把所有的田地都种上花和草,让那田地里一年四季都青青绿绿呢,都江堰市花红花黄呢,四季飘香呢,可你四季飘香了,到处都是花香了,那游艺室人就更多了呢。游艺室人更多了,你的钱就更花不完了呢。

柳鹰雀许诺明年就能让人过上天堂般的日子。他一次次用算账的方式征服了地委书记,征服了县常委们,甚至征服了受活庄的人们,最终大家在他口述的数字狂欢中一起疯狂。县委常委会一致通过了这个匪夷所思的决定。于是,乌托邦成为一个集体的意志和行为。他们组织了一个由残疾人参加的绝术表演,去赚钱购买列宁遗体。

当双槐县和受活庄的百姓听说列宁遗体就要运回来的时候,"一老世界的人全都跪下了"给柳县长磕头。柳县长梦想的百姓朝圣情景突然出现在他眼前。百姓纷纷询问柳县长未来的天堂日子是什么样的,都听说不用种地都有吃的,不用干活都有钱花,想吃啥就发啥,每家都分楼房。这样的天堂神话连柳县长都不敢相信，他问百姓是谁说的。原来他们从县长秘书那里得到消息，听说列宁遗体纪念堂就要建成了。不仅列宁遗体买回来了，而且还要去德国联系购买马克思和恩格斯的遗物了。还说阿尔巴尼亚的霍查、南斯拉夫的铁托和越南的胡志明的遗物都将献给双槐县。古巴的卡斯特罗更是利索，答应把想要的都拿去。只有朝鲜的金日成的遗物不好买，经过讨价还价，花了很小的代价买了一个金日成用过的老手枪。总之，双槐县的人马上就要过上天堂般的日子了。他们怎么能不感谢柳县长呢？他们齐声欢呼："祝柳县长万寿无疆！"一时间，柳县长成为一个万人景仰的对象，一个穿着皇帝新衣的巨人。

2. 乌托邦的追求与幻灭

小说呈现了三种不同的乌托邦形态，即受活庄人口中流传的乌托邦、茅枝婆为之奋斗的乌托邦以及双槐县县长柳鹰雀所设想的乌托邦。

受活庄人口中流传的乡土乌托邦生活是人们种着天堂地，有吃不完的粮食，过着自由的日子，而这种生活终结于茅枝婆带领庄人入社之时。但如果反观一下受活庄的历史，这种所谓的幸福生活又似乎并不真实。在受活庄形成的过程中，听说有人在此过着天堂般的日子后，涌来的都是残疾人而没有圆全人即健康人，似乎身体健康的人们对这里的幸福生活一无所知或者根本不屑一顾。但1922年河南大旱时，明明还有人到受活庄收过粮食，也就是说长久以来大家都知道受活庄上的残疾人过着丰衣足食的生活却从来没有圆全人到受活庄落户，这本身就明显是个悖论。而且在茅枝婆到来之前受活人的现实生活似乎也不是非常幸福。石匠作为受活庄为数不多的圆全人之一，又有洗磨的手艺，却到三十一岁仍未娶妻，只守着瘫痪的老母亲过日子。这样的生活在当时的传统农业社会语境下难以让人与幸福生活画上等号。而石匠的生活在受活庄又不可能是最差的，由此当时受活庄人的真实生活状态可见一斑。因此，受活人的乌托邦世界同样不可靠。

也许正因为如此，茅枝婆作为一个自小生长在革命军队中的外来者，有着与受活庄人不同的想法，当她听说了一种叫作合作社的组织，看到了合作社的生产方式以后，她为这种理想生活所吸引。她为受活庄提供了一种乌托邦构想。在茅枝婆想象的乌托邦世界中，人们在加入合作社后共同劳作，一起出工，一道收工，到处是耙耧调、祥符调、曲剧或梆子的回响。孩子们以后就能"有吃不完的粮，穿不完的衣，过上点灯不用油，吃面不用磨，出门不用挑担坐牛车的好日子"。革命者出身的茅枝婆想当然地认为融入山外的革命大潮，加入革命的组织，受活人就能过上她想象中天堂般的日子。于是，她自作主张来回奔波几百里山路将受活庄人强行拉入了

"合作社"的大门。在小说中,受活人想象中的乌托邦与茅枝婆所构想的乌托邦社会都是在"絮言"部分,也就是用注释的形式交代的,相对应的是在正文部分叙述的柳鹰雀县长为全县人设想的未来乌托邦世界。

然而,茅枝婆和柳鹰雀的理想都破灭了。入社后的受活庄人不仅没有过上天堂般的日子,反而受到合作社的拖累,大炼钢铁时把山上的树砍光了,把受活庄人的劳动工具都收去炼钢去了,生态和生产力遭到极大破坏。受活人把这浩劫叫作"铁灾"。在合作社组织中,受活庄的粮食要不断送给山外缺粮的人。在自然灾害和社会劫难中饿死了很多人。受活庄的人强烈要求退社。茅枝婆感到自己的罪过,她到县里找柳县长来回奔忙申请退社,希望回到受活庄原来的自由状态。但是退社却没有那么容易,茅枝婆的后半生就为退社而活着,当她最后拿到批准他们退社的文件时倒地而亡。

柳鹰雀的乌托邦想象更是一场闹剧。他编织的幻影好像一种谎言欺骗了双槐县和受活庄的百姓。他们一直深信天堂般的日子就要来了。而柳县长心里明白,他的梦即将破灭,他要主持一个常委会,这也是他主持的最后一个会议。会议上要批准茅枝婆退社。会后他刚出门就被他自己的汽车轧断了双腿。最后他在受活庄落了户,成了一个受活庄的残人。

失败后的茅枝婆和柳鹰雀不约而同地将希望寄托于受活庄人祖辈传说中的乌托邦,他们以不同的方式回到过去。如果说这也是作者的理想,似乎有些简单。在《受活》这部小说中我们似乎总能听到不同声音的争辩,作品中的人物柳鹰雀与茅枝婆的针锋相对,现代城市生存方式与传统乡土生存方式的角力等。最终的结局是"农民"们带着一身的伤痕从现代文明逃回了他们更熟悉的乡土世界。"中国人的家园原型,始终是一种现实乡土人伦社会。"但这个家园并不是一种真实的存在。在人们逐渐远离乡村住进城市的今天,乡土生活随着它的渐渐远去而带上了一层理想的微光。因此,那种蛮荒时期的乌托邦生活与其说是受活庄人们心中的梦想,不如说是离开乡土的作者阎连科以一个当代人的视角对乡土文明的再一次遥远想象。因此,受活庄人口中流传、心中向往的与其说是一种到今天依然切实可行的具体生活方式,倒不如说是生活于现代文明压力中的人们心中的一种精神追求,是人们对于那种"自由、散淡、殷实、无争而悠闲"生活的向往。"自由"这个带有强烈民主人文色彩的词语在小说文本中的出现也在提示着这一点。在作者看来这应是一种从受活庄起源时就存在的精神追求,只是一直为人们所忽略,或者说是生活中的事物使人们迷失了自我,忘记了自己内心真正的目标,柳鹰雀是如此,茅枝婆和受活庄人同样也是如此。

柳鹰雀编织的神话,是对当今社会拜金主义的一个嘲讽。在这个时代,人人都想发财暴富,人人都为此而疯狂。柳县长的构想非常虚空,但却具有更大的吸引力。他的乌托邦狂想不仅淹没了自己,也吞噬了包括受活人和茅枝婆在内的所有人。柳鹰雀是这个巨大乌托邦构想中的核心人物。他所构想的乌托邦不同于前两者是把希望寄托于土地之上,而是用绝术团的演出积累原始资本,再以旅游业来振兴地方经济,带有明显的当代经济特点。这个乌托邦构想是他作为一个农民带领双槐县的农民们在市场经济条件下进行的一次并不成功的"试水"。将他定义为一个"农民"而不是如有些评论者所说的现代文明的代表有两方面的原因,首先柳鹰雀对"磕头"的谢恩方式情有独钟,同时作为一县之长,他对官员与民众关系的理解是官员是百姓的父母,因此县里的百姓都是他的"孩娃",这正是传统的"君臣父子"式的思维方式。应该说柳鹰雀的现代乌托邦构想能够在短时间内引起众人的积极响应并不单纯是由于他个人的力量,人们对于现代文明本身的理解与向往作为一种前提,其作用也是不可忽视的。要证明这一点并不难,在受活庄有许多瘸拐残人,茅枝婆的铝合金拐杖在其他人的木拐杖中可谓别具一格,又好看又耐用,为众人所艳羡,她也借这根拐杖树立起了自己在村民中的形象。这根木拐杖作为一个简单的道具所唤起的景仰中就饱含了村民们对现代文明的向往。正是在这种大的背景下柳鹰雀的乌托邦幻想才具有了合理性,也才能够吸引众人参与其中。如果忽视了"农民"作为构想这一现代乌托邦世界的主体地位和作用,将难以理解他们自作主张要去购买列宁遗体的行动和行动被叫停后其内心深深的挫败感,以及柳鹰雀在他的乌托邦构想幻灭后拼尽全力让受活庄退出了双槐县,并自残双腿到受活庄落户的人生选择。柳鹰雀的现代乌托邦梦想及其实践代表了农民在现代社会中对幸福生活的追寻,以及其失败后向传统乡土乌托邦的习惯性回归。这与茅枝婆作为农民在另一时期追寻"乌托邦"生活的代表,在外来灾难摧毁了她的乌托邦梦想后用几十年的时间坚定不移地"退社",要回到受活人传说中的"乡土乌托邦世界"应该说是基于同一种心理诉求。

《受活》最大的艺术魅力是它超凡的想象、文本形式的独特。小说的内容是幻想的,甚至可以说是狂想,但文本形式是现实的。对于很多关键词都用注释的方式加以叙述,其材料也都源自县志的记载,有据可查。一切似乎非常真实。但是通观全篇,人们的疯狂行为好像是在做梦,一切都像梦话。这梦做得煞有介事,像真的一样。因为下了一场六月雪,受活庄遭了灾。柳县长到受活庄安抚百姓。他说：

> 我告诉你们一条好消息——你们都听说我要到俄罗斯联邦去购买列宁遗体了吧？都知道魂魄山那儿成了国家级的森林公园了。要安放列宁遗体的纪念堂都已破土动工了吧？对你们说，购买列宁遗体的钱我已备下了一些了。……我们凑出五千万，他们再给我们五千万。那就是一个亿。……一个亿的钱，可不是一个担子能挑的，不是一辆牛车、马车能拉的。那是得一辆东风大卡车才能装下的。得了这一卡车的钱，我就可以去那个叫俄罗斯的国家和他们签订购买列宁遗体的合同了。就是钱不够，我也可以交上预付款，再留一张欠条，先把列宁遗体拉回来。

这真是异想天开，是一个人的呓语，或者戏说。一个梦幻般的人物顺着他的白日梦，天马行空地想象着。难怪刘再复说，他读着小说，"一路读下来，也一路笑个没完没了。然而，掩卷之后，却只想落泪"。

3. 民间最质朴的理想

在《受活》小说的封面上对"受活"一词做出了解释："意思是享受、享乐、快活，也含有苦中之乐，苦中有乐之意。"总之，是高兴、愉快、幸福，是世间最质朴的理想，是受活庄人的向往和希望之花，是受活庄人精神的源泉。

在"絮言"部分小说交代了受活庄在明代晋地大迁徙中产生的过程，也描述了受活庄人的民间乌托邦构想。移民大臣胡大海为报答又聋又哑的耙耧老妇在当年自己落魄时的一饭之恩，将移民队伍中的一对盲父、瘫儿和哑妇留在了耙耧山中，并派士兵为他们引来河水，开垦良田，还留下许多银两，临走时留下一句话："耙耧山脉的这条沟壑，水足土肥，你们有银有粮，就在这耕种受活吧。"附近的残疾人听说他们三人在此落户，日子过得宛若天堂，纷纷涌来，逐渐形成村庄。虽其后代也多有残疾，但在哑妇的安排下，家家人人都适得其所，于是村庄就叫了受活庄。长久以来受活庄因地处大山深处又多有残疾人，没有哪个县愿意把受活庄规划进自己的地界，"受活是这世界以外的一个村落呢"。作为受活庄人，他们缺乏外来的经验，于是只能从受活庄这个世界，从自己以及上辈人的生活经验出发去构想美好生活。因此，受活人心中的乌托邦世界就是来自祖辈传说中的那种无人管束、自由、散淡、殷实、无争而悠闲的日子。"受活这条沟谷，多少年前，土肥水足，旱有水浇之平田，涝有排洪之坡地，人们无论何样残缺，只要在自己家田地上勤耕勤作，每年东不丰收西丰收，一年四季都有吃不完的粮，所以受活人广种广收，并不害怕天灾。农忙农闲，村人都在田里，一边劳作播种，一边悠闲收成，日子过得散淡而殷实。"

作者在小说结尾时说，他在受活庄住了多年，收集的独唱歌词只有两首。

第一首是：

地肥呀哦要流油
麦粒儿重得像石头
路上拾了个麦粒儿
扔出去砸烂了你的头……

第二首是：

我是瞎子你腿跛
你坐车上我拉着
我的脚替了你脚
你的眼呀可借我……

这种最简单的理想生活，就是受活庄人的天堂世界。多少年来，他们一代一代就这样平静地生活着，日子过得宛若天堂。受活庄人大都是残疾人，周围的残疾人开始向这个地方聚集。受活庄成了残疾人的天堂。这是一个传说，但却深入人心。然而现在到了一个变动的时代，封闭的受活庄也要接受时代的洗礼了。《受活》开篇就是麦收六月的漫天大雪，阎连科似乎一开始就要将人们引入超现实的境界，也是一个反常的世界。连大自然都反常了，要变天了。在这样的环境中产生柳鹰雀这样的妄想狂也是不奇怪的。

阎连科在《受活》中展现了中国农民在不同时代的历史语境下对"乌托邦"的追寻。作者没有完全否定乌托邦，但也表达了他对乌托邦的立场和倾向。作者在"絮言"中插入了许多故事，其中有一个故事意味深长，即小说结尾处关于花嫂坡的故事。所传清朝时候有一个年轻人正准备到双槐县做县任，途中经过花嫂家，花嫂十七岁，她的房前屋后种着花、种着菜，到处都是花红柳绿，到处都是草木芳香。这样的风景把这个年轻人迷住了。他感觉这里正是他梦想的世界。他决定不再去任县官了，要在受活庄娶花嫂子安家落户。他把上任的御书和求功名的书籍都扔到山沟里了。为了表示自己留下来的决心，他把手指剁了一根，成了一个受活庄的残人。但是过了一阵快活日子后，就被戴上以讥弄圆全人的罪名抓走了。他此时最担心的是花嫂子怀着孕，他怕生下一个圆全人。他走时嘱咐花嫂子，孩子生下后，如果是圆全人要把他弄残了，但花嫂子不忍心。果然孩子长到十七岁时，说要出门找他的父亲。这一去，孩子和他的父亲一样再也没有回来。这个故事隐含着老子的无为思想。而茅枝婆和柳县长的悲剧正在于他们在一种幻想的引导下的胡折腾。在作者的心中，对于老百姓而言，无为就是福，无为就是受活。这种观念是多数老百姓的愿望，也是现代化进程中许多人的想法。

小说的结构是一棵树，从毛须开始，到根、干、枝、叶、花儿、果实、种子，非常完整结实。社会组织的行为只有通过这样的过程才能长成参天大树，开花结果。海市蜃楼式的神话迟早会破灭。阎连科在谈到他的《日光流年》的写作时说过："我不是要学习陶渊明，我活到五百岁，读到五百岁，也没有陶渊明那样的学识。最重要的，是没有陶渊明那样的内心深处清美博大的诗境。我想实在一点，具体一点。……我不是要说终极的什么话，而是想寻找人生的原初的意义。"这就是阎连科创作的主旨。他不想给人们编造一个看不见摸不着的好听的乌托邦、桃花源、天堂社会，他只是希望人们能够安心和谐地生活。

三　格非《江南三部曲》：一个关于桃花源的传说

格非的《人面桃花》《山河入梦》《春尽江南》三部作品，有人称之为"乌托邦三部曲"，但是格非不认可这种说法，他把这三部曲称为"江南三部曲"。但是从作品表现来看，称之为"乌托邦三部曲"更符合作品实际，因为作品贯穿着对于乌托邦的想象、探索与追问。《人面桃花》记录了民国初年知识分子对社会理想的探寻；《山河入梦》表现的是20世纪五六十年代知识分子的梦想和实践；《春尽江南》探讨的是当代中国的精神现实，透视知识分子在剧变时代的命运。作品将中国百年的风云际会融入一幕幕虚拟的人文幻想之中。思考在不同的时代背景下，知识分子对于理想社会的执着追求。乌托邦的理想之光既照亮人类前行的道路，也成为世代知识分子精神的皈依。作者的创作意图不在否定或肯定乌托邦，而是对乌托邦怀有一种复杂的思想和情感。

格非是先锋派的代表作家。一般认为，先锋文学只是一种创作上的炫技,总是沉迷于文本实验。实际上,一个真正的先锋作家,他的思想从没有脱离过沉重的大地。为人类寻找出路就是他们唯一的使命,但超前的思想带来的必然是孤独,为了给人类留下希望,他们在孤独中一次次地畅想。评论家陈晓明曾说:"2004年的先锋派,因为格非的《人面桃花》而显示出真正的意义。"[①]"它既是格非蜕变和超越的一次个人记录,同时也可视为是当代作家逼近经典的有效标志。"[②]

1. 桃花源与"疯子"的传说

陶渊明虚构的桃花源世界本来就是虚幻的,是一种理想存在,是超前思想。追踪这种虚幻世界的人在常人眼里自然无异于疯子。在《人面桃花》中追踪桃花源世界的人都是疯疯癫癫的。秀米的父亲陆侃和张季元,包括花家舍的创始人王观澄都是如此。在小说中,他们成了一个传说,具有传奇性的神秘色彩。秀米的父亲陆侃的发疯源于韩愈绘制的《桃源图》,自他得到这张不知真伪的《桃源图》后,就开始了疯狂的想法,他想在全村家家户户门前都种上桃树。他相信他的家乡普济就是陶渊明发现桃花源的地方。他还想在普济造一条风雨长廊,联结村中的每一户人家,使普济人免除日晒雨淋之苦。这正是乌托邦大同思想的体现,然而普济人都以为他在讲笑话,其思想荒唐可笑。现实与理想的巨大差距以及幻想的破灭,导致秀米父亲与世隔绝,成为一个活死人。小说从秀米的父亲陆侃离家出走写起,他的出走和失踪意味着那个桃花源梦的幻灭,陆侃和他的桃源梦成为一个传说。

小说写得亦真亦幻,陆侃从一个终年困守阁楼上的"活僵尸",突然腿脚麻利地从楼上走下来,走出去,很快就不知所终,许多人寻他不见,就像陶渊明笔下的桃花源,成为一个不可追寻的梦。一个神仙似的老婆子声称她看见陆侃上天了,"一朵紫红祥云从东南方飘过来,落在你家老爷的脚前,立刻变作一只麒麟,你家老爷骑上它就上了天啦。飞到半空中,落下一块手帕"。还有手帕为证!桃源梦并没有完全失落,虽然陆侃没有实现,但他是踏着祥云去的,预示未来仍然大有希望,后继有人。果然不出所料,陆侃出走不久,张季元就走进了陆家,占据了陆侃的阁楼,使秀米感到父亲并没有离开,象征桃花源精神的陆侃一直存在。

张季元是寄居在秀米家中的革命党人,他组织反清的蜩蛄会,筹建自己的组织,购买枪支,招兵买马,企图起兵攻打县城,建立自己的大同社

[①] 陈晓明:《〈人面桃花〉好评如潮》,《宁夏日报》2005年4月20日。
[②] 谢有顺:《革命乌托邦与个人生活史》,《当代作家评论》2005年第4期。

会。但他的行踪很神秘，人们不知道他在干什么。他在与秀米闲谈时发表了自己的乌托邦主张："在未来的社会中，每个人都是平等的，也是自由的。他想和谁成亲就和谁成亲。只要他愿意，他甚至可以和他的亲妹妹结婚。"他的乌托邦思想已经比陆侃进了一步，开始关注个人的自由，但他这种超前思想难以被人理解，人们感觉他如陆侃一样，又是一个疯子！不仅翠莲骂他没正经，连秀米也感觉困惑。最后，张季元的革命行踪暴露，革命党被剿灭，他也被清廷杀害，起义以失败告终。张季元的革命属于中国近代民间的革命，并无完善的组织形式和幼稚的革命思想最终决定了他的命运。但是张季元的出现给秀米的生活带来了极大震撼，他张口革命，闭口大同，打开了秀米通往世界的另一扇大门。实际上，张季元成了秀米的精神领袖，特别是张季元死后留下的日记成为秀米的精神食粮，她朦胧的革命意识在爱情中被唤醒。

　　秀米的命运从出嫁时被土匪绑架到花家舍开始发生了转变，在这里她惊奇地发现，父亲的一系列疯癫的设想在这个土匪窝竟然变成了现实。花家舍是总揽把王观澄辞官归隐后建造的一个世外桃源，在外人看来，花家舍是个打家劫舍的土匪窝，可王观澄却认为这是真正的世外桃源。"我在这里苦心孤诣，已近二十年，桑竹美池，涉步成趣；黄发垂髫，怡然自乐；春阳召我以烟景，秋霜遗我以菊蟹。舟摇轻飏，风飘吹衣，天地圆润，四时无碍。夜不闭户，路不拾遗，泂然有尧舜之风。就连家家户户所晒到的阳光都一样多。每当春和景明，细雨如酥，桃李争艳之时，连蜜蜂都会迷了路。"这正是陶渊明描摹的世外桃源。这样一个人间仙境却在一场被人利用的火拼中化为灰烬。王观澄执意要以天地为屋，星辰为衣，风雨雪霜为食，在岛上结庐而居。到了后来，他的心思就变了。他要花家舍人人衣食丰足、谦让有礼、夜不闭户、路不拾遗，成为天台桃源。但是最后却事与愿违，因为世外桃源的生活难以为继，花家舍成为打家劫舍的土匪窝，知识分子沦为江洋大盗。这里，与桃花源同源的花家舍同样成为一个传说。

　　秀米在父亲出走、张季元猝死、花家舍毁灭的一系列变故中，忽然觉得王观澄、张季元，还有那个不知下落的父亲似乎是同一个人，他们的梦想都属于那些在天上飘动的云和烟，风一吹，就散了，不知所终。而自己正在被内心模糊的幻影所诱，最终走上了追踪桃花源的道路。在日本流亡多年回归故里，秀米已由一个懵懂的少女成长为一名革命者，开始依循自己的梦想建立心中不灭的那座城邦。与父亲不同的是，她把乌托邦思想付诸行动。她成立了普济地方自治会，设立了育婴堂、书籍室、疗病所和养老院,还准备修建一条水渠,将长江和普济所有的农田联结在一起,开办食堂,让全村的男女老幼都坐在一起吃饭,还打算设立名目繁多的机构,甚至包括殡仪馆和监狱。她想把普济的人都变成同一个人,穿同样的颜色、样式的衣裳,村里每户人家的房子都一样,大小、格式都一样。村里所有的地不归任何人所有,但同时又属于每一个人。全村的人一起下地干活,一起吃饭,一起熄灯睡觉,每个人的财产都一样多,照到屋子里的阳光一样多,落到每户人家屋顶上的雨雪一样多,每个人笑容都一样多,甚至就连做梦都是一样的。她的革命蓝图中混杂了父亲对于桃花源的梦想、张季元的"大同世界",当然还有花家舍的土匪实践,带有强烈的乌托邦色彩。秀米是一个充满革命激情的人,但她却始终没有搞清楚革命是怎么一回事,"革命,就是谁都不知道他在做什么。他知道他在革命,没错,但他还是不知道他在做什么"。连一个思想开放的进步革命者都不理解革命,更不要说普通民众了,跟随秀米左右的屠夫大金牙就说:"革命就是杀人,和杀猪的手艺按说也差不了多少,都是那白刀子进,红刀子出的勾当。"也许这就是革命失败的根本原因。秀米的梦想变成了泡影,在一次清兵围剿中被捕入狱。就在被清廷处死的前夕,辛亥革命爆发了,秀米被关押一年多后获释,回到普济后她发誓禁语。这是革命失败后的自我惩罚,因为她明白自己已不配享有幸福,自己的梦想已在现实中完全耗尽,只能在心灵的自我折磨中度过余生。

在后人的眼里,秀米的故事也变成了一个传说。她的儿子谭功达一直感觉他的妈妈是一个谜,感觉"她的一生都像一个谜,她的形象由数不清的传说和文史资料堆砌出来,在她看来,却像流云一样易逝,像风一样无影,像正在融化的冰一样脆弱"[1]。尽管如此,桃花源的理想却像血缘关系一样代代相传。

《人面桃花》以传说的方式讲述了民国初年的知识分子探索乌托邦的故事。小说以中国辛亥革命为背景,表现了动荡的历史、激进的革命、理想的追求与挫折。主人公秀米是穿越整个梦境的人,她见证了一代又一代人对桃源梦的追寻与幻灭,深刻揭示了乌托邦的内在矛盾和潜在意义。

2."桃源梦"实现的传说

令人回味的不在桃源梦难圆,而在桃源梦完成之后。这个令几代人疯狂和着迷的桃花源终于变成了现实。《山河入梦》写的是梦醒后的惆怅。

秀米的大同梦在《山河入梦》中由其子谭功达承接。与母亲一样,

---

[1] 格非:《山河入梦》,上海文艺出版社2012年版,第60页。

他也是一个理想主义者。在做梅城县县长期间,他不顾现实条件,力排众议,坚持修建普济水库,还进行沼气实验,并且自己绘制了梅城规划图,将它命名为"桃源行春图"。但是,谭功达心中一直有一种隐隐的恐惧:自己不管如何挣扎,终将回到母亲的老路上去,她的命运将会在自己身上重演。果不其然,在一次山洪中,水库决堤,受灾严重,谭功达也因此被免去县长之职。免职后,他依然没有忘记自己的梦想,每到晚上,"山川、河流一起进入他的梦中,他甚至能听见潺潺的流水声,听到花朵在夜间绽放的声响"。他始终活在自己编织的梦中,梦是他活着的唯一理由。直到他被调到邻县花家舍做巡视员,才在那里看到了自己的梦乡。隐约之中他似乎又踏上了母亲秀米的那条通往理想国的大道。他所设想的一切,在当代的花家舍都变成了现实。谭功达惊愕地发现,花家舍的每一个住户的房子都是一样的:"一律的粉墙黛瓦,一式的木门花窗,家家户户的门前都有一个竹篱围成的庭院,篱笆上爬满了藤蔓植物,连庭院的大小和格局都一模一样。一条砖木结构的风雨长廊沿着山坡向上延伸,这条长廊将花家舍分成东西两个部分,无数条更为狭窄的小游廊向两边延伸,通往公社的各个机构和各家各户。"秀米的父亲陆侃和谭功达都想在家乡修建一条风雨长廊,但都被外人视为疯子,就是这样一个疯狂的念头,在花家舍却成为现实。谭功达来到花家舍仿佛活在自己的桃源行春图中,自己多年的构想在花家舍都得到了完美的实施。

但是,随着考察的深入,花家舍的面纱一点点揭开。谭功达发现,每天下午,村子里的几个老人都会拿着扁担、草绳和镰刀,到地里收割紫云英。他们一律戴着草帽,手臂上戴着同样的袖章,甚至他们藏在宽宽帽檐下的脸,都是同样的表情。在阳光下,他们整齐地排成一行,依照统一的节奏,挥舞着镰刀,动作的整齐划一程度仿佛经过了预先的排练,就连基本的体力劳动都被规整化了,人们成了一台输出能量的机器,每个人似乎都被事先编好的程序操纵着,彻底削平了人的思想深度,这与高度发达的资本主义阶段的工人,在自动化生产线前的奴役式劳动又有什么区别呢?不过,花家舍也有自由的地方,在这里,他们不向任何人分派工作,因为工作首先就意味着一种巨大的荣誉。在花家舍,并不是每个人都有资格享受这种荣誉。比如,村子里的那些土匪出身的反革命分子,就被剥夺了工作的权利。另外,工作的主动性,也就是马克思所说的主观能动性,是指导我们事业的真正灵魂。这里,工作不再是一种生活的义务,而变成了权利,同时也取消了工作的强制性,工作成为自由的一种象征。在这里,每个人都享有自由,但是每个人又都有极强的主动性。没有行政命令,没有规章制度，甚至没有领导。在花家舍，每个人在长期的生产实践中，就会自然而然地培养出一种奇妙而伟大的直觉，这种直觉会引导他们去完成各自的使命。这样，既不会造成误工，也不会窝工。每个工作领域所需要的劳动力一个也不会多，一个也不会少。

为了生存，工作就要获得必要的酬劳，这可以说是工作最实在的本质。在20世纪五六十年代的花家舍，生产力远没有达到共产主义的水平，因此他们的分配采取按劳计酬，民主评分制度。每个生产队和生产小组在收工前都会进行一次民主评议，由每位社员来陈述自己一天的工作，并申请自己应得的工分，最后由记工员登记在册。每一位公社社员都有资格对他进行质询，并有权检查他的劳动果实。社员本人也可以做出相应的答辩。这种评工记分的分配制度与当时人民公社初期实行的分配制度是一致的。实行评工记分制度，要做到公平和诚实，公社社员应该有很高的道德感和集体荣誉感，每一个社员都是自己的监督员。既然有监督，难免会出现错误，这就涉及惩罚。但在花家舍，却没有惩罚，他们从来不惩罚任何人，而是让每个人学会自我惩罚。也许这种没有惩罚的惩罚才是最严厉的惩罚。小说中通过一个真实的故事揭示了这种惩罚的威力。一天，花家舍来了一个考察团，随团还带了一个由聋哑人组成的篮球队。他们与花家舍队打了一场比赛，因为他们是远道而来的客人，又都是残疾人，公社就规定花家舍队必须输三分以上。可一上场，队长打着打着就把这茬给忘了，最后赢了人家八分。比赛结束后，队长垂头丧气地回到家中，饭也没吃，倒头就睡。一连几天都没有说过一句话。到了后来，就慢慢疯掉了。事实上，没有任何人批评他，也没有给他任何处分。没有执行上级规定虽然是一个严重的政治错误，但会在自我苛责中疯掉，可见他们内心的道德自律是多么的严格。这种自我惩罚是建立在高度的道德自律之上的，只要道德教化达到一定的水平，就在每个人的心中设立了一个法庭，而法官就是自己，这是一种道德上的自我审判，这种判决的法力会让你无处可逃，只能将自己投入自我设定的那座监狱。

这也就是为什么在花家舍难以看到笑容的原因。他们无时无刻不在思考着行为的界限。政治上的、道德上的、一般待人接物礼仪上的，所有的界限，简单地说，就是什么事可做，什么事不可以做。这里的人就像古人所说的"战战兢兢""如履薄冰"。花家舍并不属于某一个人，它属于居住在这里的每一个人。他们应当学会思考，学会自我约束——他们想要一个什么样的社会，如何去达成这个愿望，从而真正学会当家做主。

但是，这样一种社会模式将人变成了秩序的附庸，为了维持和谐的状态,肆意地将人削平,但人毕竟不是容器,每个人内心都有一种超越的冲动,不会安于平庸。花家舍的创建者郭从年忧心地说:"我们在花家舍,实行了最好的制度,但坦率地说,这个制度目前还不够完善,还有很多显而易见的缺陷。比方说,为了让百姓学会自我监督,我们在公社的每一个交通要道都设立了铁甌,也就是信箱,每个人都可以检举揭发他人的过失、错误,乃至罪行。……如果你有幸读到了这些信件,我相信你对人性的所有知识和概念,将会在顷刻之间土崩瓦解。人,不是别的什么东西,他们是最为凶残的动物。他们只会做一件事,就是互相撕咬。这些信件将人性的阴暗、自私、凶残、卑鄙、无耻,全部暴露在光天化日之下。"[1]这种对人的理解,不能说不无偏激,但至少他揭示了人的一种阴暗的属性。性善、性恶,也许都是一种偏见,人本来只是一个单纯的容器,生活将污浊随意倾倒在内,结果使它成了一个藏污纳垢之所。但毕竟还有良知在矫正扭曲的人性,不至于使人全部沉沦堕落。

亲手创建花家舍的郭从年却不能左右它的命运,在一种难以言说的悲伤中惋叹:"花家舍的制度能够存在多久,不是由我一个人说了算,也不是随便哪一个人能够做主的。它是由基本的人性的原则决定的。"郭从年二十年来反复阅读的一本书就是《天方夜谭》,书中的故事千奇百怪,但是所有的故事实际上都是同一个故事,或者说,都有一个完全相同的结局。"故事中的每个人都受到相同的告诫,那就是:有一扇门,无论如何是不能打开的。譬如说,一个宫殿有十三道门,其中有十二道你可以打开,随便出入。在这十二个房间里可以说天地间的一切都应有尽有。任何一个人的任何愿望,都可以实现和满足。也就是说,第十三道门对人来说是毫无用处的。可是,在《天方夜谭》中,每一个人尽管都受到严厉的警告,但最后却无一例外地都打开了那扇门。……人的欲望和好奇心是永远不会餍足的,从根本上说,也是无法拘束的。"因此,郭从年常对自己说:"郭从年啊郭从年,你他娘的是在沙上筑城啊!你他娘的筑的这个城原来是个海市蜃楼啊!它和我刚刚做过的一个桃花梦到底有多大区别?"因此他预感到,他的事业将会失败。对于谭功达而言,郭从年的桃花源成为一个新的传说。

期望建立一种更好的制度,对人的欲望和好奇心适当地加以控制,又谈何容易。"人是个什么东西?欲望又是个什么东西?除非世界末日来临,人的欲望是不会有节制的。要么太少,要么太滥;要么匮乏,要么过

---

[1] 格非:《山河入梦》,上海文艺出版社2012年版,第358页。

剩；要么死于营养不良，要么死于过度肥胖。不多也不少的状况，人类历史上还从来没有出现过。我们总是从一个极端，跳到另一个极端，毫无办法。"① 小说发人深省的是，谭功达在弥留之际听到了庆祝共产主义实现的鞭炮声，那个社会不再会有什么烦恼。这个为共产主义奋斗终生的人在共产主义的欢呼声中辞世了，这富有戏剧性的结尾，让我们感受到的是理想实现后的失落。从人性的本质而言，乌托邦理想是一个永远无法到达的地平线，理想的追逐永远在路上，也是人之所以存在的动力。

3. 桃花源传说的诱惑永在

桃源梦难圆是悲，桃源梦实现后亦是悲。那么，桃源梦全面陷落又如何呢？《春尽江南》所呈现的就是桃源梦全面陷落的时代。20世纪90年代以后，随着市场经济的发展，人的价值观念发生了巨变，对物质享乐的追求使人的精神世界迅速萎靡。花家舍成为一个历史的废墟，一个仅供现代游人参观的历史文化遗迹。《春尽江南》呈现了社会的拜物主义倾向和知识分子群落整体精神滑坡之势，知识分子的功利之心和堕落让人备感忧虑。《春尽江南》表现了对于物质时代的批判姿态。

不过，无论哪种时代，桃花源的潜在影响都不会彻底消失，总会有一些"疯癫"之人存在，一如既往地追寻桃源精神。小说中的疯癫之人就是谭端午。谭端午在上海的一所大学获得硕士学位，毕业后在江南某市的地方志办公室工作。这是一个清水衙门，却很合谭端午的性情。他喜欢读《新五代史》、写诗与发呆。他的妻子庞家玉是一个事业有成的律师，处处争强好胜，在妻子的眼中，谭端午就是一个失败的人。谭端午的不幸在于，在一个追杀桃源梦的现代社会，却根深蒂固地继承了先辈们的桃源情结，苦苦守护着不合时宜的理想，或者说梦境。谭端午成了一个象征，一个现代性社会的古典留存。"谭端午本身就是一个走动的、肉身意义上的桃花源。他穿梭、往来和出没于'现代性'时代，却势必要跟它的每一个空间形象身上的价值观或意识形态发生冲突，因为谭端午的身体本身就是一个空间形象，因为桃花源就寄居在他身上，或者，他的身体就是一个袖珍版本的桃花源。"② 在谭端午身上表现了格非对于桃源精神的认同和肯定。自有人类以来，社会的进步不可抹杀，但是如何看待人类为追寻理想所付出的代价，乌托邦实践给社会带来的误区和迷雾、偏差和挫折？桃

---

① 格非：《山河入梦》，上海文艺出版社2012年版，第362页。
② 敬文东：《格非小词典或桃源变形记——"江南三部曲"阅读札记》，《当代作家评论》2012年第5期。

花源情归何处？这恐怕是格非难以回答的问题。桃花源世界有它的问题及弊端，桃花源寻踪如果演变成一个民族的集体行动甚或专制，必定成为一场悲剧。陶渊明也好，陆侃、秀米、张季元、王观澄、谭功达、谭端午也好，毕其一生都在向着那个永难企及的桃源圣境迈进，穿过一座座失败的城池，去寻求最终的那座废墟。这可以说就是古今文人永不停止的追求。知识分子骨子里总有一种精英的自我认同，有一种宣谕社会理想的冲动，可他们向壁虚构的梦想有什么充足的理由，让一代代人抛却个人的价值，和他们一起走向虚无缥缈的未来？然而桃花源本身的迷人魅力永存。这是一个永在的悖论。这正是格非《江南三部曲》的艺术张力所在。

四 莫言《生死疲劳》的超验想象与叙事狂欢

莫言在《学习蒲松龄》一文中戏称他的祖辈就受到蒲松龄的影响，这种爱编故事的基因也传给了他。的确，中国的小说家少有不受蒲松龄影响的，而莫言受其影响更大。加上拉美魔幻现实主义的影响，他的小说大都带有东方神秘主义的魔幻色彩。对于《生死疲劳》，有人认为是魔幻现实主义作品，但是莫言认为："拉美有拉美的魔幻资源，我们东方有东方的魔幻资源。我使用的是东方自己的魔幻资源。"至于说拉美魔幻现实主义的影响，莫言承认："魔幻现实主义最直接的效应是解放了我们的思想，把我们过去认为不可以写到小说里的一些东西也写到小说里去了，过去认为不可以使用的一些方法也使用了。"[1] 也就是说，拉美魔幻现实主义的影响只在于打开了中国作家的想象力，归根结底中国文学的表现还是中国传统幻想文学的基因在起作用。2012年诺贝尔奖评审委员会在给莫言的授奖词中说，他将魔幻现实主义与民间故事、历史与当代社会融合在一起。这是很客观的评价。王德威也认为："莫言版的'变形记'已暗示我们人我关系的扑朔迷离，哪里是一二乌托邦的呐喊就可正名归位的。"[2] 这里，我们只能说，《生死疲劳》的表现是超验的，是莫言式的幻想小说。

1. "胡言乱语"的"莫言"与自我颠覆

我们发现，莫言小说经常会运用"元叙事"的方法，让作家莫言成为小说的一个角色，穿插讲述小说叙事的过程。《酒国》中的"莫言"就

---

[1] 张旭东、莫言：《我们时代的写作——对话〈酒国〉〈生死疲劳〉》，上海文艺出版社2013年版，第131—132页。
[2] 王德威：《千言万语何若莫言》，《说莫言》，上海书店出版社2013年版，第24页。

是作家本人，与小说主人公酒博士李一斗书信往来，不断进行交流。而《生死疲劳》则虚构了一个"胡说八道"的莫言，成为叙事者嘲讽的对象。小说在叙事过程中不断插入"莫言"的创作内容，并且指出他是在胡说八道，不可信以为真。小说虚构了许多"莫言"的作品，如《苦胆记》《太岁》《黑驴记》《养猪记》《复仇记》《方天画戟》《后革命战士》《杏花烂漫》《撑杆跳月》《新石头记》《圆月》等。叙事者对"莫言"的小说评价就是"胡言乱语""胡诌""忽悠""不可信以为真"等，以此解构莫言小说叙事的真实性，进行大胆的自我否定和自我颠覆。由此推之，莫言的《生死疲劳》也是"胡言乱语""胡诌""忽悠""不可信以为真"。通过双重的自我否定与颠覆，实现了以"贾雨村言"将"甄士隐"去的叙事策略。

小说第一章里就说"莫言"在他的小说《苦胆记》里，写过吃死人吃疯了的狗。他还写了一个孝顺的儿子，从刚枪毙的人身上挖出苦胆，拿回家去给母亲治疗眼睛。叙事者说这是"莫言"胆大妄为的编造：

> 他小说里描写的那些事，基本上都是胡诌，千万不要信以为真。

在第二章里，引述了"莫言"的小说《太岁》中关于太岁描写的片段。民间认为太岁是神物。"敢在太岁头上动土"是大不敬的行为。但在"莫言"的小说中，他说把太岁"切开、剁碎，放在锅里炒，异香散发，令人馋涎欲滴。吃到嘴里，犹如肉冻粉皮，味道好极了，营养好极了……吃了一个太岁后，我的身体，在三个月内增高了十厘米"。叙事者对此评价说：

> 这小子，真是能忽悠啊。

在第九章的开头，叙事者就说：

> 伙计，我要讲述一九五八年了。莫言那小子在他的小说中多次讲述一九五八年，但都是胡言乱语，可信度很低。我讲的，都是亲身经历，具有史料价值。

在第三章"猪撒欢"中，有两个叙事视角，一个是"莫言"小说的叙事，另一个是"猪"的叙事。"莫言"在那时夜夜苦读《参考消息》，竟然能够背诵《参考消息》。他写的一些文章，在当时科学不发达的农村看来类似科幻小说。他曾在一篇文章中说："养猪现场会上，催动喇叭和麦克风的电流，不是来自国家的高压线，而是来自我们杏园猪场的柴油机和发电机拉着的那台发电机。"屯里的人和"智力非凡"的猪都感到大惑不解。不知道电流是什么玩意儿。在今天看来，其实是一个科学常识。

在第二十四章里，讲述了"莫言"小说《新石头记》中的一个故事：

> 那小子在这篇小说里描写了一个膝下无子的石匠，为了积德行善，用一块坚硬的青石，雕刻了一座土地爷的神像，安放在村头的土谷神祠里。土地爷系用石头雕成，土地爷的鸡巴作为土地爷身上一个器官，自然也是石头的。第二年，石匠的妻子就为石匠生了一个肥头大耳的男婴。村子里的人都说石匠是善有善报。石匠的儿子长大后，成了一个性情暴躁的匪徒，他打爹骂娘，行同禽兽。

这是一种民间的传说，但是却解构了传统的善有善报的理念。叙事者感叹："所谓善恶报应之事，也是一笔难以说清的糊涂账。"这一主旨始终贯穿在小说之中。

第二十六章叙述养猪场饲料粮的事。叙事者说"莫言"小说有记载，但有真、有假不可较真：

> 莫言从小就喜欢妖言惑众，他写到小说里的那些话，更是真真假假，不可不信又不可全信。《养猪记》里所写，时间、地点都是对的，雪景的描写也是对的，但猪的头数和来路却有所篡改。明明是来自沂蒙山，他却改成了五莲山；明明是一千零五十七头，他却改成九百余头；但这都是细枝末节，对一个写小说的人写到小说里的话，我们没有必要去跟他较真。

在第二十八章里，提到"莫言"写过一篇"梦幻般的小说"《撑杆跳月》，小说写的是养猪场里发生的事情。在一次婚礼宴会上，"莫言"喝醉了酒，然后冲出酒宴，进入杏园，看到了金黄色的大月亮。"莫言"展开了想象，好像自己飞上了月亮，与心爱的人在无边的空中飞翔。叙事者对"莫言"小说的描述评价道：

> 这绝对是一篇梦话连篇的小说，是莫言多年之后对酒后幻觉的回忆。……莫言这篇小说里的话百分之九十九是假话。

《生死疲劳》中用此类障眼法的地方甚多。以真为假，借幻写真，真假莫辨，以批评"胡说八道"的姿态进行更加"胡说八道"的超验想象和自由叙事，实现了对于现实主义的艺术突围。

2. 人畜感应的超验想象

《生死疲劳》的叙事者与主角是西门屯被枪毙的地主西门闹，他经过几次转世，先后成为驴、牛、猪、狗、猴，最后又成为人——大头婴儿。在西门闹沦为畜生的过程中，始终隐藏着人的情感。小说在驴、牛、猪、狗的叙事中有着人的感情描写。这些转世的畜生，与他们的主人家庭成员有着割不断的血缘关系。西门闹转世为驴以后说：

> 尽管我不甘为驴，但无法摆脱驴的躯体。西门闹冤屈的灵魂，像炽热的岩浆，在驴的躯壳内奔突；驴的习性和爱好，也难以压抑地蓬勃生长；我在驴与人之间摇摆，驴的意识和人的记忆混杂在一起，时时想分裂，但分裂的意图导致的总是更亲密的融合。

人、畜融合是中国传统的天人合一观念的体现。民间也认为，动物都是通人性的。民间故事中的牛郎织女就是典型的代表。这个故事中的老牛甚至比人类还要通灵，它们的预感还要早于人类。人与动物的生活交织在其他作家那里也有表现，如萧红的《生死场》，人与动物的感情也很深。在当代文学中，动物的拟人化表现往往在童话和儿童文学中才有。《生死疲劳》中的动物驴、牛、猪、狗等与人类的生活紧密相关。在农村，这些动物是农民的命根子、重要的生产工具，是家庭成员中的一个。在小说"狗精神"一篇中，莫言认为："狗与人的世界毕竟是一个世界，狗与人的生活也就必然地密切交织在一起。"[①] 相比较而言，《生死疲劳》中的人与畜的描写是超验的，他们在精神和心灵上都是互通的，比以往那些神话和童话中的动物描写，感觉更细腻。西门闹投胎为驴以后，不仅它落到了熟悉的蓝脸的家里，而且它还不断为保护做人时的亲人而踢腾。西门闹变成驴以后见到他的妻子白杏伏在他的坟上哭泣，想喊叫她，但是话语出口，仍然是驴鸣。它挣扎着想用人声与妻子对话，但发出来的仍然是驴的

---

① 莫言：《生死疲劳》，上海文艺出版社2008年版，第398页。

声音。不过，尽管如此，它的亲人也认出了投胎成驴的西门闹。西门闹的妻子白杏认出了转世为驴的西门闹，她向它叙说衷肠：

> 掌柜的，我知道你已经变成了一头驴，但即使你成了一头驴，你也是我的掌柜的，你也是我的靠山。掌柜的，只有你成了驴后，我才感到你跟我心心相印。你还记得你生下来那年的第一个清明节与我相遇的情形吗？你跟着迎春去田野里剜野菜，跑过我栖身的看坟屋子，被我一眼看见。我正在偷偷地为公婆的坟茔和你的坟茔添新土，你径直跑到我的身边，用粉嘟嘟的小嘴唇叼我的衣角。我一回头，看到了你，一头多么可爱的小驴驹啊。我摸摸你的鼻梁，摸摸你的耳朵，你伸出舌头舔我的手，我突然感到心中又酸又热，悲凉混合着温暖，眼泪夺眶而去。我蒙眬的泪眼，看着你水汪汪的眼睛，我看到倒映在你眼中的我，我看到了你眼睛里流露出来的那种熟识的神情。

这段倾诉感人肺腑。如果说白杏认出西门驴是第六感的话，那么，蓝脸与西门牛的心灵感应更加超验。蓝脸的西门驴被饥民杀死后，他又到集市上去买牛，他一眼就相中眼睛长相与西门驴一模一样的一头小牛，他认定这头牛就是西门驴转世，对它倍加爱惜。西门牛对主人蓝脸也是忠心耿耿，至死也不背叛主人。人民公社让西门牛去为公社耕地，但是西门牛的犟劲上来了，它也像蓝脸一样坚持要单干，不肯为人民公社出力，不管人们怎么打它就是不动，直到被人打伤、烧死。西门牛转世变成了猪，而饲养员正是西门闹的妻子白氏。莫言说，西门闹随着不断投胎转世，身上的人性的东西逐渐减少，动物性的东西越来越多，过去的事情慢慢淡忘。但是他写到狗的时候，还是有很超验的描写。狗小四能够送蓝解放的儿子上学。整个行为过程就像人类一样：叫醒熟睡的学童，侍候学童吃早饭，领他过马路，绕近道上学。它还能够闻到主人的情人的味道。狗小四甚至还组织了一场广场聚会，全县城的狗都来到天花广场狂欢。小说把狗的世界描写得像人的世界一样惊天动地。通过人畜感应的超验描写，小说完全摆脱了现实主义的要求和所谓的真实性局限，获得了一种空前的叙事自由和艺术想象。

3. 民间理想的张扬与沦陷

莫言《生死疲劳》有很多美好的幻想，写人们在枯燥乏味的生活中瞬间的沉醉。其中提到"莫言"写过一篇梦幻般的小说《撑杆跳月》，回忆他在猪场养猪时的生活，因为在一次婚宴上喝了酒，感觉身体有些飘飘然。他看到空中的月亮，想象自己奔月而去，悬在澄澈无边的空中。醉酒狂欢，印证了尼采的论断。尼采提倡的就是酒神精神。他认为，有一种心理前提是艺术家不可或缺的，那就是醉。他断然说："醉须首先提高整个机体的敏感性，在此之前不会有艺术。醉的如此形形色色的具体种类都拥有这方面的力量：首先是性冲动的醉，醉的这最古老最原始的形式；同时还有一切巨大的欲望、一切强烈情绪所造成的醉；酷虐的醉；破坏的醉；某种天气影响所造成的醉，例如春天的醉；……"① 尼采认为艺术就要有一种醉酒的感觉和表现。莫言深明其道。他写《酒国》是醉；在《生死疲劳》中写"猪撒欢"也是醉。在醉中想人之未想，在醉中见人之未见。

在农村土生土长的莫言，最了解民间民情和农民的喜怒哀乐。小说以调侃的方式表现农民现实与理想之间的巨大距离。可以说是"心比天高，命如纸薄"，令人伤感。第三章"猪撒欢"中"莫言"是一个重要角色，在养猪场里工作。小说这样嘲笑地写道："莫言从来就不是一个好农民，他身在农村，却思念城市；他出身卑贱，却渴望富贵；他相貌丑陋，却追求美女；他一知半解，却冒充博士。这样的人竟混成了作家，据说在北京城里天天吃饺子……"民间的乌托邦想象就是如此地朴实！《生死疲劳》表现民间理想的方方面面，主要的是民间潜存的对于美好生活的期盼，但是他们的理想往往遭受沦陷。在叙述西门闹变猪的过程中有一段典型的描写：

西门闹……念你前世为人时多有善举，为驴为牛时又吃了不少苦头，本殿这次法外开恩，安排你到一个遥远的国度去投胎，那里社会安定，人民富足，山明水秀，四季如春。你的父亲现年三十六岁，是那个国家里最年轻的市长。你的母亲，是一个温柔美丽的歌唱演员，获得过多次国际性大奖。你将成为这两个人的独生儿子，一出生就是掌上明珠。你的父亲官运亨通，四十八岁时就会当上省长。你的母亲，中年之后会弃艺从商，成为一家著名化妆品公司老板。你爹的车是奥迪，你娘的车是宝马，你的车是奔驰。你这一辈子是享不尽的荣华富贵，交不完的桃花红运。……

但是，阎王老子又一次耍弄了我。

---

① [德]尼采：《悲剧的诞生》，周国平译，生活·读书·新知三联书店1986年版，第319页。

这是民间最日常的想象。百姓在无边的苦海中总是会有片刻的闲暇做做这种白日梦，但是梦醒之后仍然是严酷的现实。西门闹希望下次转世投胎能有一个美好人生，父亲有权势，母亲美丽漂亮，荣华富贵，应有尽有，时代的物欲全部实现。没想到这次变成了一头猪，他的理想又一次沦陷了。一下子从天上摔到地下。

民间理想的另一个问题就是原欲，即性的欲望表现。我们看到，民歌几乎都是情歌，承载着民间的乌托邦情结。小说对此有大量的描写。其中写得最动人的是西门驴与母驴韩花花。西门驴喜欢母驴花花的故事，它能闻到花花留在空气里的情感信息，追踪着花花的足迹。在小河边，它闻到了花花的气味，西门驴就激动起来，小说写道：

  我的心脏狂跳，撞击着肋骨，热血澎湃，亢奋到极点，无法长叫，只能短促地嘶鸣。我的爱驴，我的宝贝，我的最珍贵的，最亲近的，我的亲亲的驴哟！我恨不得抱着你，用四条腿紧紧地夹着你，亲你的耳朵，亲你的眼窝，亲你的睫毛，亲你的粉红的鼻梁和花瓣般的嘴唇，我的至亲至宝，哈气怕化了你，跨着怕碎了你，我的小蹄子驴啊，你已经近在咫尺。我的小蹄子驴啊，你不知道我有多么爱你。

西门驴找到了花花，但是花花身边却有两头大狼。经过西门驴的拼命搏斗和两头驴的密切配合，它们战胜了两头狼，最终实现了理想的交合。它们希望永远在一起，天公地母都无法将它们分开。然而，西门驴最后还是像许多公驴一样避免不了被阉割的命运。小说第六章写西门驴与花花"柔情缱绻成佳偶"，到第八章就写"西门驴痛失一卵"。西门驴最本能的东西被无情剥夺了。

在小说中，西门驴不断地转世，表现出生命的挣扎和对不幸命运的不屈的抵抗，显示了强大的生命力，也表现了民间对于希望和理想的顽强不衰。虽然希望和理想一次次破灭，命运一次次遭到嘲弄，但是民间理想不灭，其中轮回转世就是支撑民间理想生成的一个重要的精神支柱。从这点来看，《生死疲劳》深刻地把握了民间的文化命脉。

4. 对历史的戏说与还原

莫言认为："对历史的过分倚重，实际上是压制了作家的想象力。"他极力回避浩然与柳青式的对农村合作社史的写作，希望超出以往的农村合作社题材的写作。同时他也认为："真正的奇幻文学应该是现实主义的一种扩展。"① 奇幻的细节就是开在冰冷岩石缝隙中的小小花朵。莫言又希望更加真实地把握这段历史。从总的大趋势上，小说还原了历史的真实性，但从细节上又超出了历史的现实感，辩证地表现了历史荒诞与真实的两面性，完成了对历史的戏说与还原。小说运用超验角度对20世纪50年代以来的历史进行了新的审视和幻想性书写，超越了既往的现实主义小说。

《生死疲劳》通过西门闹的灵魂转世，先后变幻为驴、牛、猪、狗、猴等动物来看，中国半个多世纪的历史，一方面揭示了这段历史的真实本质，另一方面也表现了这段历史的荒诞性和令人眼花缭乱的模糊性。《生死疲劳》在"猪撒欢"一篇中戏说的成分尤其突出。莫言对"文革"有自己独特的感受。他说："'文化革命'在我们小说里也好，历史教科书里也好，肯定是反动的，是对生产力的破坏，对文化的破坏。但它让我们这些孩子也有很多正面的感受：热闹，欢天喜地，生活变得非常丰富。今天公社书记到这儿来游街批斗，明天学校里面两派来辩论，每到集市就是狂欢节，各派的红卫兵游街的、示众的、辩论的、贴大字报的、武斗的，对这个东西我们那个时候没有什么是非判断的，到处彩旗飘飘，也有一些正面的回忆。"② 他对"文革"的童年记忆就是热闹。"文革"期间，农村与城市的表现的确有不同之处，相对而言，城市受到的冲击更大一些。莫言相信自己的感觉，他不愿人云亦云，他以狂欢的姿态戏说那个时代。在这部分写作中，"莫言"似乎格外活跃，写到"莫言"的笔墨相当多。在莫言的笔下，这个时代就是一个游戏的时代，每个人、每件事都好像游戏一般。洪泰岳和金龙想把西门屯的猪场办成全县、全省甚至全国的典型，上演了一出出喜剧、闹剧。为了让猪更精神，他们给猪喂酒。西门猪喝了两斤酒以后，就想唱歌、跳舞，放开喉咙，发出了怪异的叫声，还上到了一棵杏树上。小说写道：

> 我知道金龙这小子希望我在树杈上酣然大睡，我睡着了就可以由他那张能把死猪说活的油嘴胡说八道，但我不想睡觉，在人类漫长的历史上，为猪召开的盛会，这大概是第一次。

---

① 莫言，严锋：《文学与赎罪》，《说莫言》，上海书店出版社2013年版，第200页。
② 张旭东、莫言：《我们时代的写作——对话〈酒国〉〈生死疲劳〉》，上海文艺出版社2013年版，第181—182页。

参观西门屯猪场的队伍来了，看到躺在树上睡觉的西门猪，想看看它的表演。西门猪在树上撒了泡尿。参观的人群中竟有人说："真是一头好猪，应该授给它一块金质奖章！"西门猪得意起来，想做一个高难度动作，结果却从树上摔了下来。这是一个猪玩闹、猪上天的时代。莫言把"文革"时期写成了一个猪狂欢的时代。如此戏说，真是让人忍俊不禁。

《生死疲劳》叙事立场有一定倾向性，但是叙事角度并不是单一的，而是多角度的，是一个众语喧哗的状态。西门闹在1950年被枪毙了。他不服气，一直在喊冤：

> 想我西门闹，在人世间三十年，热爱劳动，勤俭持家，修桥补路，乐善好施。高密东北乡的每座庙里，都有我捐钱重塑的神像；高密东北乡的每个穷人，都吃过我施舍的善粮。我家粮囤里的每粒粮食上，都沾着我的汗水；我家钱柜里的每个铜板上，都浸透了我的心血。我是靠劳动致富，用智慧发家。我一个善良的人，一个正直的人，一个大好人，竟被他们五花大绑着，推到桥头上枪毙了！

西门闹被杀头是有些冤枉，但是接下来我们看到，代表新时代主人的洪泰岳，他的话同样义正词严，不可移易。洪泰岳是西门屯最高领导人。在过去，正如西门闹所说："洪泰岳你是个什么东西！你那时是标准的下三烂，社会的渣滓，敲着牛胯骨讨饭的乞丐。"然而他的身份一公开，竟然是高密东北乡资格最老的地下党员，他曾经为八路军送过情报，铁杆汉奸吴三桂也死在他的手上。他在宣判西门闹罪行的时候，代表人民政府，也是庄严的：

> 西门闹，第一次土改时，你的小恩小惠，假仁假义蒙蔽了群众，使你得以蒙混过关，这次，你是煮熟的螃蟹难横行了，你是瓮中之鳖难逃脱了，你搜刮民财，剥削有方，抢男霸女，鱼肉乡里，罪大恶极，不杀不足以平民愤，不搬掉你这块挡道的黑石头，不砍倒你这棵大树，高密东北乡的土改就无法继续，西门屯穷苦的老少爷们儿就不可能彻底翻身。现经区政府批准并报县政府备案，着即将恶霸地主西门闹押赴村外小石桥正法！

西门闹在与洪泰岳的交锋和争论中，说出了事情的本质。西门闹知道自己时运不济，他虽然对洪泰岳一百个看不起，但他不得不承认，天意不可违。他也知道与洪泰岳没有具体的冤仇，只是时代使然。他说：

  如果你们不来斗争我，也会有别人来斗争我，这是时代，是有钱人的厄运势。

洪泰岳心里也很清楚，他说：

  我作为个人，非常敬佩你……但作为革命阶级的一分子，我又必须与你不共戴天，必须消灭你，这不是个人的仇恨，这是阶级的仇恨。

  莫言认为："过去的小说我觉得毛病就在于善恶太分明了，人性是非常复杂的，再好的人也有动物性的一面，再坏的人也有人性的一闪现。"对于洪泰岳，莫言说："洪泰岳是好人还是坏人啊？我还是当成好人来写，尽管他有坚定的'左'的观念，阶级斗争的观念，我认为是不对的，但他是真诚的，他不是个投机派。"[1] 不仅是洪泰岳，在小说中，各个角色都从自我的立场出发进行充分的发言，他们都有自己的理由、自己的道理。在不同的讲述中，呈现出历史的迷雾，以及人的迷茫。正如小说所言："那时的世界，本来就是一锅糊涂粥，要想讲得清清楚楚，比较困难。"[2] 可见，小说的叙事方式还是源于表现对象的复杂性，由作家内心的困惑和迷茫所致，并非随意选择的叙事策略。《生死疲劳》运用超验想象与叙事狂欢的方式，深刻揭示了历史的荒诞与真实混合的双重性。

---

[1] 张旭东、莫言：《我们时代的写作——对话〈酒国〉〈生死疲劳〉》，上海文艺出版社2013年版，第164页。
[2] 莫言：《生死疲劳》，上海文艺出版社2008年版，第145页。

结　　语

　　进入 21 世纪以后，回望一下我们走过的历史，发现一百年前的许多乌托邦设想得以实现，让人深感欣慰。这印证了西方的一句谚语"乌托邦常常只是早熟的真理"。但是中国一百年的历史进程中也发生了把乌托邦变成意识形态的事实，乌托邦的意识形态让我们的民族遭遇挫折甚至劫难，乌托邦精神面临质疑和拷问。如何对待乌托邦思想，是人类社会哲学的重大课题。曼海姆在《意识形态与乌托邦》一书中说："现代自由主义思想进行着双重的斗争，这种思想具有独特的特点，非常高贵，是想象的产物。这种理想主义思想既要回避那种笼罩在千禧年主义者恳求上帝之中的对待现实的幻想概念，也要回避笼罩在世界的世俗观念中那种对物和人实行的保守而且往往又是狭隘的思想统治。"[①] 曼海姆认为，乌托邦思想是非常高贵的自由思想，但是这种思想应该注意防止两种极端倾向，一种是神学意义的空想，另一种是世俗的保守狭隘的思想。对于中国人来说，现代哲学和社会科学理论的薄弱，导致他们很难产生莫尔《乌托邦》那样的想象，对于想象社会的构建，更可能产生桃花源式的虚无缥缈的乌托邦空想。实际上，对于现代人而言，桃花源只是一种精神象征，人们更需要以社会科学理论为基础，以人性发展为出发点，为未来构建更加合理、美好的社会理想和蓝图。我们希望作家想象未来，并不是希望作家成为神仙，能够洞穿通向未来时间的隧道，而是基于对于现实社会存在缺憾的思考，对于人类社会存在的问题有所预见和警示。人类发展需要预见，乌托邦所造成的失落和失误是政治和意识形态的问题，不是乌托邦本身的问题。其实，乌托邦小说具有反向批判作用，它虽然不像现实主义小说那样直陈现实的问题，但它对于未来的美好想象或者是盛世危言都是对现实问题的反思。很多乌托邦小说都是采用新旧对比的方法，一方面展示理想社

[①] ［德］卡尔·曼海姆：《意识形态与乌托邦》，黎鸣等译，商务印书馆 2007 年版，第 226 页。

会；另一方面批判现实的弊端。乌托邦小说是一面现实的反光镜，可以让人们从未来的理想中看到现实的缺陷和弊端，从未来的合理想象中看到改变现实的方向。

不过，一个观念的形成也不是一朝一夕的事，要想改变人们对于乌托邦的成见并不容易，而且随着小说的发展，幻想小说的种类繁多复杂，不是乌托邦小说能够涵盖的。现在，我们尝试提出人文幻想小说这一新的概念，突出小说的幻想性，能否被人们接受，还需要实践的检验。

在本课题即将完成之时，在中国文坛发生的一件事，更坚定了笔者关于人文幻想小说必须独立的想法。2016年8月，一篇被视为"科幻小说"的《北京折叠》获得"雨果奖"并引发人们热议，引起人们关注的不是科技问题，而是北京楼市和住房问题。小说虚构的三个空间与现实生活存在极大关联性。此时，北京乃至全国的楼市正被炒得热火朝天，高涨的房价牵动着人们紧张焦虑的神经，《北京折叠》所表现的现实意义和人文关怀是它迅速走红的关键。小说的作者郝景芳说她的小说一直面临无法归类的困境。"对科幻读者来说不够科幻，对主流文学作者来说不够文学。"[①]她说曾把小说投给科幻小说杂志被多次退稿，理由是过于文学化，不太科幻。的确，包括她的《北京折叠》，名为科幻小说，其实名不副实，其中并无科幻因素，三个空间的互相折叠不是科技的力量，好像来自上帝的力量。她的其他小说也大致如此。为此，她深感小说的类型对小说的束缚，她写的小说不容易归类。其实郝景芳的小说作品归入人文幻想小说才更恰当。有研究者也注意到当代一些科幻小说越来越走出科幻小圈子，大幅度涉及人文议题，进入严肃文学研究者的视野，只不过人们还没有找到一个更合适的命名罢了。相信随着时间的推移，文学创作的多样化加深，幻想文学繁荣发展，这个问题会越来越突出地摆到理论评论界面前。

人文幻想小说是幻想的文学，没有也不应该有规定的审美标准。它们的时空是广阔的，没有界限。作家可以写未来几十年、几百年、几千年，甚至是万年以后的事。吴趼人就写了《光绪万年》。中国传统的农历纪年方式更是模糊到不知今夕何夕。阎连科《受活》的第五章"戊寅虎年闰五月的受活庆"，就把时间置于一种不知哪年哪月的情境之中。人文幻想小说的空间受到现代化进程的影响，地球开发几乎净尽，人类正在朝着太空进发，出现了"地球村""地球人"现象。信息的发达，导致世外桃源不断被破坏。人类的足迹可以达到地球的角角落落，人类已经很难找到世

[①] 郝景芳：《去远方·前言》，江苏凤凰文艺出版社2016年版，第1页。

外桃源。可谓孤岛难觅！早期乌托邦小说出现的孤岛空间已经见不到了。只有柯云路想象中瞬间的"孤岛"；梁晓声想象的断裂的"浮城"。现代社会把人类的想象空间大大压缩。然而人类想象的时空应该是无限的，小说家的想象更应该是自由的。评论家也应该打破现实主义审美习惯的陈规，对于作家的想象多一些理解，促使人文类幻想小说的更好发展。

中国近现代社会变幻纷繁，而人文幻想小说的发展明显滞后，不成正比。文学的想象力受到严酷现实和意识形态的束缚和抑制。社会应该为文学松松绑，使其能够腾飞起来，展开想象的翅膀。人文幻想小说的研究价值和意义也在于此。综观中西方人文幻想小说，承载着深厚的人文道德精神，需要我们不断发掘其思想文化内涵。人类需要现实的关怀，也需要未来的关怀，更需要终极关怀。以人类未来和终极关怀为主题的人文幻想小说积累了丰富的人文思想结晶，这方面的研究还只是刚刚开始。

附录　文学的政治阅读
——中国现代文学研究新思潮

新时期现代文学研究以摆脱政治为目的，开始致力于建构文学的内部机制，先后经过了文学主体性的渲染、个人化写作的阐释，以及文学观念的诸多调节和更新，满足了文学自足性的愿望。然而文学研究的封闭性与边缘化状态似乎难以长久支撑下去。20世纪90年代中后期，现代文学研究已经开始向广阔的文化领域伸展，由此形成的文化研究热至今仍在不断升温。21世纪以来，中国现代文学研究出现了政治关怀倾向，新的学术轮回似乎已经开始，文学研究产生了与外部世界，尤其是与政治联结的欲望，文学的政治阅读成为一种新的学术时尚。这股学术思潮主要表现为对左翼文学研究的政治关怀，以及在民族国家想象阐释中的政治寄寓。现代文学研究在对政治的警惕与眷顾中正在实现文学从内到外的转变。

左翼文学研究的政治关怀

左翼文学是一个政治载体，承载着太多的政治信息和能量。因此当文学与政治相脱离的时候，首先受到冲击的是左翼文学，而当文学企图与政治相接近的时候，政治阅读还得从左翼文学开始。

经过长期的"左倾"政治路线的困扰，经过"文革"的劫难，文学对于政治的干预，心有余悸，对于文学沦为政治的工具深恶痛绝。新时期文学在弘扬"文学的主体性"的旗帜下，与政治划清了界限，完成了大幅度的内转动作，回归了文学自身。现代文学研究在摆脱和清除政治影响的过程中，主要致力于对既往文学中政治话语的批判，其中对于左翼文学的评价基本上是颠覆性的、否定的。认为左翼文学的创作只是一些政治宣传品，缺乏艺术性或者艺术性不强，他们过于依赖政治的创作倾向，当代作家应该引以为戒，文学应当超越时代，远离政治。在一个相当长的时期里，左翼文学受到冷落和排斥。

然而到了世纪之交，现代文学研究界对于左翼文学的认识悄然发生了变化。2000年3月2日，上海举行了中国左翼作家联盟成立70周年纪念活动。经过了70年政治的风风雨雨，人们对于发生在70年前的左翼文学运动有了更客观的评价，完成了一个从否定到肯定的轮回。2002年第1期《中国现代文学研究丛刊》以"左翼文学与现代中国"为题开辟专栏进行讨论，众多学者从多个角度对左翼文学发表了自己的意见，流露出来的是一种强烈的政治关怀倾向。这种倾向主要体现在两个方面：

一是对左翼文学关注民众和底层生活的赞赏。这是具有现实背景的，中国经过多年的社会改革以后，出现了新的问题，两极分化严重，社会矛盾加剧，许多社会问题引起人们的广泛关注，而当代文学创作和研究却在象牙塔中，以文化贵族的姿态"顾影自怜"，成为现实社会改革的缺席者。后来在国家文化部门的号召下，文学开始关注底层民众，并且形成了一个文学思潮。在这个时候反思左翼文学，人们的感受就发生了变化。过去，现代文学研究往往把左翼文学与宏大叙事联系起来，似乎左翼文学一步就完成了从"个人"到"群体"、从"个人解放"到"群体救国"的转换，忽略了"个人"与"个性"。其实，现代文学在"个人解放"与"群体救国"之间，还有一种话语形式，那就是"个人救人"模式，这是左翼文学独有的一种精神遗产。郁达夫《薄奠》、柔石《二月》是其代表，其中承载的人文关怀和伦理精神感人至深，他们对于底层民众的关切超过任何种类的文学。这一点由于后来对于群体革命的强调，对于任何改良主义的排斥，而被湮没到历史的深处去了。

在中国现代文学史上，"启蒙"和"救亡"，即"个人解放"与"群体救国"是两大时代主题。然而我们发现：中国现代文学研究，对前者较后者更为关切。自然是后者所表现的宏大叙事淹没了个人和个性，而个性主义的过度阐释导致利己主义和个人主义的膨胀，人与人之间的互助和自我牺牲精神被抛弃了。其实，左翼作家总是将人的解放与国家的解放相统一，将"自救"与"救人"和"救国"相统一。鲁迅的创作从一开始关注的就是"救国"与"救人"如何统一的问题。他的小说大多以辛亥革命为背景，表现了他对国家解放问题的关注，但他不是抽象地表现他的救国思想，而是以切实的救人为目的，他希望国家解放的目的就是拯救像祥林嫂、闰土、单四嫂子、华老栓等这样的受苦受难的大众。鲁迅一直对于知识分子过度的个人主义阐释保持一定距离，对于那些"顾影自怜"的文学家颇有微词。茅盾的小说也企图将个人的解放与国家的解放统一起来，在他的小说《虹》中，他用很大的篇幅描写梅女士的个人解放和个人奋斗的经历，最后她投身于国家解放的斗争中。在茅盾看来，人的解放是国家解放的前提，同时也是国家解放的目的。柔石在《二月》中也深刻揭露了那些高谈"主义"的知识分子内心的自私与冷漠。柔石认为，不管国家实行什么主义，最重要的是能够解救像文嫂这样的人，小说主人公萧涧秋不惜牺牲自己的名誉和爱情去拯救文嫂一家，他的行为使信仰个人主义的陶岚感到自惭。左翼文学表现的崇高的政治伦理应当得到更充分的阅读和阐释。今天，在以人为本的现代国家体制与文化建构中，左翼文学对于下层民众深切的人文关怀精神重新获得了现代文学研究界的认同。孟繁华认为："左翼文学的先锋性和它的民众性，是它能够在相当长的时间里领导中国文学潮流的内在原因。"因此面对当代文学的现状，他说："我对左翼文学充满了憧憬和怀念。怀念左翼文学，不只是要呼唤它的革命精神，而更多的是刚才说过的左翼文学的丰富性。"[①] 张梦阳甚至喊出了"高举左翼文学的旗帜，为社会正义而斗争"的口号。[②] 左翼文学具有忧患意识和批判精神，他们对于底层民众的深切关怀理应得到继承。文学的人民性是历代优秀和进步文学的标志，左翼文学的价值只有放在这个坐标系中才能充分显示出来。

二是肯定左翼文学反专制独裁的精神。左翼文学是一个革命的文学团体，他们中的许多人曾经不畏强暴，甚至不惜牺牲自己宝贵的生命与政治和文化专制主义抗争。20世纪是中国社会民主化改革的时代，是专制主义文化不断走向没落和死亡的时代，在这个进程当中，左翼文学充当了急先锋，他们是反专制政治和文化的勇士。但是在一个时期内，有人却把他们当作了专制政治和文化的同谋。王富仁认为，过去人们把左翼文学当作一个被审判的对象，就是误把左翼文学的话语当作一种霸权话语，把左翼文学当作主流意识形态。而事实上，"30年代的左翼文学不是主流的意识形态，在当时的社会上不是一种话语霸权"[③]。"左翼作家联盟在其基本性质上是当时不甘妥协的社会文化派知识分子的一个广泛的反对国民党政治专制主义和文化专制主义的联盟。"[④] 他认为左翼文学后来不断受到消解，在人们印象中的左翼文学已经不是原来那个左翼文学，而是人们的一个想象物。王培元也认为："30年代，左翼文学是抵抗国民党独裁统治的文化专制主义的最重要的文化力量，而当时的自由主义知识分子没有起到这个

[①] 孟繁华：《左翼文学与当下中国文学》，《中国现代文学研究丛刊》2002年第1期。
[②] 张梦阳：《左翼文学资源与当代中国的意义》，《中国现代文学研究丛刊》2002年第1期。
[③] 王富仁：《关于左翼文学的几个问题》，《中国现代文学研究丛刊》2002年第1期。
[④] 张小红：《"左联"成立70周年纪念活动记叙》，《中国现代文学研究丛刊》2000年第3期。

作用。"他说:"左翼文学也有问题,但就其主要倾向来说,应该得到应有的肯定和高度的评价。"① 从这个意义上讲,左翼文学的精神具有不朽的价值。

在随后的左翼文学研究中,视野在不断拓宽,认识也不断深化,但是总是离不开政治这个话题。冯奇认为:"企图从纯文学的角度来提高左翼文学意义的想法显然和左翼文学的本质相违背。"② 贾振勇《中国左翼文学思潮意识形态的内在矛盾》一文,批评左翼文学"以意识形态总体性要求压抑了文学的自律性要求,文学的独立性、主体性和创造性就赤裸裸地退化为意识形态的附属物"。但是最终他还是肯定了左翼文学所表现的"不屈不挠反抗专制,独裁和黑暗的大无畏革命精神,是它的历史合理性、合法性的支点"。"在政治革命的过程中发挥了极大的作用。"③ 政治关怀是左翼文学的生命,也是左翼文学研究的生命。

除了对左翼文学的重新解读,还有对延安文学的研究,在新的政治视野的观照下,人们对延安文学的性质也有了新认识。袁盛勇《"党的文学":后期延安文学观念的核心》一文认为,此前学界把后期延安文学定性为"工农兵文学"是不准确的。确切地说,应该是"党的文学"。延安文学经过"民族——现代性转换为阶级——民族——现代性,进而言之为党的——民族——现代性"④。这种解读实际上也是一种回归,也就是回归文学史的本来面目。

在文学的政治阅读思潮中,人们对一些政治倾向和政治意识并不十分鲜明的作家也进行了政治的解读。古世仓、吴小美的《老舍与中国革命》一书,把老舍放在中国革命的坐标中来展现老舍的创作历程,揭示现代作家与革命的宿缘关系,阐释老舍追随革命又不理解革命的复杂心理和情感特征。⑤ 如此等等,都表现了现代文学研究者对政治的关切。

民族国家想象阐释中的政治寄寓

文学的政治阅读的另一个焦点集中在民族国家想象的阐释中。近年来,现代文学研究对民族国家想象问题的探讨成为新的学术生长点。放

---

① 王培元:《左翼文学如何被消解的》,《中国现代文学研究丛刊》2002年第1期。
② 冯奇:《左翼文学话语的性质和功能》,《中国现代文学研究丛刊》2002年第1期。
③ 贾振勇:《中国左翼文学思潮意识形态的内部矛盾》,《文学评论》2005年第6期。
④ 袁盛勇:《"党的文学":后期延安文学观念的核心》,《中国现代文学研究丛刊》2005年第3期。
⑤ 参见古世仓、吴小美《老舍与中国革命》,民族出版社2005年版。

在笔者手边的著作就有单正平的《晚清民族主义与文学转型》、魏朝勇的《民国时期文学的政治想象》、孟庆澍的《无政府主义与五四新文化》等，相关的论文包括刘慧英的《巴金的无政府主义与国家》、董炳月的《周作人的"国家"与"文化"》、旷新年的《民族国家想象与中国现代文学》、张志忠的《现代民族共同体的想象与认同》等。这些研究主要呈现两种态势：

首先，是建构民族国家的政治启蒙话语体系。

关于民族国家想象的阐释是在现代西方民主政治理论背景下展开的，具有政治启蒙意义。"国家""民族""阶级""政党""国民""想象共同体""政治伦理""政党伦理"等政治概念正在建构一种新的话语体系，启发人们重新认识国家、民族、阶级、政党的功能以及它们的相互关系。梁启超等人消隐在历史中的民族国家学说得到反复阐释。郑万鹏的《中国现代文学史》以各种"主义"为核心阐释中国现代文学，建构了一套新的文学史话语系统。

中国文明数千年，朝代不断更迭，但是由于封建王朝的家天下组织结构，国家与国民处于离合状态，人们普遍缺乏国家意识。对此，梁启超慨叹道："耗矣哀哉，吾中国人之无国家思想也！其下焉者，惟一身一家之荣瘁是问，其上焉者则高谈哲理以乖实用也。"① 近代以来，西方国家的转体和强盛，惊醒了中国知识分子，现代国家意识在他们思想上开始萌发，产生了"从天下到国家的缓慢自觉"。辛亥革命时期，人们的国家意识尽管受到狭隘民族主义的限制，但是毕竟懂得了国家不是某个人的国家，也不是某个家族的国家。梁启超《新民说》专用一节"论国家思想"，他认为国民都应该有国家思想。所谓国家思想："一曰对于一身而知有国家，二曰对于朝廷而知有国家，三曰对于外族而知有国家，四曰对于世界而知有国家。"他批判了封建主义的"朕即国家"的腐朽观念，将朝廷与国家区别开来，将忠君与爱国区别开来。他认为："有国家思想者，亦常爱朝廷，而爱朝廷者，未必皆有国家思想。朝廷由正式而成立者，则朝廷为国家之代表，爱朝廷即所以爱国家也，朝廷不以正式而成立者，则朝廷为国家之蟊贼，正朝廷乃所以爱国家也。"② 这种认识标志着知识分子现代国家意识的建立与觉醒。而晚清末年清朝政府与国家利益的背离也使知识分子很容易认清这个事实。周作人在1907年写的《中国人

---

① 梁启超：《新民说》，中州古籍出版社1998年版，第70页。
② 同上书，第89页。

之爱国》一文中就认为,爱国不等于爱政府。爱国是基于民族情感,与政府无关。

五四时期,知识分子的现代国家意识进一步觉醒和强化。民国的建立并没有如人们所期望的那样让中国获得新生,反而陷入了更大的危难之中,军阀混战,民不聊生。因此,国家的更新改造便成为新文学关注的中心问题,对未来民族国家的想象成为文学的"原型"和"集体无意识"。关于国家形态建构的多元论争也成为各派的分水岭。正如有的学者指出的那样,在近代中国,中心的一环就是关于社会政治问题的讨论。从变法到革命,政治斗争始终是先进知识群兴奋的焦点。五四新文化运动的"启蒙的目标,文化的改造,传统的扔弃,仍是为了国家、民族,仍是为了改变中国的政局和社会的面貌"[1]。

20世纪30年代以后,由于中国民族矛盾的上升,关于国家、阶级、政党等国家现代性的问题不可能得到正常的讨论,刚刚萌发的现代国家意识开始朝着民族国家思想转移。因为救亡的时代使命,民族国家成为文学想象的中心,国家现代性的问题不得不暂时搁置起来。有些学者指出:"因为中国现实政治演变之颠顿和急剧,中国现代思想界一直没有能在民主政治的组织与运作形式上进行深入的探索,现实的政治也从来没有给中国现代思想界提供过思想的直接现实。"[2] 因此,现代国家问题只有在民族国家完整而稳固的前提下才能引起关注,现代国家思想也是对民族国家的深化。在今天全球化的语境中,民族国家问题又一次突出起来,而且同时与现代性相交织,因此一些学者用"现代民族国家"这样的概念。实际上,现代国家与民族国家是在不同层面上的两个问题。民族国家意识的发生源于外国的刺激,由于外患,民族国家问题关注的主要是世界格局中的本民族生存、民族与民族之间的关系,属于国际关系学或者中西文化关系等范畴的问题,而现代国家意识的产生则源于国内民主进程的推动,现代国家问题主要关注国家内部的民主科学管理和构建。现代文学研究企图在对现代民族国家想象的阐释中,更新观念,以实现现代语境下的政治启蒙,参与现代国家改革的进程。

其次,现代文学研究在国家政治形态的多元论争中宣示政治立场与倾向。

20世纪上半叶,中国思想界处于相对活跃期,各种思潮相互碰撞,

---

[1] 李泽厚:《中国现代思想史论》,天津社会科学院出版社2003年版,第5页。
[2] 古世仓、吴小美:《老舍与中国革命》,民族出版社2005年版,第19页。

各种主义和论争空前激烈。瞿秋白在《赤都心史》中曾经指出:"中国向来没有社会,因此也没有现代的社会科学,中国对社会现象向来是淡然的,现在突然间要他去解决'社会问题'。他从来没有这一层经验习惯,一下手就慌乱了。从不知道科学的方法,仅有热烈的主观的愿望。"所以各种主义吵成一团。20世纪二三十年代文学的国家构想开始从主观想象向现实目标转移,每一种思想都有一个现存的模式可以参考。由于世界现存国家形态之间存在巨大的差异,各派所代表的利益集团的立场也是千差万别,其争论的激烈程度可以想象。不仅不同的国家形式之间的论争十分激烈,就是一个主义的内部也有不同的理解。瞿秋白就是看到"德谟克拉西"和"社会主义","有时相攻击,有时相调和。乱哄哄的没有一个明确的意义"①,他才决定亲自到俄国去做实地的考察。

在20世纪二三十年代,几乎每位作家都在思考和探索中国问题,提出自己的国家构建思想。梁实秋在与鲁迅的论争中,甚至批评鲁迅只对现实进行批判,冷嘲热讽是没有用的,应该提出自己明确的主张来,为中国开一个药方,这才比较切实。他认为:三民主义是一服药,共产主义也是一服药,国家主义也是一服药,无政府主义也是一服药,好政府主义也是一服药。有药方总比没药方好。但鲁迅反驳说,我还不至于像某些人,有人开出药方的时候,他却又说三道四,"以为三民主义者是违背了英美的自由,共产主义者又收受了俄国的卢布,国家主义太狭,无政府主义又太空"②。可见当时的文学界对于未来国家形态的争论是十分激烈的。对此,现代文学在研究中不能不表现出应有的立场和倾向性。王富仁在为孟庆澍《无政府主义与五四新文化》一书所作的序言中说:"知识分子从产生之日起从来没有脱离过无政府主义和国家主义这两个概念的干系。几乎都是在这两个概念的夹缝里艰难地生存和发展的:有的更接近国家主义,有的更接近无政府主义,有的则在这两者之间跳来跳去。"③"无政府主义"和"国家主义"都曾经受到批判,为人所忌谈,而今在新的理论视野中,正在受到广泛关注。现代文学研究在对20世纪二三十年代文学的国家问题论争中,重新认识国家的意义,国家与政党、阶级的关系。

在一个很长的历史时期,作为"国家主义"代表的"战国策"派被

---

① 瞿秋白:《饿乡纪程》,《瞿秋白散文名篇》,时代文艺出版2000年版,第21页。
② 鲁迅:《"好政府主义"》,《鲁迅全集》第4卷,人民文学出版社1981年版,第243页。
③ 王富仁:《国家主义与无政府主义》,孟庆澍《无政府主义与五四新文化·序言》,河南大学出版社2006年版,第2页。

认为是一个政治上反动的派别。除了他们关于战争的抽象主义论调以外，他们的政治问题主要是从超党派的立场呼吁政治的统一。他们认为，"战国时代"竞争的单位是国家，不是个人、家庭、教会或阶级，在"战国时代"的大政治中，国家不能有阶级之乱纷纷的争权夺利。这种超阶级、超党派的立场，在当时尚未获得合法权利的政党和阶级看来，他们是站在当局的立场发言，是不能接受的。因此，一些研究者看到了当时陈铨的困难是：如果民族主义的政治正当体现为"政治统一体"的形成和"国家主权"的决断，那就无可避免地要寻求现存国家的合法性。虽说也期待国家的浴火重生，但不能以尚未诞生的"新中国"之期许来动摇现存国家的政治生存。他们承认陈铨的"政治统一体"是基于现存国家的合法性，因此当时或者后来对陈铨的责难"多半是政党政治伦理的思维惯性，也是政党政治的修辞转换"[①] 也就顺理成章了。在消除了党派和阶级之争的今天，当人们站在国家的立场重新审视这一流派思想的时候，有人看到了陈铨的独到之处："陈铨的创作，是在抗日战争最艰苦的阶段里，描写最残酷的战场——如南京大屠杀，最重要的战役——如轰炸台儿庄日军的军事设备，最惊险的斗争——如特工的反日锄奸。直接抗日，中国人一致抗击外来侵略，构成民族主义文学的重要品格，这与表现以夺取政权为目标的无产阶级文学的'间接抗日'形成强烈对比。"[②] 这样的论述显然有着研究者的政治立场和寄寓。

对于周作人的国家观念也存在诸多争议。董炳月《周作人的"国家"与"文化"》一文，从理论上辨析国家与政府、国家与文化的关系，试图从"国家"和"文化"两个角度探讨周作人附逆行为的思想认识原因。文章认为周作人把爱国与爱政府区别开来，具有科学性。由于他对专制政府的仇恨，导致他对国家的失望，从而走向超越国家的道路。[③] 但是作者自己也感觉难以自圆其说，有为周作人附逆行为辩护之嫌，而频频做出申明和解释。其实，国家与政府的关系是一种复杂的关系，在通常情况下，国家不等于政府，政府也不等于国家。这是对于现代国家和政府关系的正确认识。但在特殊情况下，政府就是国家，是国家的代表，是国家的象征。我们绝不能因为清末政府的腐败，就把政府与国家完全分离开来，认为八国联军攻击清政府是对的。这个时候，政府就是国家，攻击清政府就

[①] 魏朝勇：《民国时期文学的政治想像》，华夏出版社2005年版，第126页。
[②] 郑万鹏：《中国现代文学史》，华夏出版社2007年版，第276页。
[③] 参见董炳月《周作人的"国家"与"文化"》，《中国现代文学研究丛刊》2000年第3期。

是攻击中国。周作人时期也是一样,虽然国民党专制统治是反动的,但是周作人此时背叛国民党政府就是背叛中国。

文学的政治阅读给现代文学研究带来了新的活力,但是这股学术思潮尚处于初期阶段,很多概念还是模糊的,借鉴西方的一些东西还没有完全消化,比如,安德森提出的"想象的共同体"这个概念,不断被一些学者所运用,但是总给人一种文化隔膜之感。现代文学的政治阅读还没有找到适合自己的话语体系。

文学对政治的警惕与眷顾

现代文学研究正在朝着政治思想领域伸展。对此,有些学者表示关切和忧虑,担心新时期为文学"减负"的努力失败,文学又重新回到过去的老路上去,背负不该承担的历史重负,成为政治和思想的工具。温儒敏在探讨现代文学研究存在的问题时认为,现代文学正"雄心勃勃地向政治、经济、文化等广漠的领地挺进,文学只不过是他们一块小小的试验田或敲门砖"[①]。这种担心不是没有理由的,但是我们相信,历史的循环不是简单的重复。其实现代文学研究仍然对政治抱有相当的警惕和谨慎。朱晓进在论述"中国三十年代文学与政治文化之关系"时首先提醒人们注意避免两种倾向:"或是过分强调艺术对于政治的隶属关系,以至于常常出现以政治情绪化评判取代客观的文学研究的情况;或是有意无意忽略文学史上客观存在的政治因素对文学的影响,从而也难以对一些重要的文学现象做出客观的历史评判。"[②]为了避免一些不必要的误解,朱晓进引入"政治文化"这一概念做研究的理论视点,而且强调是在狭义的范畴内使用"政治文化"概念,从文学表现的政治心理、政治意识、政治态度、政治价值观等理论层面进行探讨,较少涉及现实政治。同时他还特别申明:"研究三十年代文学与政治文化之关系,最终的落脚点还是在文学上。"[③]可见,他是十分警惕着政治主宰文学的现象发生。魏朝勇认为:"解释的回归意在重新回到'政治'。重回'政治'不是为了强调政治对文学的重新规定,也不是用一种政治口号去印证文学的母题,而是由文学叙事意图寻觅对于政治伦理的想象。"[④]同时,他们也在研究既往政治左右文学所带来的危害及规律,引以为鉴。艾晓明在《中国左翼文学思想

[①] 温儒敏:《谈谈困扰现代文学研究的几个问题》,《文学评论》2007年第2期。
[②] 朱晓进:《政治文化与中国二十世纪三十年代文学》,人民出版社2006年版,第4页。
[③] 同上书,第9页。
[④] 魏朝勇:《民国时期文学的政治想像》,华夏出版社2005年版,第23—24页。

探源》一书中阐明了把左翼文学的政治阅读学术化的企图,"在广阔的世界革命文学的背景中考察中国左翼文学思潮的形成,发展","在中国左翼文艺家的内部比较中看观念变迁的特点,区别出代表理论上的不同派别和发展中的不同阶段的几种模式","在中外文学运动,理论形态的比较中寻求阐明中国左翼文学与中国的社会生活现实的相互关系在理论上的反映,彰明中国左翼文艺家在运用马克思主义文艺理论方面经历的曲折和取得的成果"[1]。这是一种客观化的学术研究态度。南帆认为,重提文学干预社会改革,"必须在承认'纯文学'的全部合法性之后"。"否弃'纯文学'庇护的美学个人主义并不是把文学驱赶回粗糙的社会学文献。"[2] 可见,此次文学的政治阅读并非是历史的倒退,而是多元视野下的一角。

然而,文学失重带来的对于文学价值观的质疑,使文学重新接近政治成为必然。文学企图摆脱的是政治的干预,而不是政治本身。回顾一下新时期文学所走过的历程就会发现,文学从来没有丧失它的政治理想和政治激情。改革开放初期,对于思想解放运动的直接参与,其实就是最大的政治;即使在高扬"文学主体性"的时候,文学都在深深地介入政治,文学一直在争取自己的权利,也包括政治权利。对于政治的眷顾是文学的本能,它们之间有着难以割断的血缘关系。

我国正处在一个社会转型的重要时期,国家的政治、经济、文化都要经过由传统向现代化转换的过程。现代化的过程不仅是经济层面、技术层面的问题,更深刻的变化必然要体现在政治层面。传统国家向现代化国家转变,发展中国家向发达国家转变,其中运载的政治文化变革是不言而喻的。文学在这一进程中不可能永远处于旁观地位,它必然要参与其中,担负自己的历史使命。张贤亮说过:"对中国社会改革的关心,是中国知识分子最重要的人文关怀。"[3] 在目前商业化大潮中沉浮的中国文学已使人们看到它的末路,"文学之中'个人'似乎正在再度变得千人一面,'纯文学'庇护的美学个人主义愈来愈苍白"[4]。一些作家与学者正在设想,"以文学独有的方式对正在进行的巨大社会变革进行干预"[5]。有的学者预言:"置身于二十一世纪开端的中国学人正在萌发一种新的文明自觉,这

---

[1] 艾晓明:《中国左翼文学思潮探源》,北京大学出版社 2007 年版,第 11 页。
[2] 南帆:《四重奏:文学、革命、知识分子与大众》,《文学评论》2003 年第 2 期。
[3] 张贤亮:《小说中国》,时代文艺出版社 2006 年版,封面题词。
[4] 南帆:《四重奏:文学、革命、知识分子与大众》,《文学评论》2003 年第 2 期。
[5] 李陀、李静:《漫说"纯文学"》,《上海文学》2001 年第 3 期。

必然首先体现为政治哲学的叩问。"①

  文学的政治阅读也是基于现代文学自身特点的，它不是清末"索隐派"的"从艺术考出政治"的刻意比附。现代文学承载的政治使命是空前的，它改变了古典文学对现实的隔岸观火地位，以文学直接参与了历史的发展，成为现代民族国家建构的立法者。从这个意义上讲，文学的政治阅读正是现代文学研究的题中应有之义。

（原载《文学评论》2007 年第 5 期）

---

① 甘阳、刘小枫：《政治哲学文库·总序》，引自魏朝勇《民国时期文学的政治想像》，华夏出版社 2005 年版，第 5 页。

参考文献

一　著作类

［古希腊］柏拉图：《理想国》，张竹名等译，商务印书馆2002年版。
［英］托马斯·莫尔：《乌托邦》，戴镏龄译，商务印书馆2007年版。
［英］詹姆士·哈林顿：《大洋国》，何新译，商务印书馆1996年版。
［德］约翰·凡·安德里亚：《基督城》，黄宗汉译，商务印书馆2005年版。
［英］弗·培根：《新大西岛》，何新译，商务印书馆2012年版。
［英］威廉·莫里斯：《乌有乡消息》，黄嘉德等译，商务印书馆2007年版。
［俄］扎米亚京：《我们》，赵丕慧译，北京燕山出版社2013年版。
［英］阿道斯·伦纳德·赫胥黎：《美妙的新世界》，孙法理译，译林出版社2010年版。
［英］乔治·奥威尔：《1984》，董乐山译，上海译文出版社2006年版。
［阿根廷］豪·路·博尔赫斯：《博尔赫斯文集·小说卷》，王永年等译，海南国际新闻出版中心1996年版。
［德］卡尔·曼海姆：《意识形态与乌托邦》，黎鸣等译，商务印书馆2007年版。
［英］亚当·罗伯茨：《科幻小说史》，马小悟译，北京大学出版社2010年版。
［加］达科·苏恩文：《科幻小说变形记——科幻小说的诗学和文学类型史》，丁素萍等译，安徽文艺出版社2011年版。
［英］赫胥黎：《天演论》，严复译，商务印书馆1981年版。
吴岩：《科幻文学论纲》，重庆出版社2011年版。
欧翔英：《西方当代女权主义乌托邦小说研究》，四川大学出版社2010年版。
康有为：《大同书》，中华书局2012年版。

梁启超：《梁启超全集》，北京出版社 1999 年版。
王孝廉、吴宏一、李殿魁、李丰楙、林明德、胡万川、尉天骢、赖芳伶主编：《晚清小说大系》，广雅出版有限公司 1984 年版。
吴组缃、端木蕻良、时萌主编：《中国近代文学大系·小说集》，上海书店出版社 1992 年版。
关爱和主编：《中国近代文学史》，中华书局 2013 年版。
鲁迅：《鲁迅全集》，人民文学出版社 1995 年版。
周作人：《周作人文选》，广州出版社 1995 年版。
废名：《废名选集》，四川文艺出版社 1988 年版。
沈从文：《沈从文文集》，花城出版社 1982 年版。
杨周翰等：《欧洲文学史》，人民文学出版社 1983 年版。
游国恩等：《中国文学史》，人民文学出版社 1983 年版。
吴福辉：《中国现代文学发展史》，北京大学出版社 2010 年版。
范伯群：《中国现代通俗文学史》，北京大学出版社 2007 年版。
王德威：《想象中国的方法》，生活·读书·新知三联书店 1998 年版。
韦政通：《人文主义的力量》，中华书局 2011 年版。
杨联芬：《晚清至五四：中国文学现代性的发生》，北京大学出版社 2003 年版。
冯鸽：《晚清·想象·小说》，西北大学出版社 2009 年版。
单正平：《晚清民族主义与文学转型》，人民出版社 2006 年版。
阿英：《晚清小说史》，浙江文艺出版社 2009 年版。
陈平原：《文学史的形成与建构》，广西教育出版社 1999 年版。
林薇：《清代小说论稿》，北京广播学院出版社 2000 年版。
梁启超：《中国近百年学术史》，东方出版社 1996 年版。
夏晓虹：《晚清社会与文化》，湖北教育出版社 2001 年版。
欧阳健：《晚清小说史》，浙江古籍出版社 1997 年版。
魏朝勇：《民国时期文学的政治想象》，华夏出版社 2005 年版。
俞兆平、王文勇：《中国现代作家论科学与人文》，广西师范大学出版社 2013 年版。
李泽厚：《中国近代思想史论》，天津社会科学院出版社 2004 年版。
李泽厚：《中国现代思想史论》，天津社会科学院出版社 2003 年版。
孟庆澍：《无政府主义与五四新文化》，河南大学出版社 2006 年版。
中国老舍研究会编：《老舍与民族文化》，天津人民出版社 2010 年版。
周黎燕：《"乌有"之义——民国时期的乌托邦想象》，浙江大学出版社

2012年版。

张慧敏:《想象与叙事——童话、史诗、寓言》,社会科学文献出版社2013年版。

李小江:《后乌托邦批评——〈狼图腾〉深度诠释》(修正版),上海人民出版社2013年版。

张旭东、莫言:《我们时代的写作——对话〈酒国〉〈生死疲劳〉》,上海文艺出版社2013年版。

王德威等:《说莫言》,上海书店出版社2013年版。

候宜杰:《逝去的风流——清末立宪精英传稿》,北京师范大学出版社2013年版。

林建法编:《阎连科文学研究》,云南人民出版社2013年版。

李永东:《租界文化语境下的中国近现代文学》,人民出版社2013年版。

耿传明:《来自"别一世界"的启示——现代中国文学中和乌托邦与乌托邦心态》,南开大学出版社2014年版。

郑丽丽:《风雨"中国梦"——清末新小说中的"救国"想象》,中国社会科学出版社2014年版。

王泉根主编:《中国幻想儿童文学与文化产业研究》,大连出版社2014年版。

王晓凤:《晚清科学小说译介与近代科学文化》,国防工业出版社2015年版。

梁鸿:《作为方法的乡愁——〈受活〉与中国想象》,中信出版社2016年版。

二 论文类

陈旋波:《〈奇岛〉:充满生命狂欢的文化史诗》,《华侨大学学报》1993年第1期。

阎笑雨:《论中国现代乡土作家的"桃花源"情结》,《中国文学研究》1996年第3期。

胡书庆:《"桃源梦":现代作家的乡土之恋》,《郑州大学学报》1996年第1期。

陈岸瑛:《关于"乌托邦"内涵及概念演变的考证》,《北京大学学报》2000年第1期。

陈思和:《读阎连科的小说札记之一》,《当代作家评论》2001年第3期。

田俊武、王庆勇:《从天堂到地狱——论乌托邦文学在英国的发展与嬗变》,《河南大学学报》2003 年第 1 期。
孟二冬:《中国文学中的"乌托邦"思想》,《北京大学学报》2005 年第 1 期。
李小青:《当代中国文学批评界对"乌托邦文学"的误读》,《当代文坛》2005 年第 1 期。
吴晓东:《中国文学中的乡土乌托邦及其幻灭》,《北京大学学报》2006 年第 1 期。
潘一禾:《经典乌托邦小说的特点与乌托邦思想的流变》,《浙江大学学报》2007 年第 1 期。
杨胜刚:《想象"革命乌托邦"——30 年代左翼小说对无产阶级革命前景的展望》,《河池学院学报》2008 年第 6 期。
黄发有:《莫言的"变形记"》,《当代作家评论》2006 年第 3 期。
王鸿生:《反乌托邦的乌托邦叙事——读〈受活〉》,《当代作家评论》2004 年第 2 期。
谢有顺:《革命、乌托邦与个人生活史——格非〈人面桃花〉的一种解读方式》,《当代作家评论》2005 年第 4 期。
刘再复:《中国出了部奇书——读阎连科的长篇小说〈受活〉》,《当代作家评论》2007 年第 5 期。
程光炜:《阎连科与超现实主义——我读〈日光流年〉〈坚硬如水〉和〈受活〉》,《当代作家评论》2007 年第 5 期。
孙郁:《日光下的魔影——〈日光流年〉〈受活〉〈丁庄梦〉》,《当代作家评论》2007 年第 5 期。
王尧:《一个人的文学史或从文学史的盲点出发——阎连科小说及相关问题评议》,《当代作家评论》2007 年第 5 期。
王德威:《革命时代的爱与死——论阎连科的小说》,《当代作家评论》2007 年第 5 期。
谢有顺:《极致叙事的当下意义——重读〈日光流年〉所想到的》,《当代作家评论》2007 年第 5 期。
陈晓明:《他引来鬼火,他横扫一切》,《当代作家评论》2007 年第 5 期。
耿传明:《清末民初的"乌托邦"文学综论》,《中国社会科学》2008 年第 6 期。
耿传明:《清末民初乌托邦文学的类型、源流与文化心理考察》,《中山大学学报》2011 年第 1 期。
耿传明:《东西"情圣"的合流与唯情论的乌托邦——清末民初言情小说

与"浪漫爱"的兴起》,《学术交流》2011年第4期。

罗晓静:《理想"国民"的"现代乌托邦"——晚清"乌托邦小说新论"》,《江苏社会科学》2011年第1期。

马兵:《想象的本邦——〈阿丽丝中国游记〉〈猫城记〉〈鬼土日记〉〈八十一梦〉合论》,《文学评论》2010年第6期。

文志荣:《当代中国新科幻中的人文议题》,《南方文坛》2012年1月26日。

刘勇、张驰:《20世纪中国文学现实与魔幻的交融——从莫言到鲁迅的文学史回望》,《北京联合大学学报》2013年第1期。

敬文东:《格非小词典或桃源变形记——"江南三部曲"阅读札记》,《当代作家评论》2012年第5期。

李遇春:《乌托邦叙事中的背反与轮回——评格非的〈人面桃花〉〈山河入梦〉〈春尽江南〉》,《中国现代文学研究丛刊》2012年第10期。

梁鸿:《招魂、轮回与历史的开启——论〈受活〉的时间》,《当代作家评论》2013年第2期。

南帆:《魔幻与现实的寓言》,《当代作家评论》2013年第1期。

陈晓明:《"在他性"与越界——莫言小说创作的特质与意义》,《当代作家评论》2013年第1期。

后　　记

　　2007年，我在整理关于现代文学研究新思潮的时候发现，关于民族国家想象的问题成为现代文学研究的一个热点，但是进一步探究发现，所谓"想象"并非是文学意义上的想象，真正具有想象力和幻想性的现当代文学作品少之又少。不过，仔细追寻似乎又有些踪迹可寻，值得单独做些探讨。于是引申出现在这个话题。课题一开始面临的问题就是命名。所谓"名不正则言不顺"，我曾试图使用"社会幻想小说"这个概念。后来感觉不妥，因为社会是个大概念，科幻也可包容其中。随后想到"科学"与"人文"两个相对的概念。那么，既有"科学幻想小说"，那么"人文幻想小说"应该就顺理成章了，而且我在研究中还发现，在以往"科学幻想小说"这个小说类型内部一直存在着巨大的裂隙，"科学"与"人文"的矛盾早已存在，人文幻想小说的独立要求，已经呼之欲出。做了一些准备以后，在2008年和2009年两个学年中，我和文学院现当代文学研究生就此论题展开了讨论。在大家的共同探讨下，有些问题进一步清晰。2008年秋天，在河北大学主办的中国现代文学研究会理事会上，我在小组会上做了一个关于人文幻想小说问题的发言，得到了一些同人的认可。2011年，我指导的研究生陈菲菲以此问题为研究对象，完成了她的硕士论文《论当代人文幻想小说的想象空间》，这一选题得到了评委老师的肯定。这些都坚定了我研究这一问题的信心。2009年春夏之季，我的另一个课题《20世纪中国文学与西方现代艺术》获得国家课题立项。由于课题的时间限制，我不得不中断有关人文幻想小说的研究，全力以赴地完成这个困难重重，却又来之不易的课题。关于人文幻想小说这个题目，有一段时间好像已经忘记了。与此同时，随着年龄的增长，精神与身体状况大不如前。心中时刻有一个声音在提醒自己：这个立项课题完成以后就算了，到此为止吧！偶然翻阅曾经下过一番功夫的残稿，感觉就像城市中的那些半拉子工程一样刺目，弃之可惜，拾起来费劲。也许是生活的惯性使然，就在矛盾与彷徨中，断断续续地往前走，就有了今天这个书稿的模样。我知道，"文以气为主"，文气足才能一气呵成，才能使文章饱满圆润，时断时续的文章总给人一种气血不足之感。无奈！不过，书稿多少凝聚了个人在某些时候或深或浅的思考，还是把它呈现出来吧，算是给自己一个交代。于是，我把书稿交给中国社会科学出版社，列入河北师范大学文学院组织的"学术新视野"丛书中等待出版。

没有想到的是，书稿交给中国社会科学出版社以后，文学院院长胡景敏先生建议我先申报国家社科基金后期资助，在胡景敏先生的大力帮助和支持下，做了一些必要的申报准备工作，最后由中国社会科学出版社申报，使这部书稿获得了2014年国家社科基金后期资助项目立项通知，批准号为14FZW046。感谢河北师大文学院的期待、督促和支持，这一点始终是我前进的动力。感谢胡景敏先生一直以来的无私帮助和大力助推，使这一课题得到进一步的充实、完善和提高的机会，感谢至今未曾谋面的中国社会科学出版社的编辑和策划！他们的智慧和努力让这部书稿有了一个不一样的结果。

这里，我要特别感谢责任编辑郭晓鸿主任，本书的出版凝聚着她的大量心血。当我收到初审清样，看着书稿上密密麻麻的圈点和批注的时候，内心的感动难以言表；同时也为自己的粗枝大叶感到汗颜。在炎炎夏日里，郭晓鸿主任不辞劳苦，对书稿逐字逐句地进行润色和修订，把错漏之处一一校正过来。她严谨细致的编辑风格、一丝不苟的求实精神令人感叹！这也是对作者的有力鞭策！我当永远铭记在心。

立项以后，全国社科规划办给我发来了五位匿名专家的评审意见。感谢这几位评审专家对课题的大致肯定和中肯的批评意见、建议，在此基础上，我对原稿进行了较大幅度的增补、修改，尤其是晚清部分的内容几乎推翻重写。虽然尽了自己的努力，由于学识和水平的限制，书稿可能仍有许多不尽如人意的地方，祈请方家批评指正！

作者
2017年8月